ROMAN

SYLVIE BRIEN

GAIUS

À LA RECHERCHE DE BÉRYL

& Jim
JOEY CORNU
ÉDITEUR

Catalogage avant publication de Bibliothèque et Archives nationales du Québec et Bibliothèque et Archives Canada

Brien, Sylvie, 1959-
Gaius : À la recherche de Béryl
Éd. originale : Montréal : Éditions du CRAM, 2003.
Publ. à l'origine dans la coll. : Roman
Suite de Béryl.
Pour les jeunes de 14 ans et plus.
ISBN 978-2-922976-30-4
I. Titre.
PS8553.R435G34 2012 jC843'.6 C2012-940344-X
PS9553.R435G34 2012

Direction de l'édition : Claudie Bugnon
Couverture : Studio Gougeon
Correction d'épreuves : Frédéric Tremblay

Joey Cornu Éditeur inc.
277, boulevard Labelle, C-200 • Rosemère (Québec) J7A 2H3
Tél. : 450 621-2265 • Téléc. : 450 965-6689
editeur@joeycornu.com • www.joeycornu.com

ISBN 978-2-922976-30-4
(Paru en 2003 sous le titre *Gaius*, aux Éditions du CRAM)

Dépôt légal, 2012 :
Bibliothèque nationale du Québec
Bibliothèque nationale du Canada

Gouvernement du Québec – Programme de crédit d'impôt pour l'édition de livres – Gestion SODEC.

Autres titres de l'auteure

Pour la jeunesse :

Béryl : La réincarnation d'Élianne
(Tome 1 de *Gaius : À la recherche de Béryl,*
Joey Cornu Éditeur)

Spirit Lake
(Éditions Gallimard-Jeunesse)

Aziza la gavée
(Éditions Porte-Bonheur)

Pierrot et le village des fous
(Série en 7 volumes, Éditions Porte-Bonheur)

*La Bande de la 7e*
(Série en 3 volumes, Éditions Hurtubise HMH)

Les enquêtes de Vipérine Maltais
(Série en 4 volumes, Gallimard-Jeunesse)

Pour adultes :

Les Templiers du Nouveau Monde
(Éditions Hurtubise HMH)

Résumé de *Béryl: La réincarnation d'Élianne*
(Tome 1)

À la fête d'anniversaire de son amie Marie-Christine, Élianne Girard, une étudiante en traduction à l'Université de Montréal, tombe dans un coma soudain pendant qu'elle contemple un feu d'artifice au bord du lac à la Truite.

Élianne se réveille sur une plage de Judée, mains et pieds ligotés, et vêtue d'une tunique qui semble tout droit sortie de l'Antiquité. Le vieux pêcheur Jacob la ramène chez lui en exigeant que sa femme, son fils Petru et l'épouse de ce dernier gardent le secret sur la présence de cette Romaine que quelqu'un a souhaité éliminer. Dénoncée par la bru jalouse, Élianne tombe aux mains du questeur Marcus Tinicius, qui lui promet le pire des sorts.

Car aux yeux de Tinicius, il s'agit bien là de Claudia Béryl, fille de l'empereur Tibère, détestée pour ses cruautés et reconnue coupable de tentative de parricide. C'est aussi à cause d'elle que Tinicius vit exilé en terre juive, et que son frère bien-aimé est mort. Élianne a beau jurer qu'elle n'est pas Béryl, qui la croirait? Elle en possède toute la beauté et parle latin comme tout Romain bien éduqué.

Marcus ramène Béryl à Rome pour obtenir de l'empereur le droit de vie et de mort sur elle. Élianne aura bien tenté d'y échapper, mais en vain. Étrangement, son destin semble lié à celui de son bourreau, et ni l'un ni l'autre ne mesurent encore l'ampleur de ce qui les attend.

Au 21e siècle cependant, le constable Carl Gagnon a tout entrepris pour élucider le coma, puis la mort mystérieuse de la jeune Girard... jusqu'à demander l'exhumation du corps. Sans la ténacité du policier, jamais Élianne n'aurait pu réintégrer son corps. Mais voilà que la miraculée peine à reprendre sa vie, comme si son cœur était brisé de chagrin.

Table des chapitres

Chapitre 1

LES LARMES DE JOPPÉ

Élianne se précipitait dans les vagues tandis que Marcus Tinicius, sur sa bête hennissante, effectuait de grands cercles autour d'elle. Il tenta de saisir sa femme par la taille, mais l'étalon se cambra, comme apeuré par la noirceur de l'eau, et Marcus tomba de selle.

—Non, Élianne, non, je t'en supplie!

Taurus s'était échappé. Le Romain, de l'eau jusqu'au torse, avait réussi malgré tout à attraper le bras d'Élianne et la tirait violemment vers la plage en pleurant.

Trop de sanglots ravalés s'étouffaient en lui. Trop de caresses, si peu données, tentaient encore ses doigts. Il ne pourrait pas vivre sans elle. Il ne pourrait plus jamais aimer, ni lui-même ni personne.

Il la serra contre lui, désespéré, sans qu'elle se débattît, les vagues léchant encore leurs pieds. La lune disparut derrière un nuage.

—Je mourrai si tu pars, murmura-t-il, la voix entrecoupée par la douleur. Ne me laisse pas.

Il chercha dans ses yeux le désir qu'elle avait encore de lui et il l'embrassa avec l'ardeur de son désespoir. Sa femme sembla alors abdiquer. Elle prit le visage effrayé dans ses mains fines, et baisa ses yeux qui se mouillaient à la dévisager.

—Je t'aime, lui dit-elle. Je ne te quitterai pas.

Mais Marcus la regarda, stupéfié :

—*Non intelligo. Quid dicis, Elianna?*

Une autre langue. Élianne parlait une autre langue que le latin et ils ne se comprenaient plus. Des siècles de langage les séparaient.

—Il est trop tard! hurla-t-elle avec angoisse en tirant Marcus avec elle loin de l'eau. Le temps s'est glissé entre nous!

—*Ubi tu Gaia, ego Gaius**, murmura-t-il en la contemplant une dernière fois.

Marcus et elle s'enlacèrent fougueusement, en attente de la délivrance du corps de Béryl. C'est alors qu'il sentit sa femme s'affaisser et mourir dans ses bras.

Il hurla de douleur en serrant contre lui le corps abandonné et cria le nom d'Élianne.

Marcus ouvre les yeux et, constatant la noirceur totale qui le cerne de tous côtés, étouffe le cri d'angoisse qui monte à sa gorge.

« Je suis aveugle ou je suis mort », pense-t-il en

* La phrase latine *Ubi tu Gaia, ego Gaius* se traduit par : Là où tu es, Gaia, moi, Gaius, je veux être.

s'assoyant brusquement sur son séant.

D'emblée, il arrache violemment le drap dont on lui a enveloppé la tête, abjurant le dieu-fils gaulois Lug d'éclipser les ténèbres. La lumière jaillit aussitôt, lui faisant tour à tour plisser les yeux, puis les agrandir de stupéfaction : il se trouve à l'arrière de ce qui lui semble être un char recouvert d'un toit rigide. Un paysage parsemé d'innombrables bâtiments illuminés et de rues jonchées de chars sans chevaux défile à toute vitesse devant lui, par l'ouverture servant de place au cocher. Il remarque, incrédule, que la voiture dans laquelle il se réveille est propulsée par un coursier invisible. Deux individus vêtus de manteaux blancs et qui lui tournent le dos sont assis à l'avant.

—Où suis-je? leur demande-t-il d'une voix étranglée par la peur.

Les cochers tournent alors la tête vers lui d'un seul mouvement; ils semblent stupéfaits à sa vue.

—Où suis-je? répète-t-il encore.

Les conducteurs échangent entre eux quelques mots dans un dialecte qui lui est totalement incompréhensible.

—Bon sang, il n'est pas mort, celui-là? demande l'un.

—On aura tout vu, fait l'autre. Mais dans quelle langue il parle?

—On peut dire que vous avez été victime d'un faux diagnostic, mon cher Monsieur! lance en souriant le plus grand des deux hommes qui se lève de son siège et s'approche de Marcus.

Un rugissement assourdissant et infernal transperce

soudain l'air, semblable aux cris qu'auraient poussés de terribles et monstrueux fauves lancés à l'attaque. Affolé, Marcus repousse avec violence l'homme qui, d'un geste de la main tentait de le rassurer, et fonce à l'avant du véhicule pour fuir. Il essaie bien, d'un solide coup de poing, de défoncer le verre qui lui bloque l'accès à l'extérieur, mais le cocher, accroché sur ce qui lui semble être un timon circulaire, immobilise si brusquement le char que l'homme se cogne sur le tableau de bord, perd l'équilibre et roule sur le plancher du véhicule.

Les inconnus se saisissent de lui et ont tôt fait de le ligoter dans un carcan de toile avant de lui appliquer un masque noir sur le nez, masque qu'ils lui lient derrière la tête. Marcus se débat furieusement et, tandis qu'il se sent de nouveau perdre conscience, le visage d'un des conducteurs se métamorphose en celui de Petru. Le Romain, subitement, recouvre la mémoire lorsque les images des neuf derniers mois de sa vie se peignent sur la toile opaque de sa conscience.

Cependant, cette conscience s'aiguise, comme si soudain, il lui avait été donné de pénétrer aussi celle des autres hommes et de la confondre à la sienne, ces hommes-là mêmes qu'il a, pendant ces derniers mois, abhorrés ou rejetés. Marcus puise dans ce qu'il croit être les eaux tourbillonnantes et nébuleuses de la mémoire collective et blessée de ces écorchés vifs, ce qui doit servir à sa compréhension nouvelle. Il lui semble être devenu une parcelle d'eux.

Le questeur, l'air hagard et les yeux fixes, berçait le corps inerte de sa blonde et jeune épouse.

Belle, si belle aux yeux clos et au visage trop pâle sous ce ciel nocturne de Judée.

Soudain, un homme se rua sur le Romain pour le renverser d'un coup de pied à l'épaule et lui arracher son précieux fardeau, qu'il voulut serrer à son tour contre lui. C'était Petru. Le pêcheur se pencha sur le visage livide, cherchant à sentir un souffle qui lui confirmerait que la vie n'avait pas quitté l'être aimé.

—Élianne! Élianne! cria-t-il, horrifié.

Petru comprit qu'elle ne respirait plus. Son angoisse et son chagrin se transmutèrent aussitôt en une terrible colère. Il déposa le corps de la femme sur le sable humide et se jeta férocement sur l'homme agenouillé par terre qui ne semblait ni le voir ni l'entendre. Petru l'empoigna par le haut de sa toge, le relevant et le secouant violemment avec une fureur dont il n'était plus maître.

—Tu me l'as tuée, chien de Romain! Tu me l'as tuée! hurla-t-il dans un latin rudimentaire.

Sans même songer à se défendre, Marcus Tinicius le dévisagea avec stupéfaction, comme si les mots l'avaient sorti de sa torpeur morbide.

—Je ne l'ai pas tuée, réussit-il à articuler, tandis qu'un flot de larmes jaillissait de ses yeux rougis. Comment aurais-je pu tuer le sel de ma vie?

À son tour saisi de colère, le questeur empoigna violemment la tunique du pêcheur.

—C'est toi, Juif, qui l'a livrée à la Mort en la menant ici aujourd'hui! Tu l'as enlevée de la chambre où, pour la protéger d'elle-même, je l'avais fait confiner!

—Élianne voulait te fuir! protesta Petru dans un cri. Elle m'avait imploré de la mener ici et de l'aider à partir!

—Tu l'as menée vers la mort qu'elle s'était choisie! l'accusa Marcus Tinicius. Elle s'est servie de toi...

—Tu mens! hurla rageusement le pêcheur en le secouant de plus belle. Élianne m'aimait! Elle n'aurait jamais songé à se suicider!

—Ce n'est pas un suicide, tu ne comprends donc rien? bégaya le questeur de Joppé en le lâchant brusquement, pris par d'incontrôlables sanglots. C'est un accident. Elle m'aimait, elle ne voulait plus me quitter...

Petru le considéra en silence avant de le laisser choir, tel un simple fagot, sur le sol où le Romain s'accroupit de désespoir, les mains recouvrant son visage. Puis, se ravisant, comme fouetté par un espoir insensé, le pêcheur se pencha vers lui.

—Si tu ne l'as pas tuée, Romain, peut-être Élianne n'est-elle qu'évanouie? supputa-t-il.

—Non, il est trop tard, fit Marcus Tinicius d'une voix sourde, sans même relever la tête vers lui.

—Il n'est pas trop tard! hurla le pêcheur en l'empoignant de nouveau et en le plantant sur ses jambes. Tu vas m'aider à la transporter jusqu'à la charrette. Tu as bien un médecin attitré à ta maison, non? Eh bien, si tu ne m'y conduis pas sur-le-champ, je jure devant Yahweh que je te tue.

Belle, si belle, à jamais et pour toujours.

Petru renversa sa tête noire par-derrière pour tenter de fuir, pendant un bref instant, le lugubre tableau du visage aux paupières closes de cette femme tant aimée. Néanmoins, l'image le poursuivit tel un spectre, mais avec une puissance accrue, et ce, qu'il gardât ou non les yeux fermés.

La maison de Marcus Tinicius, questeur de Joppé, s'abîmait aujourd'hui dans l'âpreté et la pénombre du chagrin immense de ce dernier. Dans un bourdonnement douloureux de pleurs exacerbés, une petite foule d'esclaves et de serviteurs butinaient autour du lit funéraire qu'on avait dressé au milieu de l'atrium. Aux quatre coins flambaient des torches. Le corps d'Élianne, vêtu de blanc immaculé, y était couché, paré de fleurs. On aurait dit qu'elle dormait. Ses blonds cheveux avaient été couronnés de bandeaux d'or entrelacés de perles et de feuilles de laurier. La beauté sublime qui se dégageait paradoxalement du sinistre spectacle fit encore douter Petru de ce qu'il voyait. Il était impossible qu'elle soit morte: Élianne, sa promise, sa belle, ne pouvait l'avoir quitté. Comment maintenant aurait-il pu l'arracher à ce sommeil hideux comme il l'avait arrachée aux griffes du questeur quelques mois plus tôt, à Cyrène? Elle se réveillerait peut-être tout comme lui de cet affreux rêve, et ils regagneraient ensemble le lieu d'un paisible bonheur. D'un revers de main, il essuya la larme lamentable qui courait sur sa joue. Il se sentait las et stupide, comme si son esprit avait été pétrifié dans un épais limon le rendant incapable de penser.

La musique funèbre des joueuses de flûte s'arrêta et les pleureuses professionnelles échevelées, qui, depuis le matin, se tordaient les mains de douleur en déchirant leurs vêtements, se turent d'un coup. Un silence malsain et gênant, parfois écorché de reniflements, enveloppa peu à peu la pièce au même rythme que les esclaves s'activaient à la quitter. Au fond de la salle, le dos appuyé contre le mur recouvert de fresques aux couleurs vives, comme serait adossé un malade à ses oreillers, Petru se ressaisit. Il se rendit compte qu'ils n'étaient plus qu'une poignée d'hommes dans l'atrium et que l'on avait allumé de grandes torches, de part et d'autre de la pièce, afin de chasser la pénombre qui s'installait avec la nuit; on faisait également brûler des branches et des pommes de pin pour atténuer l'odeur dont la mort ne tarderait pas à se parfumer.

C'est alors qu'il vit entrer Marcus Tinicius. Comme le voulait le rite romain, il était vêtu pour les circonstances d'une toge d'un jaune vif, contrairement aux femmes qui se devaient de porter des couleurs sobres lors des cérémonies funèbres. Le Romain était accompagné d'un homme grisonnant portant une barbe courte qui le soutenait d'un bras fort et que Petru reconnut comme étant Livius Fabia, le médecin du questeur. Il l'avait entrevu une toute première fois chez le préteur de Joppé à l'occasion des fêtes des Saturnales. Petru se souvint que c'était d'ailleurs ce jour-là qu'Élianne et lui avaient fomenté ce projet de fuite tragique. Le veuf titubait de fatigue et de désespoir, le visage ravagé et le dos courbé. La supériorité que Marcus Tinicius, le mari éploré, tirait de sa douleur remplit alors Petru d'une fureur sourde.

Comme le questeur passait devant Ali, son colossal esclave noir nouvellement affranchi, il s'arrêta et le toisa haineusement pendant un long moment.

— Si je ne t'avais affranchi pour l'amour d'Élianne, articula-t-il finalement avec hargne, je te tuerais de mes propres mains, toi en qui j'avais mis toute ma confiance. Tu as failli à la tâche et tu l'as laissée fuir. Mon épouse est morte par ta faute. Je te chasse de ma maison, disparais de ma vue ou je te fais empaler!

Ali tressaillit, comme cinglé par une gifle, demeurant toutefois incapable de bouger. Le remords de ne pas avoir suffisamment protégé sa maîtresse, elle qui lui avait un jour sauvé la vie et qui l'avait plus tard délivré de l'esclavage, lui tenailla le cœur dans un étau de feu et il se mit à gémir sa peine. Deux esclaves l'empoignèrent alors pour le sortir des lieux.

Puis, sans un regard ni pour Petru ni pour ceux qui pleuraient en ces lieux, Marcus Tinicius s'avança vers le lit funéraire où, d'un signe de la main, il chassa un jeune esclave en larmes, âgé de douze ou treize ans, prostré aux pieds de la défunte épouse.

Le questeur regretta aussitôt la brusquerie de son geste.

— Reviens, Sabrino! l'exhorta-t-il d'une voix cassée par des sanglots ravalés. Pardonne-moi, petit, Élianne t'aimait tant...

Il se laissa ensuite choir sur le corps de son épouse en sanglotant, son front tout contre la poitrine devenue froide. Il l'enserra violemment en murmurant son nom, et en la suppliant de ne pas l'abandonner. Sabrino, debout aux côtés de son maître, avait posé la main sur son épaule et pleurait doucement. Peu à peu, Marcus se calma et les spasmes qui le secouaient disparurent progressivement, semblables aux ondes de la mer après une tempête, le laissant calme et anéanti. Le Romain demeura par la suite immobile un si long moment que Petru craignit un instant qu'il se soit évanoui. Le pêcheur vérifia à la dérobade si d'autres gens autour de lui partageaient son appréhension, mais ne rencontra, jeté sur lui, que le regard grave et insistant du médecin Livius Fabia.

— Maître, dit avec douceur Sabrino en reniflant ses larmes, il faut te reposer et te nourrir un peu; tu n'as rien mangé depuis hier.

Marcus Tinicius se releva avec difficulté en prenant appui sur le jeune esclave, après quoi il le dévisagea avec une attention inhabituelle. Il détailla ses grands yeux marron rougis par les pleurs, le nez légèrement retroussé de l'enfant, ses épais cheveux noirs un peu rebelles, sa bouche aux lèvres charnues. Il remarqua que le garçon s'appliquait continuellement à mordre sa lèvre inférieure, comme le faisait souvent Élianne.

— Je t'adopterai, Sabrino. Tu deviendras mon fils, décréta-t-il en caressant les cheveux du garçon. C'est ce qu'Élianne aurait voulu. Maintenant, va dormir un peu.

Sabrino le dévisagea à son tour avec étonnement, puis quitta l'atrium d'un pas traînant. Quand le jeune esclave fut sorti, le médecin s'approcha du questeur.

— Marcus, mon ami, murmura-t-il, ressaisis-toi. N'as-tu pas oublié que notre départ à Rome est prévu pour demain?

— Je sais, Livius, je sais tout cela, répondit le questeur d'une voix lasse en se frottant vigoureusement le visage d'une main rude.

— Il faut préparer le corps et le déposer dans un sarcophage scellé dès ce soir afin de le préserver un tant soit peu de la pourriture. Nous avons déjà trop tardé et nous n'atteindrons pas Rome avant dix jours encore. N'oublie pas que l'empereur doit pouvoir formellement identifier le corps de sa fille... Ce n'est qu'à cette condition que ton exil cessera et que tu retrouveras à Rome les biens qui t'avaient été confisqués. Je t'en conjure, mon ami, mets un terme à l'exposition du corps.

— Non, pas encore, cingla Marcus. Je ne peux me résoudre à ne plus jamais revoir le visage d'Élianne.

Sur ce, le questeur se pencha de nouveau sur le corps et, cette fois-ci, l'embrassa à pleine bouche. Livius Fabia laissa fuser un long soupir d'impuissance. Son regard erra à travers la pièce, en proie à l'inspiration qui lui permettrait de faire entendre raison à Marcus Tinicius. Il vit alors Petru qui les observait.

— Eh, toi! l'interpella-t-il. N'es-tu pas le pêcheur qui a aidé notre questeur à ramener le corps de sa femme dans sa maison?

— Oui, répondit Petru en levant la tête vers lui, c'est bien moi.

— Pourquoi te trouves-tu encore ici? demanda le médecin.

— Je pleure sa femme, ma bien-aimée, que certains nomment Béryl, fit-il d'une voix sourde. Et je viens me livrer comme le responsable de sa mort avant que ton questeur ne saisisse ma famille et ne la réduise en esclavage comme il me l'a promis.

Livius Fabia s'approcha de lui.

— Quel est ton nom? demanda-t-il en baissant la voix. Il jaugea le corps gonflé de muscles de ce Juif de dix ans son cadet et qui aurait ressemblé à un jeune Apollon, n'eût été cette barbe noire qui le défigurait. Pour l'instant, il ressemblait à un gladiateur ou à un dresseur de fauves.

— Petru, fils de Jacob.

— N'habites-tu pas une province de l'Empire, Petru? Comme citoyen romain, tu as droit, il me semble, à un procès juste et équitable, malgré tout ce que peut en dire notre questeur. Je crois néanmoins connaître un moyen par lequel tu pourrais te racheter de la faute dont le questeur t'accuse sans t'empêtrer dans de pareils soucis... Te plairait-il de partir demain pour Rome? Je cherche justement un engagé robuste, prêt à protéger la morte au péril de sa vie.

— Je suis l'homme qu'il te faut.

—Tu seras même payé, plaida le médecin. Tu reviendras à Joppé aussitôt ton travail accompli et ta dette remise, à moins que le questeur désire te garder à Rome par la suite.

—Quel est le travail?

—Il n'y aura pas de service de pompes funèbres avant notre arrivée à Rome, car les funérailles auront lieu là-bas. Deux gardiens devront veiller sur le corps le temps d'arriver à destination. Tu resteras en faction près du sarcophage, tantôt de jour, tantôt de nuit, jusqu'à ton remplacement par l'autre sentinelle.

—C'est tout? s'étonna le pêcheur.

Le médecin caressa la courte barbe qui lui garnissait le menton d'un geste lent.

—Pas tout à fait. Je te chargerai, toi, de déverser chaque jour sur le corps de Béryl les amphores de neige importées du nord et nécessaires pour éviter sa décomposition autant que possible. Tu devras me rendre compte quotidiennement de l'état du cadavre. Cela te convient-il?

—Parfaitement, si tu me jures que ma famille sera graciée.

—Alors, soit! c'est convenu: j'obtiens la grâce des tiens et toi, en échange, tu te présentes ici même, à l'aube demain, décréta Livius Fabia. Mais, auparavant, passe donc par les cuisines et demande qu'on apporte un peu de ce mélange de pavot que j'ai fait préparer. De la thériaque sera plus que bénéfique au sommeil de notre questeur.

Aussi le pêcheur s'était-il empressé, sitôt conclue l'entente avec le médecin, de regagner le foyer familial afin de prévenir son père de son départ imminent. Il avait franchi le seuil d'une seule enjambée, feignant d'ignorer son épouse Rebecca qu'il avait tacitement répudiée, mais qui persévérait à l'attendre près de l'âtre, crépuscule après crépuscule. Elle l'avait finalement rejoint et empoigné par le bras.

— Petru, ton père est au plus mal, murmura-t-elle.

Il s'était dégagé brusquement d'elle avec dédain, pour pénétrer dans la chambrette aux murs blanchis de crépi d'où émanait une odeur répugnante d'agonie. Alité depuis la mort sa femme, le vieil homme ne mangeait plus, incapable de garder quelque nourriture que ce soit. Lui qui, dix jours plus tôt, se redressait sur ses oreillers à l'arrivée de ce fils ingrat, avait à peine ouvert les yeux, hochant doucement la tête afin de lui signifier qu'il le reconnaissait. Le pêcheur s'était agenouillé près de la paillasse du lit.

— Mon père...

— Fils, tu es là, avait murmuré Jacob en se saisissant de la large main qui s'offrait à la sienne. Petru, la pierre sur laquelle j'ai bâti le bonheur de ma famille...

— Je suis là, père.

— Bien, c'est bien, mon fils. Je savais que tu étais un homme responsable.

Soulagé, le vieil homme s'était aussitôt rendormi. Petru avait ensuite rejoint son épouse dans la pièce commune qui servait à la fois de cuisine, d'atrium et de chambre à coucher.

—Je pars pour Rome, avait-il annoncé en s'emparant d'un sac de toile grossièrement tissé pour y ranger quelques vêtements et effets personnels.

Elle l'avait dévisagé, stupéfaite.

—Mais tu ne peux pas faire ça, Petru: ton père se meurt, il a besoin de toi à ses côtés. Voilà un autre coup de tête que tu regretteras le reste de ta vie...

—Je reviendrai dans un mois, tout au plus.

—Mais il sera trop tard, Petru, ton père sera déjà mort! s'était-elle écriée en élevant la voix malgré elle.

Comme il ne répondait rien et qu'il continuait à préparer sa besace, Rebecca la lui avait arrachée des mains.

—Je sais que Béryl est morte, Petru, tout Joppé en parle! lui cria-t-elle. Tu ne peux pas la rejoindre dans la mort, et elle ne ressuscitera pas!

—Je t'interdis de l'appeler Béryl. Son nom est Élianne, répliqua durement le pêcheur en reprenant son sac.

—Tu nous as abandonnés pour cette Romaine, tu as fait mourir ta mère de chagrin, et voici que ton père agonise, continua Rebecca avec hargne. J'ai tellement prié Yahweh pour que Béryl disparaisse et que tu retrouves enfin la raison! Il m'a exaucée et cette chienne a crevé!

—Je ne veux plus t'entendre! hurla Petru en la giflant durement.

— C'est un autre feu de paille qui t'attend à Rome, Petru! cria-t-elle en s'agrippant encore à lui alors qu'il sortait de la maison. Et de quoi ton père et moi vivrons-nous pendant ton absence?

— De l'or que t'a remis Marcus Tinicius pour lui avoir livré Élianne, hypocrite! répondit-il en la repoussant.

Le femme s'assit sur la marche du palier en sanglotant, une main sur le ventre, tandis qu'il s'éloignait.

— Je t'aime, Petru, gémit-elle, je t'attendrai toujours, mon fougueux, et ton enfant aussi t'attendra sur les terrasses merveilleuses de Joppé...

Cet enfant qu'il lui avait fait une nuit où il rêvait d'Élianne, cet enfant dont il ignorait même jusqu'à la venue, puisqu'il la croyait stérile. Sans doute aurait-il mieux valu le lui dire. Mais cela aurait-il suffi à le retenir, lui qui, comme Jonas fuyant vers Tarsis, ne songeait qu'à trouver à Joppé un navire le menant vers sa perte?

Petru était déjà loin et, dès qu'Aurore eut déchiré le voile noir des ténèbres, le pêcheur, lui, eut à décrocher le corps d'Ali qui s'était pendu pendant la nuit, détruit par les remords vis-à-vis de sa maîtresse qu'il n'avait pas su protéger.

Marcus Tinicius ne s'était pas totalement ressaisi, mais il avait au moins accepté la proposition de son ami et médecin Livius Fabia de partir pour Rome dès le lever du jour. Désormais, seul l'empereur Tibère pouvait disposer de l'avenir du questeur, tout comme il déciderait du sort de Fabia. Celui-ci avait été expatrié depuis près de trois ans au même titre que Tinicius, en tant qu'ennemi de la famille impériale.

—Écoute-moi, Marcus mon ami, avait supplié le médecin la veille. Que tu restes à Joppé ou que tu partes pour Rome n'y changera rien et le corps finira par se corrompre où qu'il se trouve. *Le temps fuit, irréparable...*

—Tu cites Virgile, mais tu oublies mon chagrin, lui avait amèrement reproché le questeur en s'éloignant du lit funéraire.

L'homme de sciences l'avait alors entouré d'un bras paternel.

—Au contraire, je ne songe qu'à toi et à ta carrière. Que ton épouse ne soit pas morte en vain, Marcus! As-tu songé qu'elle aurait pu aussi poser ce geste en pensant à toi? De grâce, ne rends pas impossible à jamais la fin de ton exil en cette terre de Judée...

—Je partirai, avait finalement obtempéré le questeur, à bout d'arguments et d'énergie. Mais fais qu'il me soit impossible d'oublier le visage d'Élianne.

—Ton vœu est raisonnable, mon ami, avait psalmodié Fabia en lui tapotant le bras, tout à fait raisonnable. Un artiste de grand talent arrivera dans l'heure pour immortaliser la sublime beauté que ton épouse avait héritée de son grand-père, notre divin Auguste.

Le jour se levait à peine sur le jardin aux buissons fleuris, semé d'herbes aromatiques et entouré d'une galerie à colonnes. Dans un coin, près de la porte qui donnait sur la cour arrière, Sabrino se heurtait le front contre le mur de briques de la cour intérieure dans un mouvement lent et rythmé. Encore et encore. Le coq chanta, mais il n'entendait plus rien que le frappement lancinant du marteau sur l'enclume qui lui martelait aussi la mémoire, il ne voyait rien d'autre que le visage bleui d'Ali, langue pendante, qui se balançait au bout de sa corde...

L'enfant tressaillit au contact des mains posées sur ses épaules et qui lui firent effectuer une rapide volte-face. Son maître le contemplait, désolé.

—Que fais-tu là, Sabrino?

Le jeune esclave avait le regard hagard et les yeux agrandis par la peur. Il dévisagea Marcus, puis ouvrit la bouche, cependant qu'aucun son ne voulut en sortir. L'homme ramena le garçon au front ensanglanté tout contre lui, l'emprisonna dans ses bras puissants pour le bercer doucement. Un long moment passa. Soudain, Sabrino hurla de terreur, dans un long cri d'effroi terrible qui paralysa Marcus et le fit frissonner.

—Je sais que c'est terrible, Sabrino, c'est terrible, murmura-t-il en serrant de nouveau dans ses bras le garçon qui sanglotait. Ils sont morts, ceux que tu aimais le plus sur cette terre. Mais je suis là, moi, maintenant. Je serai toujours là, avec toi, mon fils. Nous changerons de vie. Dès notre arrivée à Rome, je trouverai un précepteur grec pour t'enseigner. Tu apprendras la lecture et l'écriture, l'arithmétique, les lois, la gymnastique. Je te montrerai comment te battre en armure, monter à cheval, nager et lancer du javelot... Tu seras heureux, mon petit Sabrino... Marcus Tinicius Sabrinus...

Il s'agenouilla sur le sol et le berça encore un très long moment, faisant signe à l'esclave portier qui venait en renfort de les laisser seuls. Ce n'est que lorsque Sabrino se fut tout à fait calmé et qu'il se fut endormi que le questeur le prit dans ses bras et le transporta à l'intérieur de sa demeure.

Élianne pleure silencieusement, lovée sous l'édredon de plumes du grand lit. Elle s'est pelotonnée sur le côté droit du matelas, comme si elle espérait encore, contre toute attente, qu'une présence invisible puisse en occuper l'autre moitié. La jeune femme saisit un oreiller et se recroqueville sur lui afin d'étouffer la douleur fulgurante que lui cause l'absence de Marcus depuis qu'elle est revenue de Joppé.

Il n'existe pas pour elle de pire souffrance que celle d'affronter cette séparation dont elle se sent pleinement responsable. Combien de fois n'a-t-elle pas songé à cet enfant jamais né, qui s'évertuait à pousser dans son ventre, fruit innocent de leur passion? Aurait-il possédé les yeux de Marcus, sa bouche, ses mains? Et si les enfants choisissent leurs parents, comme certaines croyances le prétendent, alors cette âme avait d'abord cru qu'ils pourraient tous deux la rendre heureuse...

Son tourment est pire que la mort, c'est comme si elle avait volontairement assassiné l'amour de sa vie. Ses lèvres tremblent dans un sanglot sur le prénom tant aimé, tandis qu'une parcelle du bonheur ancien éclate en sa mémoire douloureuse. Elle se met à rêver...

L'aube rougit le ciel de Joppé alors que le soleil darde déjà de ses intenses rayons le lit haut où elle dort. L'esprit encore taraudé par les songes, Élianne cherche à tâtons le corps chaud de son mari couché sur sa gauche, mais sa main ne rencontre que le vide et la froideur du drap; elle ouvre soudain les yeux, prise de panique.

—Marcus? appelle-t-elle, affolée par le doute.

—Je suis là, répond-il calmement de sa belle voix grave, de l'autre côté du lit.

Élianne se retourne. Elle voit le Romain debout près d'elle, sur les marches qui mènent à la couche, et qui la contemple gravement de son regard bleu, plus bleu encore à cause de sa chevelure noire. Il a revêtu sa toge à plis bourgogne par-dessus une longue tunique blanche. Le cœur de la jeune femme s'affole à la vue de l'homme. Elle pense alors que jamais elle ne pourrait survivre à son départ, si le sort faisait qu'il parte avant elle.

—Je serai toujours là, à tes côtés, pour le reste de ton existence, continue-t-il en penchant son visage si beau vers le sien, comme s'il devinait ses pensées.

—Ne me quitte jamais, supplie-t-elle, toujours couchée, en saisissant son visage.

— Seule la mort pourra me séparer de toi. Et même si je mourais, garde en ton cœur nos doux moments sans en dévoiler les passions à quiconque. Ils resteront à jamais vivants et intacts en toi, pour me perpétuer dans ta chair.

— Je t'aime, Marcus, je t'aime tant, soupire-t-elle en l'attirant vers elle.

Il s'allonge sur son corps en feu.

— L'idée de repartir chez toi t'a-t-elle définitivement abandonnée? demande-t-il.

Elle ne répond pas, elle préfère lui donner une preuve d'amour bien tangible.

Élianne s'endort enfin profondément, sa main tâtonnant toujours presque inconsciemment l'espace du lit, à la recherche d'une présence.

Malgré que le radio-réveil indique vingt-trois heures vingt, Johaline Girard ne dort pas. Ce soir, la femme à la chevelure enflammée et au délicat visage de porcelaine se sent fébrile, prête à exploser de bonheur. Carl, son amant, qui insistait pour dormir près d'elle, est reparti à sa demande, dépité, vers vingt-deux heures.

— Tu n'as donc plus le droit à ton intimité lorsque ta fille est là? lui a-t-il demandé d'un ton teinté de reproche, après l'avoir embrassée avec fougue.

Elle retourne l'oreiller du côté frais et éloigne l'édredon de plumes d'un coup de pied énergique. Elle est en nage malgré la froidure hâtive de septembre.

— J'ai besoin d'être seule ce soir, se dit la femme qui préfère penser tout à son aise à sa joie plutôt que de dormir.

Elle devrait se méfier de ce bonheur qui la submerge sans crier gare, telle une bouffée de chaleur imprévisible et implacable, puisqu'il l'éloigne de Carl. Cela fait plus de huit mois qu'Élianne est sortie de son coma, et pourtant Johaline ne cesse de s'émerveiller que son enfant, qu'on avait prétendue morte et qu'on avait même enterrée, puisse sommeiller tranquillement dans la chambre d'à côté, comme si de rien n'était.

Qu'il lui tarde de la serrer à nouveau contre elle et de sentir son odeur sucrée dans l'appartement! Leur vie à toutes deux est redevenue un pays accueillant et connu. Le plus extraordinaire, c'est que la rescapée de ce sordide naufrage semble n'avoir gardé aucune séquelle des suites de cette longue léthargie; elle a lentement recouvré une forme splendide. C'est, en tout cas, ce qui ressort de son dernier rapport médical. Il reste néanmoins cette infinie tristesse qui assombrit depuis son retour ses grands yeux de biche effarouchée ainsi que ces soudaines et mystérieuses crises de larmes, toujours violentes et incommensurables.

Demain, pour fêter l'anniversaire de Johaline, mère et fille iront faire la tournée des grands magasins et s'arrêteront en chemin au Chasseur Prime, un petit restaurant français qui, malgré la triste mine de son bâtiment, sert une cuisine sublime qu'elles affectionnent toutes deux. Quel bonheur ce sera de se retrouver là devant un joli feu de bois, à boire un Bordeaux rouge et à renouer avec la vie juste avant la rentrée! Élianne reprendra, dès la semaine prochaine, sa toute dernière année de cours à l'université, ce qui lui permettra d'obtenir enfin son baccalauréat en traduction. Johaline s'attend à ce qu'Élianne et Paulin Genest, l'ami attitré de sa fille depuis plus d'un an et demi, emménagent ensemble au printemps, puisqu'il aura lui aussi terminé ses études en chimie et qu'il aura possiblement décroché un poste de biologiste au gouvernement. Le jeune scientifique use avec la jeune femme d'une infinie patience, patience égale à l'amour qu'il a pour elle. Johaline se questionne souvent sur les relations tendues qu'entretient le jeune couple. C'est à se demander comment Paulin fait fi du caractère rebelle et obstiné de sa fille lorsque, souvent, cette dernière le traite sans aucun égard, presque avec mépris.

La pléthore des plans préparés pour Élianne lui tient encore l'esprit en éveil quand soudain, un bruit de pas dans le couloir, juste devant sa chambre, la fait sursauter. Johaline se lève, intriguée, et allume la lampe, attrapant au passage sa robe de chambre. Doucement, elle ouvre la porte de la chambre d'Élianne et constate, étonnée, que sa fille dort profondément.

Elles sont pourtant seules, ce soir, dans ce logement de la rue Tremblay et Johaline sait pertinemment qu'elle a bien verrouillé toutes les portes, comme elle en a l'habitude. Ce qu'elle a entendu, c'étaient les pas d'un individu qui courait, des pas lourds et espacés qui semblaient se rendre à la cuisine.

—Carl, c'est toi? appelle-t-elle à tout hasard.

Johaline inspecte chaque pièce du logis, vérifie toutes les serrures, mais ne remarque rien d'anormal.

—Bah! Ce n'était que mon imagination, finit-elle par se convaincre en se recouchant.

Sitôt sa tête posée sur l'oreiller, Johaline tombe dans un sommeil paisible et dort comme une souche jusqu'au lendemain.

Chapitre 2

CÉSARÉE ET ALEXANDRIE

Lorsque Marcus ouvre les yeux, il voit là, plantés à la gauche du lit où on l'a couché, une femme d'âge moyen et un garçonnet d'environ six ans qui le regardent gravement, leurs visages à la fois empreints d'amour et d'inquiétude. Il les dévisage lentement à son tour, persuadé de les voir pour la première fois.

—Papa! s'écrie aussitôt le garçon en couchant sa tête bouclée sur le thorax de l'homme.

L'enfant, dont les cheveux sont presque aussi noirs que ceux de celle qu'il suppose être sa mère, lui entoure spontanément le cou de ses petits bras frêles, le laissant ébahi et sans voix.

—Jean-Marc, mon amour, enfin tu te réveilles... gémit la femme qui pleure de joie en lui baisant la main avec passion. C'est moi, Emmanuelle...Tu as eu un accident de voiture, tu te souviens? On t'a conduit à l'hôpital de Chartres.

Ce garçon n'est pourtant pas Sabrinus, ni cette femme, Élianne. Où se trouve-t-il donc, maintenant? Lui qui ne comprend rien à leur langage, comment pourrait-il donc le savoir? Le regard de Marcus erre dans la chambre toute blanche munie d'une fenêtre fermée par une lourde tenture, puis s'accroche à l'étonnant récipient de verre fixé au plafond qui diffuse une lumière blafarde dans toute la pièce. Il aperçoit alors au pied du lit un vieil homme vêtu de blanc qui porte un curieux pendentif noir autour du cou.

—*Non intelligo*, murmure Marcus d'une voix rauque en les regardant un à un et en repoussant doucement l'enfant. *Quid dicis?*

Leurs yeux s'agrandissent de stupeur et, d'une main nerveuse, la femme s'empresse de ramener l'enfant contre elle.

—Docteur, qu'a-t-il dit? le questionne-t-elle avec angoisse. Dans quelle langue Jean-Marc parle-t-il?

—Il semble que Monsieur Arnaud parle le latin, Madame, répond le médecin en s'empressant de venir en aide au malade qui tente maintenant de s'asseoir dans son lit. Votre mari a vécu une mort clinique et les pertes de mémoire ne sont pas rares après un coma semblable.

—Mais Jean-Marc n'a jamais appris le latin! réplique-t-elle en serrant toujours son fils contre elle.

—Nous voyons parfois à Chartres de bien étranges choses, murmure le médecin, perplexe.

Marcus Tinicius se lève d'un trait puis, après avoir arraché de son bras le diffuseur de sérum qu'on y a piqué, écarte le médecin d'une main ferme pour tituber à travers la pièce en direction de la porte.

—Elianna Girard, marmonne-t-il en tentant de rester debout sur ses jambes chancelantes.

Ses yeux se révulsent et il s'écroule sur le plancher, inanimé. C'est alors que le souvenir l'assaille à nouveau, tel un rêve qu'on aurait abandonné à l'aube pour le reprendre dès la nuit.

Fabia avait décidé de tout. Du reste, même s'il avait voulu protester (ce qu'il ne fit pas), Marcus Tinicius aurait été bien incapable d'arrêter quelque décision que ce soit, tant il se sentait épuisé et affligé. Le questeur, semblable à un somnambule, se plia donc aux volontés de son ami et conseiller pour s'embarquer, peu après la sixième heure et avec le tiers de ses gens, sur un navire en partance pour Césarée, capitale de la Judée.

Après la mort du tétrarque Hérode le Grand, treize ans auparavant, celui-là même qui avait massacré les enfants mâles des Juifs par peur d'être évincé du pouvoir par l'un d'eux et dont on annonçait le règne, la Judée était passée aux mains du procurateur Ponce Pilate. Du même coup, Jérusalem avait perdu son titre d'ancienne capitale au profit de Césarée, magnifique ville portuaire entourée d'une enceinte, située tout au nord-ouest de la province et distante de Joppé d'environ douze lieues*.

—Pourrons-nous visiter le forum, mon père? s'enquit timidement Sabrino en se cramponnant au bastingage

* Ancienne mesure correspondant à 4 kilomètres environ.

de la trirème, rapide galère manœuvrée par cent soixante-dix rameurs, alors qu'ils se préparaient à accoster.

Bien que son adoption ne fût pas encore officiée par un préteur et que le garçon n'eût pas encore été adjugé à son nouveau père, il avait été néanmoins autorisé à agir comme si la vente avait déjà eu lieu.

—Ni le forum, ni le temple d'Auguste, ni l'hippodrome, ni le théâtre, mon petit Sabrinus, répondit Livius Fabia en lieu et place du questeur. En fait, nous ne verrons rien de Césarée, car nous ne débarquerons pas du navire.

—Pourquoi donc, Livius? demanda Marcus Tinicius d'une voix éteinte.

—Le temps presse, mon ami, expliqua le médecin en repérant sur le quai l'escorte du procurateur de Judée. Aussi ai-je envoyé à Ponce Pilate une missive il y a deux jours, le priant ardemment, pour le bien de l'Empire, de venir reconnaître officiellement le corps de Béryl sitôt notre accostage. Il signera le constat sous son sceau officiel dans un document que tu remettras à Tibère en personne, dès notre arrivée à Rome.

—Il est vrai que Pilate et Béryl se sont connus à Rome du temps d'Auguste et ne se sont guère aimés, admit Marcus Tinicius sans émoi. Tu as bien fait de songer à obtenir son serment écrit. Venant de lui, Tibère n'aura pas l'idée de contester la légitimité du parchemin et nous serons ainsi assurés de la cessation de notre exil, même si l'empereur lui-même était dans l'impossibilité matérielle de reconnaître sa fille.

— La galère fera donc escale à Césarée pendant deux heures tout au plus, conclut l'autre au bénéfice de Sabrino.

Ainsi fut-il fait et le haut fonctionnaire romain, après avoir salué ses vis-à-vis et offert ses condoléances au questeur, suivit Fabia à la cale afin d'y identifier le cadavre en présence de deux décurions. Ponce Pilate, toujours aimable et conciliant, reconnut aussitôt le corps de Béryl, signa promptement le parchemin qu'il avait fait préparer à l'avance, et apposa sur le cachet du rouleau le sceau qu'il portait en bague.

Au moment de franchir la passerelle d'embarquement jetée entre le navire et la terre ferme, le procurateur se pencha à l'oreille de Livius Fabia :

— Au risque de te déplaire, médecin, je t'avoue être soulagé de la mort de Claudia Béryl. Il m'était pénible de savoir que la Judée abritait en ses terres une ennemie de Rome sans que je puisse l'en chasser. Je m'étonne, néanmoins, que la puanteur de son passé dépasse de cent fois celle de sa carcasse...

Le médecin ne répondit pas, se contentant de hocher la tête, surpris lui aussi que la putréfaction du corps n'ait pas encore débuté son œuvre ignoble et nauséabonde. Il se dit que son nouvel engagé, Petru, faisait bien son travail et que la neige dont il recouvrait chaque jour la morte était bénie des dieux. Il se garda bien, toutefois, de souffler mot de ce prodige à son ami Tinicius, lorsque ce dernier l'eut rejoint à l'avant du pont alors que le navire se préparait, une fois de plus, à l'appareillage. Qui sait quelle folie aurait pu alors l'assaillir.

Le questeur enfouit brusquement son visage dans ses mains pour pleurer tandis que le navire s'éloignait des rives. D'un geste de l'index, Fabia ordonna à une esclave nouvellement affectée aux soins de Sabrino d'emmener ce dernier jouer plus loin, puis déposa une main sur la large épaule maintenant secouée de sanglots. À quoi bon tenter d'étouffer ce chagrin incendiaire sous de belles paroles et d'asperger le nouveau veuf des attraits de la vie qui l'attendait à Rome? La douleur de Marcus était fulgurante et le ravageait tout entier, Livius Fabia le devinait, et rien des splendeurs de la ville aux sept collines n'aurait suffi aujourd'hui à le distraire de sa peine. Pas même les dieux en qui, du reste, et comme bien des Romains instruits, le médecin ne croyait guère plus. D'ailleurs, il y avait fort à parier aussi, même s'ils n'en avaient jamais discuté ouvertement, que son ami Tinicius se rangeait tout comme lui du côté des incrédules.

Ce soir-là, désirant éviter la compagnie du préfet du navire, le questeur exigea qu'on servît le repas dans sa cabine, se contentant simplement de légumes frais et de saucisses dans la semoule. Le Romain se trouva une fois de plus incapable de manger, s'appliquant consciencieusement, cependant, à boire chaque fois le vin dont l'esclave emplissait son verre. Bien que tenté de se réfugier dans un silence souffrant, Marcus Tinicius se força à entretenir la conversation avec Fabia et Sabrino. Il se trouva néanmoins le style verbeux et creux.

—Notre navire fera une courte escale à Alexandrie,

amorça-t-il d'une langue un peu pâteuse, en examinant son fils adoptif qui engloutissait son troisième saucisson à la semoule. C'est le principal port d'Égypte, mon petit, donc le lieu de transit entre l'Orient et l'Occident pour le papyrus et le blé d'Égypte. Nous disposerons d'un peu de temps pour visiter cette ville fondée il y a plus de trois cents ans par Alexandre le Grand, et qui abrite en son sein l'une des Sept Merveilles du monde.

—L'une des Sept Merveilles du monde? reprit le garçon, en agrandissant des yeux intéressés.

Son père sourit avec indulgence.

—Strabon nomme ainsi les ouvrages qui, depuis des temps immémoriaux, ont provoqué le plus d'admiration et d'étonnement chez les hommes à cause de leur extraordinaire décor ou de la prouesse technique qu'a nécessité leur réalisation: la pyramide de Chéops, les jardins suspendus de Babylone, la statue chryséléphantine de Zeus à Olympie, le temple d'Artémis à Éphèse, le tombeau du roi Mausole à Halicarnasse, le colosse de Rhodes, et finalement, le phare d'Alexandrie, érigé sur l'île de Pharos, d'où son nom de «phare», qui mesure plus de quatre cent cinquante coudées de hauteur. Il a été le premier ouvrage destiné à guider les navires. C'est là, paraît-il, que le grand mathématicien et philosophe Eratosthène aurait réussi à déterminer la circonférence de notre Terre.

—Ce sera votre premier enseignement pratique, mon père, répondit le garçon avec un enthousiasme plein de retenue respectueuse.

— À propos d'enseignement, Sabrinus, enchaîna alors Livius Fabia en déposant son verre pour se tourner vers le garçon, l'un des affranchis juifs de ton père m'a raconté tantôt une très étrange légende. Écoute bien : juste en face d'Alexandrie se trouve cette île de Pharos sur laquelle, paraît-il, voilà bien longtemps, on isola soixante-douze rabbins, les chefs religieux du peuple juif, afin que chacun traduise la bible hébraïque, une sorte de manuscrit sacré.

— Et alors? demanda Sabrino, piqué par la curiosité.

— Imagine-toi, mon enfant, que tous auraient abouti à une traduction identique de cette fameuse bible!

— Ces Juifs m'étonneront toujours en priant leur Dieu unique, soupira Marcus Tinicius. Depuis mon exil, voilà plus de trente mois, je les observe sans parvenir à les comprendre. Malgré que le gouverneur de la province de Judée leur permette de garder leurs coutumes et leur religion, ils s'évertuent sans cesse à contrevenir à la seule obligation qui leur soit imposée par Rome, celle de vénérer l'empereur!

— Ils refusent d'adorer un autre dieu que leur Yahwhé, expliqua le médecin.

— Ce n'est pas une question de religion, mais bien de loyauté, objecta le questeur. Après tout, Rome leur apporte la civilisation. Dis-moi, quel est donc le nom de mon affranchi juif si volubile?

Livius Fabia se rembrunit :

— Petru, fils de Jacob, murmura-t-il en baissant les yeux sur son verre.

Marcus Tinicius devint livide, tandis qu'un éclair de

colère alluma son regard bleu. Il se leva d'un trait.

— Comment as-tu osé engager ce misérable pêcheur? vociféra-t-il en saisissant le médecin par sa toge et en le plantant debout sur ses jambes.

Un esclave s'empressa alors de faire sortir Sabrino de la cabine.

— Écoute-moi, Marcus, plaida calmement le médecin de sa belle voix grave sans tenter de se défendre ou de se dégager. Moi qui n'ai jamais trahi ta confiance par le passé, pourquoi te ferais-je douter de ma probité aujourd'hui? Ne m'as-tu pas choisi comme conseiller?

— Mais encore? siffla le questeur, les poings serrés sur le vêtement.

— Ce Juif s'est livré de lui-même à moi, avant-hier, afin d'éviter que tu ne saisisses les membres de sa famille comme esclaves. J'ai accepté d'emblée, car je juge dans mon âme et conscience que nul autre que le fautif ne peut être responsable de son crime.

Le questeur relâcha son étreinte avec une rage désabusée.

— S'il n'avait pas enlevé Élianne, elle serait encore vivante, répliqua-t-il d'une voix tremblante d'émotion. Pourquoi n'as-tu pas fait exécuter ce traître, Livius?

Il se détourna du médecin, les yeux rougis par des larmes qu'il ne pouvait plus retenir.

— Tu sais que je me rebute à disposer des hommes comme on dispose des bêtes, dussent-ils être des esclaves, Marcus, répondit Livius. Mais tu demeures le seul maître de cette affaire et tu auras le dernier mot. Cependant, je peux t'affirmer que Petru est aussi assidu à la garde du corps de Béryl que pouvait l'être le Minotaure devant la porte du Labyrinthe.

— Qu'as-tu exactement en tête, Livius?

— Donne-le-moi, Marcus. Il est fort comme Hercule, beau comme Apollon et, avec ton accord, je pourrai l'établir comme esclave dans la nouvelle *insula* que je louerai bientôt à Rome. Je te jure que tu n'entendras plus parler de lui et que tu ne reverras plus son visage.

Marcus Tinicius se laissa choir sur l'un des sièges à la selle arrondie recouverts de cuir rouge qui meublaient la cabine et se passa les mains sur le visage. Pourquoi s'en prenait-il ainsi à Livius, son ami si cher? Une rage folle couvait en lui, pareille à une colonie de vipères qui, de nuit, se seraient apprêtées à attaquer l'ennemi endormi. L'ambiguïté et l'ampleur déraisonnable de ses propres sentiments, tantôt de colère, tantôt de chagrin, lui firent soudainement honte.

— J'accepte, décréta Marcus Tinicius après un moment de réflexion, mais je le fais pour l'amour d'Élianne qui s'opposerait, tout comme toi, à ce que l'on tue des hommes.

Le sommet illuminé de Pharos, que couronnait une statue de Zeus monumentale, pointait depuis longtemps au zénith de la Méditerranée lorsque la trirème dans laquelle voyageait Marcus Tinicius et ses gens pénétra dans le port de l'ancienne Racondah des Égyptiens. Lentement, le vaisseau se faufila à travers le dédale bariolé des voiles inertes des centaines d'autres bâtiments venus ce jour-là en capitale égyptienne. Le temps magnifique avait changé la mer en miroir de bronze qu'un druide aurait mystérieusement bleuté, de telle sorte qu'on dut arracher aux bras et au zèle des rameurs un effort supplémentaire pour l'accostage.

Du pont avant du navire, appuyés contre le bastingage, le questeur, Sabrino et Livius Fabia admirèrent la gigantesque structure du phare.

—C'est donc cela l'Alexandrie d'Égypte? s'exclama Sabrino, médusé.

—L'Alexandrie près de l'Égypte, corrigea aussitôt son père.

À l'instar de ses compatriotes, jamais Marcus Tinicius n'aurait spontanément reconnu la suprématie de la principale rivale avouée de Rome et d'Athènes : Alexandrie. Ainsi, même si la ville était la capitale de l'Égypte, elle avait fleuri à l'origine sous la dynastie grecque des Ptolémées, portant alors le nom de Rhacôtis, puis était passée plus tard sous la domination des Romains.

Les Romains préféraient par conséquent ne pas la considérer comme une cité égyptienne. Pour la distinguer des autres villes portant le nom d'Alexandrie et fondées par Alexandre le Grand, il était donc coutume de parler de l'« Alexandrie près de l'Égypte », et non de l'« Alexandrie d'Égypte ».

Tout comme Rome, certains quartiers d'Alexandrie

dessinaient des labyrinthes de rues étroites, sales et achalandées, bondées d'une foule cosmopolite pressée, et encombrées par les chariots des commerçants qui roulaient dans tous les sens en s'injuriant à tue-tête. Mais là s'arrêtait la comparaison. Car, contrairement à sa sœur rivale, la capitale égyptienne possédait un marché commercial qui supplantait tous ses concurrents potentiels et faisait d'elle le maillon d'ancrage entre l'Orient et l'Occident. La vieille Rome, jalouse, avait beau déployer tous ses charmes et se dévergonder pour mieux se vendre, sa sœur cadette, même toute empreinte de religiosité qu'elle était, réussissait à charmer bien davantage.

Ils se rendirent à un marché couvert, dressé entre deux artères étroites où les marchands, derrière leurs étals, exhibaient leurs produits aux passants pressés, proposant fruits, tissus, poteries et verre d'Alexandrie, poissons, sandales, pains ou bijoux d'un cri bien senti ou d'une cantilène. La foule bigarrée qui peuplait les rues, avec ses accents chantants, ses visages variés et ses odeurs de sueur, leur sembla plus aimable et moins agressive que celle de Rome, la ville aux sept collines. Des sourires indulgents, souvent empreints de bonté, retroussaient les lèvres des passants anonymes contre lesquels on se cognait, ce qui eut l'heur d'étonner les visiteurs romains.

— Attention aux fenêtres ouvertes, Sabrinus! l'avertit Marcus. Tu pourrais recevoir sur la tête bien d'autre chose qu'un seau d'eau sale!

Ils s'éloignèrent du tintamarre assourdissant du bazar,

pour se retrouver finalement en bordure de l'une des rues, à examiner l'architecture des bâtiments, abrités par quelques hauts palmiers. La brise chaude leur apporta une odeur sucrée chargée d'encens, de safran et d'orange.

—Combien de fois avez-vous visité l'Égypte, mon père? s'enquit Sabrino en caressant le petit chien blond que Marcus venait tout juste de lui acheter au marché.

—C'est ma seconde visite dans ce chef-lieu de l'Empire, répondit le Romain. Vois, là-bas, le quartier de Bruchium, où se trouvait la Bibliothèque d'Alexandrie, juste à côté du palais royal. Elle contenait, prétendent certains, jusqu'à sept cent mille rouleaux de manuscrits, malheureusement incendiés en grande partie lors de la destruction par Jules César de la flotte des Alexandrins. Et plus loin, là-bas, c'est le Soma contenant le tombeau d'Alexandre.

—Quel est le nom de l'établissement devant lequel nous nous trouvons, mon père?

—C'est l'illustre École philosophique d'Alexandrie.

Au bruit assourdissant des roues d'un char dans leur dos, le questeur eut tout juste le temps d'empoigner son fils par le bras afin de le soustraire à la trajectoire du véhicule fou lancé en trombe sur eux. Le cœur battant, il serra le garçon contre lui, mais ce dernier se dégagea aussitôt.

—Mon chien! Mon chien! cria-t-il en se ruant vers l'animal qui gisait maintenant dans une petite mare de sang au milieu de la chaussée inégale.

Sabrino cueillit doucement sur le pavement la bête

écrasée à mort, les yeux ouverts, et la serra contre lui en sanglotant.

—Ne pleure pas, Sabrinus, tenta de le consoler Marcus Tinicius en déposant ses mains sur les épaules du garçon. Je t'achèterai un nouveau chiot...

Soudain, une voix s'éleva derrière eux, empreinte d'un fort accent hébreu:

—Veux-tu faire voir ton chien à mon cousin, petit homme?

Ils se tournèrent d'un même mouvement en direction d'un adolescent d'environ dix-sept ans, plutôt grand et efflanqué, et dont les cheveux châtains étaient aussi bouclés que la toison d'un agneau. Sabrino le considéra d'un air perplexe.

—Mon nom est Jean, continua l'autre en latin. Mon cousin Jeshua a un don pour guérir les gens et les animaux.

—Le chien est mort, soupira Marcus. Tu es gentil, mais il n'y a plus rien à faire.

Le jeune homme sourit.

—Les apparences sont parfois trompeuses. Venez avec moi, Jeshua m'attend juste à côté.

Ils n'osèrent répliquer devant tant d'assurance et suivirent leur guide jusqu'à un bâtiment que Marcus reconnut comme étant la célèbre École Juive, dont Philon le Juif en personne se proclamait le représentant. Le Romain se souvint alors d'avoir un jour entendu Livius Fabia discourir sur le cas de ce célèbre philosophe qui tentait de concilier, aussi absurde que cela parût, la philosophie de Platon et la doctrine de Moïse.

Le jeune Juif se dirigea au pas de course vers un autre grand jeune homme de son âge aux cheveux aussi pâles que les siens, et qui l'attendait devant l'établissement. Il parlementa quelques instants avec lui. Ensuite, tous deux se dirigèrent vers Sabrino.

—Sèche tes larmes, ton chien n'est pas mort, dit Jeshua avec un sourire qui illuminait de magnifiques yeux bleus.

—Mais si, il est mort, regarde! rétorqua férocement Sabrino en lui déposant l'animal dans les bras.

L'adolescent serra le chien contre lui, puis l'animal se mit soudain à geindre et à bouger. Marcus et Sabrino le considérèrent, bouches bées.

—Je te l'avais bien dit qu'il n'était pas mort, fit le garçon d'une voix chaude. Il s'était seulement endormi. Tiens, reprends-le avant qu'il se sauve, il gigote trop pour moi!

Et, ce disant, il lui remit le chien dans les bras en éclatant de rire. Marcus regarda le jeune homme avec une attention soutenue.

—Il était bien mort, ce chien, murmura-t-il.

—Viens, Jésus, on va être en retard! dit Jean en hébreu en attrapant son cousin par le bras.

—Tu es Jésus? reprit en hébreu Marcus d'une voix abasourdie, en le retenant aussitôt par la tunique. Tu te nommes Jésus?

—Oui, répondit-il en soutenant son regard, mais ici, je me fais appeler Jeshua. Tu me connais donc?

Marcus Tinicius se laissa choir aux pieds du garçon ébahi, l'empoignant par les mollets.

—Tu es le fils de Dieu! s'écria-t-il.

—Tais-toi, le gronda-t-il en se dégageant et en jetant des regards inquisiteurs autour de lui. Je t'interdis de répéter ça à quiconque, tu m'entends? Le temps n'est pas encore venu.

—Qui a pu l'informer? chuchota avec inquiétude Jean à l'oreille de son cousin tout en toisant le Romain d'un long regard apeuré. Et s'il nous trahissait?

—Ma bien-aimée m'a dit qui tu étais, continua le questeur, et je crois en Toi. Guéris la peine qui m'habite, je t'en conjure, sinon j'en mourrai.

—Tu serreras à nouveau dans tes bras celle qui t'a conduit dans la Vérité de mon Père, fit gravement l'adolescent. Il ne se passera pas dix-huit lunes à partir de l'instant où tu pleureras sur sa tombe.

Et, sans plus attendre, les jeunes Juifs coururent vers l'école essénienne plantée plus loin, laissant là l'homme agenouillé et déconcerté.

Élianne entre dans la minuscule cuisine, attirée par l'odeur des croissants chauds, tandis que sa mère achève de préparer leur petit-déjeuner. Elle se laisse tomber sur une chaise en esquissant un sourire peu convaincu.

—Bonjour, murmure-t-elle d'une voix sans entrain, en refermant sa robe de chambre d'un geste frileux et en tendant une joue.

Sa mère s'empresse de lui verser un café et, du même geste, se penche pour l'embrasser.

— Tu as bien dormi, ma chérie? lui demande Johaline en fronçant légèrement les sourcils, car, ce matin encore, comme depuis les neuf derniers mois, elle croit déceler sur son visage une trace de mélancolie.

— Il n'y a rien de tel que dix heures de sommeil, plaide la jeune femme en secouant énergiquement sa blonde et longue chevelure humide après l'avoir libérée de la serviette de bain qui l'emprisonnait.

Johaline s'assoit face à elle et sirote à son tour un café brûlant.

— Tu as parlé cette nuit, dit-elle en la dévisageant gravement.

— C'est vrai? s'amuse Élianne. Qu'est-ce que j'ai dit?

— Je n'en ai aucune idée! Tu parlais une langue étrangère, mais je ne crois pas que ce soit de l'italien ou de l'espagnol.

— Ça ne peut pas être autre chose que du français, de l'anglais ou de l'espagnol, je ne connais que ces langues-là, soupire la jeune femme en fixant un point invisible devant elle.

— Élianne, commence doucement Johaline en lui saisissant une main, où étais-tu pendant tout ce temps, hein? Que s'est-il passé dans ton esprit pendant tout ce temps de ton coma?

Le beau visage d'Élianne s'assombrit. Encore et toujours cette question. Paulin et sa mère se sont-ils donc concertés afin de lui faire cracher des aveux? Insidieuse voilà à peine quelques mois, l'interrogation ramenée sans cesse se fait de plus en plus pressante et harcelante.

—Tu ne vas pas recommencer avec ça? se fâche Élianne. Ça fait cent fois que je te répète que je ne m'en souviens plus! Je ne veux plus en parler, tu m'entends?

—Élianne... reproche doucement sa mère, j'essaie seulement de t'aider.

La jeune femme se tord les mains et y enroule nerveusement le cordon de sa robe de chambre. Il est indéniable qu'ils savent tous qu'elle est allée quelque part pendant son coma et qu'ils ne croient pas qu'elle ait pu oublier ce qui s'y est passé. Paulin, Marie-Christine et sa mère lui ont même raconté l'histoire des esprits voyageurs et décrit l'amoncellement de pierres sacrées en bordure du lac à la Truite qui l'avait, pour ainsi dire, propulsée en Judée à l'arrivée du solstice d'été.

Elle ne parlera pas, quelle que soit sa douleur. Son silence perpétuera Marcus en son être, comme il le lui a demandé. Marcus... Elle refoule les larmes qui lui montent aux yeux et se lève précipitamment, prête à fuir au salon.

—Comme tu as changé, Élianne, l'invective encore sa mère. Tu es devenue si nerveuse. Je crois même que tu me mens. Tiens, hier encore, avec Paulin, je ne te reconnaissais pas, tellement tu étais agressive avec lui.

—Prends sa défense, maintenant, pendant que tu y es! riposte Élianne. Imagine-toi que je viens de comprendre que je n'ai jamais aimé Paulin.

— C'est ta vie, ma belle, et la seule chose que je veux, c'est que tu sois heureuse, proteste Johaline en baissant la voix. Mais ce n'est pas en te montrant si négative que tu y arriveras. Récites-tu ta demande spéciale tous les jours, au moins?

— T'es vraiment fatigante avec ça, maugrée Élianne en se croisant les bras. On dirait que tu penses que j'ai encore douze ans.

— Tu sais bien que cette prière a toujours tout arrangé dans notre vie.

— C'est assez, maman! l'interrompt violemment la jeune femme en se levant. Laisse-moi vivre, s'il te plaît!

Elle frappe la porte battante de la cuisine. Johaline laisse fuser un long soupir de découragement. Elle ne parvient pas à reconnaître sa fille, laquelle était auparavant si douce et si patiente. Trop douce et trop patiente, devrait-elle même admettre, parfois à l'extrême limite de la bonasserie. Johaline hoche la tête; elle doit affirmer le bien en toute chose et chercher à tirer le meilleur parti de tout, mais c'est difficile. Le bonheur, en fait, n'est-il pas que le résultat de l'affirmation du bien? Après tout, la colère et le silence d'Élianne, même injustifiés, sont peut-être des forces qui s'avéreront positives une fois bien canalisées. En tout cas, elles valent cent fois mieux qu'une longue déprime qui l'aurait anéantie. Au moins Élianne est-elle mue par une certaine énergie, même négative, ce qui console un peu sa mère.

— J'ai invité Paulin et Carl à manger une raclette vendredi, lui lance encore sa mère depuis la cuisine.

Élianne revient aussitôt dans la pièce, furieuse.

— À l'avenir, si je veux voir Paulin, je l'inviterai moi-même! articule-t-elle avec colère. Tu n'as pas à m'imposer sa présence!

Bouche bée, Johaline considère la jeune femme en cherchant à comprendre ce qui a bien pu la mettre dans un état pareil.

— Je croyais que ça te ferait plaisir, ne peut-elle que rétorquer, tandis qu'Élianne pousse à nouveau la porte.

Son intuition lui murmure alors qu'Élianne lui cache quelque chose de terrible et que la vérité finira bien par éclore, si elle veut bien y mettre la patience et l'amour nécessaires pour surveiller une douleur qui se fera trop grande un jour ou l'autre.

Plus tard, au travail, tandis que Johaline feuillette un quotidien lors de sa pause-café, un entrefilet attire son attention. Elle apprend qu'à la suite d'un accident de voiture, pendant un voyage d'affaires qui le ramenait de Chartres à Paris, un conseiller municipal est mystérieusement sorti d'une mort clinique longue d'une cinquantaine de minutes. Le journaliste fait valoir que le miracle s'est produit non loin de la réputée cathédrale de Chartres. Il ajoute que, fait étrange, le rescapé s'exprime maintenant en latin, langage qui lui était totalement inconnu avant son coma, et qu'il a tout oublié du français, sa langue natale.

— Du latin, murmure lentement Johaline en posant le journal, c'est en latin qu'Élianne parlait dans son sommeil.

Cette fin d'après-midi-là, comme elle le fait d'ailleurs souvent après avoir assisté à ses cours, Élianne Girard s'arrête un moment à la bibliothèque de son quartier. Elle veut y lire tout ce qui peut être écrit sur la sibylle de Cumes, dont le souvenir douloureux continue de la hanter jusque dans son sommeil. Depuis quelque temps, la prophétesse l'implore, nuit après nuit, dressant vers elle sa main aux doigts tordus et sans ongles, en émettant des plaintes atroces qu'elle devine être des sanglots.

La voix monstrueuse, jadis entendue dans la grotte de Cumes, résonne toujours à sa mémoire :

— De retour chez toi, vois à ce qu'on n'ait pas oublié la sibylle de Cumes, ni l'endroit où elle a vécu, lui avait murmuré la prophétesse de sa voix lugubre en lui empoignant la main.

Élianne avait promis et, bien que le temps ait passé, la prophétesse, elle, n'a pas oublié la jeune femme et la presse de tenir parole.

C'est à travers les pages jaunies d'une encyclopédie que la jeune femme découvre l'ancienne légende. La célèbre prophétesse, qui aurait vécu mille ans, aurait donné ses oracles dans une caverne il y a plus de deux mille cinq cents ans. Une photographie montre ce qui subsiste des lieux : des ruines dont Élianne reconnaît l'architecture. Les Livres sibyllins, longtemps conservés à Rome dans le temple de Jupiter Capitolin, auraient disparu en 83 avant Jésus-Christ dans un incendie. De plus, et même si l'existence de la sibylle de Cumes n'a pas été vérifiée avec certitude par les anciens Romains, il était d'usage dans l'Antiquité qu'on montrât sa tombe aux visiteurs du temple d'Apollon, situé un peu plus haut sur la colline de Naples. L'antre de la sibylle avait été redécouvert en 1932. Les archéologues jubilaient, n'ayant plus aucun doute sur l'existence de cette grotte.

Élianne soupire de soulagement en refermant le livre; sa promesse est maintenant honorée et la prophétesse à la peau parcheminée peut reposer en paix, puisqu'on ne l'a pas oubliée.

Chapitre 3

SOUS LES CYPRÈS DU PALATIN

Lucianus et Marcus s'étreignirent longuement, tandis que, sous une pluie battante et glacée, une horde d'esclaves s'affairaient à transporter les bagages dans les litières qu'on avait réservées à cette fin, alignées sur le quai du port d'Ostie. Une fois de plus, à cause de la piètre qualité des auberges enfumées et sales de Rome, Lucianus, frère jumeau de la première épouse de Marcus, avait offert le gîte à son beau-frère et à ses gens, jusqu'à ce que l'empereur lui restituât ses biens.

—Voici mon fils Sabrinus, lui dit Marcus Tinicius. Tu connais déjà Livius Fabia, mon ami et médecin.

Les présentations furent aussi brèves et courtes que possible, les voyageurs étant visiblement exténués.

—Marcus, je compatis pleinement à ton chagrin, assura Lucianus en s'assoyant face à lui dans la *carruca* et en déposant une main chaude sur le genou de son beau-frère. Vraiment, les dieux ne t'épargnent pas, mon ami. Aurélia nous attend, mais les larmes l'indisposent et je ne sais si elle aura le courage de se joindre à nous pour le repas du soir, que je veux simple et sobre.

Lucianus retira le sombre manteau gaulois à capuce qui l'enveloppait et qui lui recouvrait entièrement la tête, laissant apparaître sa luxuriante chevelure frisée qui avait encore grisonné depuis leur dernière rencontre.

Il faudrait bien encore deux heures pour atteindre Rome, sise à plus de six lieues du port. Le voyage avait épuisé les voyageurs. Sabrino blotti contre lui, Marcus ferma les yeux, se laissant bercer par le cahotement du chariot dont les roues se lamentaient contre le pavé de pierres plates de la via Ostiensis.

« Libérez le passage pour le noble Lucianus Martialus! » hurlaient quelquefois avec impatience les porteurs de torches spécialement affectés à leur escorte, en brandissant leurs flambeaux. Le questeur sursautait à chaque cri.

Confus, il crut faussement reconnaître au loin le bruit sourd des moulins de la voie Salaria, puis tomba dans un demi-sommeil dont nul n'osa le sortir. Le soir tombait sur Rome lorsqu'ils franchirent finalement la porte d'Ostie, et ni le tumulte des essaims humains bourdonnant encore malgré l'heure tardive dans les rues étroites de la capitale, ni le grouillement des litières ne réussit à le ravir à son sommeil pesant.

— Je me demande comment tu as pu dormir en traversant tout Rome, lui dit plus tard Lucianus tandis, qu'en compagnie de sa jeune épouse de seize ans, Aurélia, de Livius et de Sabrino, ils s'apprêtaient à manger, chacun allongé sur un divan. La vie y est devenue intolérable à cause du bruit, surtout la nuit, depuis qu'une loi interdit aux marchands de faire circuler leurs charrettes de jour.

— ... Sauf celles chargées des pompes funèbres, compléta Aurélia sans sourire, en dardant sur Marcus un regard accusateur.

— Et celles transportant les matériaux de construction, rajouta Lucianus, sans relever l'outrecuidance. Oui, nous sommes choyés par les dieux de vivre dans un quartier éloigné de ce tintamarre.

Aurélia avait fait servir à ses hôtes un « simple petit souper », comme l'avait annoncé Lucianus, composé principalement de légumes frais, de poisson, de lard et de fèves. Au dessert, il leur avait été servi des fruits assaisonnés de poivre qui faisait ressortir leur subtile fraîcheur, puis de l'hydromel à profusion.

Malgré qu'il n'eût pas d'appétit, Marcus se contraignit à goûter chaque plat afin de ne pas déplaire davantage à son hôtesse, car cette dernière, contrairement à son habitude, ne souriait guère ce soir. La jeune et jolie matrone avait froidement accueilli son invité, lequel, de temps à autre, sentait peser sur lui ses lourds regards silencieux qu'il devinait chargés d'accusations. Lucianus, quant à lui, peut-être mal à l'aise face à l'attitude de son épouse, s'efforçait d'entretenir une conversation légère et agréable.

— Ne t'étonne pas si lors de l'audience que t'accordera Tibère demain, tu ne reconnais pas l'empereur au premier coup d'œil : son tour de taille épaissit en proportion du pouvoir qu'il détient sur les sénateurs, pouffa-t-il.

—Mais n'avait-il pas justement refusé le titre d'*imperator* afin que les sénateurs parlent et votent librement, comme sous l'ancienne république? s'étonna le questeur.

—Si fait. Toutefois, aussitôt qu'il a refusé l'honneur du titre, l'empereur a déclaré que les paroles et les écrits qui lui seraient hostiles constitueraient un acte de pure trahison.

—Il y a des hypocrites partout, lança Aurélia en jetant à Marcus un regard méprisant.

—Tu sais comment certains, en privé, surnomment à présent Tiberius Claudius Nero? continua avec amusement Lucianus, en faisant une nouvelle fois fi de la remarque de sa femme: Biberius Caldius Mero!

—C'est ce qu'il est, un pochard imbibé de vin, murmura son épouse. Ça vaut tout de même mieux qu'être un mouchard imbibé de sang...

—Ça suffit, Aurélia! rabroua sévèrement Lucianus. Cesse tout de suite de jeter sur Marcus tes insinuations perfides! Retire-toi immédiatement dans ta chambre pour la nuit, s'il te plaît.

La jeune femme sortit dignement de la pièce, tête haute et ventre légèrement bombé, afin de se diriger vers son cubicule. Livius Fabia lui-même saisit l'occasion pour laisser seuls les deux beaux-frères et se retira rapidement avec Sabrino dans les appartements qu'on leur avait réservés pour la nuit. Le silence étant vilainement retombé sur eux, Lucianus laissa fuser un long soupir de découragement:

— Je te prie de pardonner à Aurélia son ignominie avec toi, supplia-t-il, les yeux posés sur la coupe de verre finement ouvragée qu'il tenait à la main. L'utérus qui se déplace à l'intérieur du corps des femmes est parfois la cause de leur hystérie, tu le sais. Ma douce colombe est convaincue que tu as assassiné Béryl pour retrouver Rome et te libérer de l'exil. Sa grossesse lui donne des idées fixes, me semble-t-il.

— Si je te disais que je n'ai pas tué Élianne, me croirais-tu, toi, Lucianus?

— Je t'en prie, Marcus, ne me pose surtout pas cette question! s'écria Lucianus, exaspéré. Nous savons tous que le décès de Béryl était la clé de ta liberté!

— J'aimais profondément Élianne, répliqua lugubrement le questeur, et je ne sais pas si je saurai survivre longtemps à sa mort.

— Je t'en prie, Marcus...

— Élianne portait mon enfant, Lucianus. Nos fils seraient nés la même année, tu te rends compte?

Il éclata d'un rire sinistre, sa tête brune penchée loin vers l'arrière, avant de continuer :

— Mais que m'importe, maintenant... Sabrinus sera mon héritier.

Vidant alors son verre d'un trait, le Romain l'envoya ensuite se fracasser avec violence contre le mur recouvert de fresques et de mosaïques du triclinium.

Dès que la nuit commença à pâlir, Marcus Tinicius s'enveloppa d'un large manteau de laine et se fit porter vers le palatin, où Tibère l'attendait. Livius Fabia l'accompagnait, serrant nerveusement contre lui le parchemin signé par le procurateur Ponce Pilate, tout en jetant des regards persistants et inquiets sur la litière qui les précédait, scrupuleusement gardée par une cohorte de prétoriens prêtés par l'empereur, et qui contenait le corps de Béryl.

Comme aucun jeune cyprès n'avait encore été planté devant le palatin en signe de deuil, Fabia comprit que l'empereur exigerait des preuves formelles avant de conclure au décès de sa fille. Il se félicita d'avoir en main un document officiel signé de la main d'un haut fonctionnaire. Dès leur arrivée, les vigiles qui veillaient aux portes du palais, armés de leurs longs glaives croisés, s'empressèrent de vérifier leur identité auprès du décurion chargé de leur protection, puis d'escorter le sombre convoi jusqu'aux portiers, qui les firent ensuite entrer.

De la salle d'attente annexée à la chambre d'audience, on les fit passer sans tarder au second vestibule où ils s'assirent sur des sièges d'ambre et d'ivoire, admirant la pièce grandiose décorée de mosaïques, de peintures murales et d'un riche sol de marbre aux motifs complexes. On y amena le sarcophage et, bientôt, le portier fit entrer Tibère, flanqué de sa garde prétorienne et de quelques autres hommes; les visiteurs mirent un genou à terre, la main sur le cœur.

—Ave, Ave, fit Tibère, agacé, en les faisant relever d'un geste de la main. Tu as fait bon voyage, Marcus? Tu as l'air fatigué. En vérité, mon cher, tu n'as pas pris beaucoup de temps pour devenir veuf...

Le ton peiné voilait à peine un léger reproche.

—Ce n'est pas ce que tu crois, César, répondit le questeur dans un murmure à peine audible.

L'empereur le dévisagea en fronçant les sourcils, visiblement soucieux, et Marcus Tinicius constata que Lucianus avait dit vrai en affirmant que le digne successeur d'Auguste portait maintenant en sa chair le poids de tout son pouvoir et de ses cinquante-sept ans.

—Ah! te voilà aussi, Fabia? fit l'empereur en reconnaissant le médecin qu'il avait fait exiler moins de trois ans auparavant.

Il se saisit lentement du parchemin roulé que lui tendait respectueusement l'homme de sciences et pinça les lèvres, qu'il avait minces.

—J'aurai peut-être besoin de ton expertise et de celle de mes médecins que voici pour reconnaître celle qu'Auguste proclamait être ma progéniture, continua-t-il d'une voix lugubre. À combien de jours exactement remonte son décès?

—Onze jours, César. Mais ton procurateur de Judée a formellement certifié son identité, plaida Fabia.

Tibère soupira encore en arrachant le sceau de cire qui scellait le parchemin, déroula soigneusement le document puis l'éloigna suffisamment de ses yeux afin de l'ajuster à sa vue qui s'usait. Il hocha finalement la tête d'un air satisfait :

— Fort bien, Marcus. Cependant, sans vouloir mettre en doute la probité de Ponce Pilate, et même si le geste me répugne, je tiens à m'assurer moi-même de l'identité du cadavre.

— Si l'état du corps ne suffisait pas à ta preuve, noble César, conseilla un médecin derrière lui, je suggère que l'on en démembre le pied droit et qu'on le désosse. Nous verrons bien si l'os d'un des orteils porte la marque d'une ancienne fracture.

— Fort bien, acquiesça Tibère en réprimant un frisson, se souvenant de la blessure que Béryl s'était infligée à l'âge de neuf ans. Qu'on ouvre ce sarcophage maintenant !

Marcus serra les lèvres lorsque quatre hommes se chargèrent de faire glisser le lourd couvercle du cercueil de marbre. Tous alors demeurèrent saisis de stupéfaction, sauf Livius Fabia.

— Par Jupiter ! s'écria Tibère, les yeux dardés fixement sur le corps qui s'était parfaitement conservé et qui ne dégageait aucune odeur de putréfaction.

Marcus s'agrippa à Fabia, le visage aussi pâle que celui de sa défunte épouse. Un abîme s'ouvrait soudain à ses pieds, prêt à l'engloutir. Il se sentit défaillir, mais son conseiller le retint d'un bras ferme.

Subjugué par la vision, l'empereur s'avança vers le sarcophage, tel un somnambule et, se penchant sur le corps, lui empoigna la tête de ses larges mains.

— Claudia Béryl, ma petite fille, gémit-il en déposant son haut front contre celui de la défunte.

L'image du père frappé par l'ultime épreuve de la perte d'un enfant éclipsa soudain celle du maître de Rome, tandis que la vie de Claudia repassait à toute vitesse dans sa mémoire saignée à vif. Il sentit le remords déchirer son être douloureusement. N'avait-il pas ouvertement autorisé, en tant qu'empereur, l'assassinat de son enfant unique qu'il avait un jour aimée plus que tout? L'enfant unique qui avait représenté un danger pour Rome en tentant d'assassiner son père?

Tibère sursauta au contact de la peau glacée et se releva aussitôt en affectant un mouvement de recul.

—Quel est ce prodige? demanda-t-il à Marcus d'une voix éteinte. N'est-elle pas morte comme tu l'as prétendu?

Mais son interlocuteur se trouvait lui-même dans l'incapacité de répondre, ses mains recouvrant presque entièrement son visage inondé de larmes et de chagrin.

—Je t'assure, César, que Claudia Béryl est bel et bien morte depuis onze jours, répondit Livius Fabia en lieu et place de Marcus, alors que les médecins impériaux examinaient à leur tour le corps froid. Sinon, comment aurait-elle pu survivre sans boire ni manger pendant tout ce temps, à moitié ensevelie par la neige que j'ai quotidiennement fait verser sur son corps?

Tibère écarta délibérément la thèse d'un subterfuge, intimement convaincu de la bonne foi de Pilate et de Marcus Tinicius.

—Pourquoi la fille d'un dieu serait-elle soumise à la loi des mortels? demanda alors d'une voix doucereuse son conseiller favori, Calpurnius Pison. Quelqu'un ici douterait-il un instant que cet être à la beauté parfaite ne soit ta progéniture, noble César?

Aussitôt, chacun dans la pièce opina, connaissant d'emblée l'affreux doute que l'empereur entretenait sur sa paternité depuis que Julia, sa défunte épouse bannie, l'avait un jour précipité dans l'amertume de la suspicion.

—Exhibons le corps de Claudia Béryl devant ton peuple comme une nouvelle preuve de ta divinité, César, suggéra encore Pison.

Ce que l'empereur fut pressé d'accepter sur-le-champ.

Cependant, au moment de sortir, pris d'un autre doute terrible, Tibère se pencha soudain à l'oreille de Livius Fabia:

—Et si Claudia n'était pas morte encore?

—Rassure-toi, César, répondit gravement le médecin. M'étant posé moi-même la question voilà sept jours, j'ai pris soin de déposer sur sa langue quelques gouttes de ciguë afin de prévenir tes divins et justifiés soupçons.

Dès le lendemain, il y eut sur la place publique, de la via Appia jusqu'au palatin, en passant par le forum, une longue procession en l'honneur de Claudia Béryl, conduite à la lumière des torches, malgré qu'elle se déroulât de jour. Cent trompettes devançaient la civière parée de roses et sur laquelle était couché le corps incorruptible de la louve de Rome, civière portée par dix centurions aux armures et aux casques flamboyants. Suivaient cent pleureuses et pleureurs professionnels, dont les cris, les nénies et les lamentations alimentaient le chagrin de la foule, composée de pleureurs. Ensuite venaient des acteurs arborant des masques et personnifiant les proches parents de la morte, et finalement, les proches parents eux-mêmes, c'est-à-dire la famille impériale dont faisaient partie l'empereur, l'époux éploré Marcus Tinicius et son fils adoptif, ainsi que les deux demi-sœurs maternelles de Béryl, Agrippine et Julia Seconde.

Amassé le long de la via Appia, telles des abeilles agglomérées aux fruits pourris tombés de l'arbre, le peuple, d'abord prévenu par les hérauts, grondait des insultes tandis que les familles dont Béryl avait fait assassiner ou exiler certains membres crachaient par terre au passage de la procession. Cependant, les troupes de soldats qui patrouillaient avaient reçu l'ordre formel de n'arrêter personne, quel que fût l'outrage commis en présence de la morte.

Malgré qu'il détestât les bains de foule, l'empereur Tibère se fit violence et tint à prononcer lui-même le *laudatio* à l'intention de sa fille. Le discours post-mortem fut flatteur, certes, autant d'ailleurs pour César lui-même que pour Claudia Béryl, mais également empreint des larmes salvatrices du père éploré et de toute la miséricorde et de l'indulgence nécessaires pour calmer la colère du peuple à l'endroit de Béryl. On planta le cyprès symbolique devant le palatin.

Huit jours et nuits durant, la garde prétorienne veilla le corps, tandis que la foule encore méfiante venait constater, incrédule, l'incorruptibilité du corps de la cruelle enfant de Tibère. Finalement, le neuvième jour, on déposa la dépouille mortelle dans un sarcophage de marbre, à demi enfoui sous une riche stèle incrustée d'or, le long de la via Appia, au-delà de la porte Capena, qui se trouvait hors de la cité. Il était coutume d'ensevelir là nombre de nobles patriciens. On présenta des offrandes aux dieux en versant du vin près de la tombe et en y déposant des aliments, et l'empereur prit soin de placer deux soldats de faction en permanence de chaque côté de la stèle durant un an, afin d'éviter l'outrage du cadavre par des compatriotes vindicatifs. Peu à peu, le peuple oublia Béryl...

Le repas terminé, Johaline se met à débarrasser le couvert; Carl Gagnon, galant, s'empresse aussitôt de lui donner un coup de main maladroit.

—Allez nous attendre au salon, les amoureux, j'y apporte le thé dans quelques minutes! lance-t-elle joyeusement au jeune couple après avoir décoché une œillade coquine à son amant.

Le souper s'est prolongé bien tard et, quoiqu'il ait été agréable, Paulin a été déstabilisé par l'attitude froide d'Élianne à son égard. Cependant, lui qui attendait avec impatience l'occasion de se retrouver seul avec la jeune femme la saisit illico par la taille pour l'entraîner vers le boudoir feutré et fleuri, où ils s'assoient sur la causeuse de velours rose.

—Tu es belle... si belle, glousse l'étudiant en se penchant dans son cou pour humer son parfum.

—Merci, répond-elle d'un air détaché en s'écartant de lui.

Il saisit doucement son visage entre ses mains et le rapproche du sien.

—Je t'aime tellement, Élianne, dit-il en caressant ses cheveux blonds.

Paulin se penche pour l'embrasser, mais la jeune femme détourne aussitôt la tête.

—Qu'est-ce qu'il y a, Élianne? demande-t-il en fronçant les sourcils. Est-ce que j'ai fait quelque chose qui t'a déplu?

—Mais non, réplique-t-elle cette fois avec impatience et agacement.

Elle se lève, croise ses bras par-devant, comme sur la défensive. Il la rejoint, mais elle le repousse fermement lorsqu'il tente de la prendre dans ses bras.

—Non, Paulin, lâche-moi! objecte-t-elle en l'écartant une nouvelle fois de lui.

—Je ne te plais plus? s'offusque-t-il.

—Je n'en ai pas envie, c'est tout.

—Je peux m'en aller si tu ne veux pas me voir! riposte-t-il, maintenant furieux.

—Je crois que ce serait préférable, lui répond-elle froidement. J'ai besoin de prendre un *break*, comme on dit. Je ne suis plus du tout certaine de t'aimer encore. Je te ferai signe quand je voudrai te revoir, d'accord?

Paulin la dévisage, abasourdi:

—Quoi? Tu me donnes mon « bleu »? proteste-t-il en haussant la voix malgré lui. Tu ne peux pas faire ça, Élianne, je ne veux pas que tu me laisses!

—Je suis désolée... je te téléphonerai...

Le jeune homme renvoie par-derrière ses longs cheveux rebelles dans un geste désespéré. Son regard se mouille.

—Je t'en prie, Élianne, ne me fais pas ça. Je t'aime, moi, et je suis prêt à t'attendre le temps que tu voudras. Tu n'es pas bien du tout en ce moment et là, tu dis n'importe quoi.

—Je sais ce que je dis. Je ne t'aime plus, Paulin, répète-t-elle d'un ton neutre en le fixant dans les yeux.

Paulin la saisit alors par les épaules et la secoue brusquement.

—Tu n'as pas le droit de me faire ça! crie-t-il.

—Lâche-moi! hurle-t-elle en le frappant au thorax.

—Si tu me laisses, je te tuerai, la menace-t-il dans un murmure, les dents serrées. Je t'avertis, je te tuerai.

Elle tente de le repousser plus fort encore, mais il lui saisit les poignets à lui en faire mal, en répétant encore sa menace.

C'est à ce moment précis qu'entrent dans le salon Johaline et Carl, la mère d'Élianne portant un plateau chargé du service à thé. Le constable se précipite sur les jeunes gens pour les séparer.

—On se calme! exhorte-t-il en écartant vivement Paulin de son amie de cœur pour l'empêcher de la gifler. Il le maintient immobile.

—Que se passe-t-il, ici? tonne Carl.

—Paulin veut me tuer! réplique Élianne.

—Quoi? s'écrie le constable en dévisageant Paulin, tandis que Johaline ne peut s'empêcher de s'indigner.

—Elle n'a pas le droit de me laisser, hurle l'étudiant en fusillant la jeune femme d'un regard haineux.

—Paulin et moi, c'est fini, affirme Élianne, les yeux secs. Je viens de le lui dire.

—Voyons, Élianne, il ne t'a rien fait… proteste faiblement Johaline.

—Vous voyez bien qu'elle n'est pas dans son assiette! insiste le jeune homme en les prenant à témoin. Ramenons-la à l'hôpital!

—Je vais très bien, au contraire! fulmine la jeune femme. Fiche le camp d'ici, je ne veux plus jamais te revoir!

Carl Gagnon montre la porte au jeune homme d'un signe du pouce.

—C'est assez pour ce soir, Paulin, ordonne-t-il dans un soupir. Bonne nuit.

—Restons des amis, implore désespérément le jeune homme, en faisant fi de la présence du policier. Jure-moi que nous resterons des amis.

—Si tu veux, obtempère-t-elle à contrecœur, pressée d'en finir au plus vite avec cette parodie de rupture dans laquelle elle joue le rôle de l'ignoble.

Terrassé et la tête en feu, Paulin saisit son manteau accroché dans un coin et leur tourne le dos en quittant la pièce à grands pas, laissant Élianne à la fois soulagée et remplie de remords. Johaline court vers la porte pour tenter de rejoindre le jeune homme, mais Carl l'intercepte en l'attrapant par le bras.

— J'ai peur qu'il fasse une sottise, explique-t-elle avec inquiétude.

« Moi, j'ai plutôt peur qu'il veuille se venger d'Élianne », songe instinctivement le policier, qui préfère ravaler sa réplique et ses pressentiments plutôt que d'affoler son amante plus encore.

— Merde, soupire-t-il, tandis qu'elle le supplie des yeux. J'ai déjà dû être médecin, moi.

Carl saisit son imperméable et sort à son tour; il doit courir pour rattraper Paulin.

— Qu'est-ce que vous me voulez, vous? fulmine le jeune homme sans ralentir le pas.

— Johaline a peur que tu fasses des bêtises.

— Qu'est-ce que ça peut bien tous vous faire que j'aie envie de me jeter du pont Champlain? Ce que je fais ne dérange plus personne depuis un méchant bout de temps!

Le constable l'empoigne par le bras pour l'arrêter dans sa course, et tente par la même occasion de reprendre son souffle. En cette soirée d'octobre, l'air glacial et sec laisse transpercer d'innombrables étoiles dans la noirceur du ciel. Soudain, l'évidence de ses propres sentiments transperce également sa froide logique de policier. Il scrute avec attention le visage de cet étudiant qu'il aurait voulu coffrer il n'y a pas si longtemps, comprenant que, pendant toutes ces semaines au cours desquelles ils ont travaillé ensemble à sortir Élianne des affres du sommeil, il s'est glissé entre eux un certain attachement. Malgré tout, le policier demeure sur ses gardes, comme s'il avait peur que le garçon trahisse sa confiance. Carl admet que, quelque part, ce garçon lui présente encore, à l'occasion, une facette inexplicablement antipathique.

— Je ne pensais pas à ce genre de bêtises-là, marmonne Carl Gagnon.

— Pff..., souffle l'autre en le comprenant à demi-mot.

— Je t'offre un verre, décrète-t-il en déposant une main sur l'épaule de Paulin.

Comme celui-ci ne proteste pas, ils marchent jusqu'à une petite taverne presque déserte de la rue Tremblay où ils s'attablent.

Un deuxième verre a tôt fait de délier la langue et le cœur de l'étudiant.

— Je ne la reconnais plus, inspire bruyamment Paulin en retenant ses larmes qui fuient malgré tout sur ses joues imberbes, tandis que ses épaules sursautent au rythme d'insurmontables sanglots. Elle est devenue froide et lointaine. Je crois que je la déteste.

Carl Gagnon claque la langue par petits coups désapprobateurs et secoue la tête.

— Élianne est encore perturbée, rétorque-t-il. Il faut lui laisser le temps de se replacer. Après tout, personne ne sait ce qu'elle a vécu pendant son coma.

—Elle n'est plus la même, dit Paulin en fixant son verre presque vide. Élianne n'a encore rien raconté de ce qu'elle a vécu, comme si elle ne faisait plus confiance à personne. Je voudrais la protéger, mais elle me fuit constamment.

—La protéger? reprend le constable en levant un sourcil. Mais de quoi?

—Je ne sais pas au juste, avoue Paulin. Depuis que je la connais, je me sens toujours obligé de la surveiller et de la suivre.

—Je te conseille de lui laisser plutôt un peu de corde, mon vieux.

—Je sais bien, mais c'est plus fort que moi.

—Après tes menaces stupides, tu es chanceux qu'elle ait accepté que vous demeuriez copains. Dis-toi que si Élianne est la femme de ta vie, elle va te revenir un jour ou l'autre.

Carl Gagnon lui tapote le poing qui s'est refermé avec force sur le verre.

—Et surtout, pas de violence, Paulin, continue-t-il en le fixant dans les yeux, la vengeance, ça ne sert à rien. Tu sais qu'Élianne pourrait déposer une plainte contre toi pour menaces de mort? Je ne suis pas très bien placé, vois-tu, pour fermer les yeux, et ça me ferait de la peine de t'arrêter...

Après s'être assuré que Paulin ne commettrait pas l'irréparable, ce qu'au fond, il ne croit guère, le constable le pousse dans un taxi avant de retourner lui-même chez Johaline, pour lui faire rapport.

—Je lui ai prescrit du calme et beaucoup de patience, assure-t-il.

—Merci, docteur, répond-elle en l'embrassant.

Chapitre 4

LA MAISON DU QUIRINAL

Marcus Tinicius dépose son rasoir sur le rebord du lavabo et examine l'image que lui reflète le miroir avec une attention soutenue. Ce nouveau visage, auquel il ne parvient toujours pas à s'habituer, le déconcerte et le déçoit. Il soupire : nul doute que son ancien corps et ses anciens traits étaient plus beaux que ceux-ci. Il se console néanmoins, car, et c'est ce qui l'a frappé depuis son arrivée, en général la race humaine s'est enlaidie, comme si le fait pour elle de grimper les échelons des siècles vers la facilité matérielle avait fait du corps des hommes une masse paresseuse et informe.

La similitude de son ancien corps avec celui du conseiller municipal et professeur d'économie du nom de Jean-Marc Arnaud est tout de même assez frappante pour qu'il se questionne. En effet, l'un comme l'autre sont de grande taille, ont les cheveux foncés et les yeux aussi bleus que l'acier. Le Romain se demande si, tel que l'ont prétendu certains philosophes grecs, les corps ne seraient pas forgés par les pensées qui les habitent, ce qui expliquerait qu'il soit tombé dans un récipient semblable à l'ancien. Cependant, outre cette ressemblance physique frappante, il ne peut non plus faire abstraction de la similitude extraordinaire des prénoms des deux hommes, Marcus et Jean-Marc, comme si leurs mêmes consonances prouvaient aussi leur même état d'esprit.

—Les pensées d'Élianne n'avaient pourtant rien de commun avec celles de Béryl, murmure-t-il. Non, vraiment, je ne comprends pas.

Dans la chambre d'à côté, couchée dans leur grand lit, Emmanuelle dort encore. Comment ignorer chaque matin ses yeux boursouflés et rougis par les pleurs résultant de ses refus répétés lorsque, soir après soir, afin d'échapper à ses caresses, il se pelotonne devant le merveilleux téléviseur pour tout apprendre de ce siècle? Non qu'elle soit laide ou qu'elle manque de grâce, bien au contraire. Mais le cœur de Marcus, au grand complet, est mobilisé pour une autre qu'elle.

Il a quitté Chartres pour Paris, l'hôpital Fontenoy pour celui de Larivoisière, Élianne pour Emmanuelle. Puis, il est rentré chez Jean-Marc Arnaud, où, au risque de devenir fou parce qu'incapable de communiquer, il a dû apprendre à maîtriser très vite la langue qu'on parle ici. Marcus a accompli d'énormes progrès depuis six semaines et sera bientôt en mesure d'amorcer ses recherches afin de retrouver celle pour qui il a tout quitté.

Marcus Tinicius ne parvient pas à s'expliquer pourquoi il ne parle pas de facto le langage habituel de Jean-Marc Arnaud alors qu'Élianne, elle, avait tout su du latin dès son réveil dans le corps de Béryl; il en conclut que si sa femme avait tout oublié du français à ce moment-là, sans doute était-ce parce que cette langue n'existait pas encore.

Le petit Alexandre entre dans la salle de bain comme un coup de vent et l'étreint par la taille avec force.

—Viens au parc de la Villette avec moi, papa, le supplie-t-il.

—Oui, accepte l'homme avec son étrange accent. Nous irons au temple de Jésus après.

—À l'église, tu veux dire? renâcle le garçon. Dis donc, tu le remercies souvent, le Bon Dieu... C'est parce qu'Il t'a sauvé la vie?

—Je Le connais bien, vois-tu. Va chercher ton ballon de foot, maintenant.

—Tu es bien plus *cool* depuis ton accident! s'écrie le gamin. Laissons dormir maman, d'accord?

À la vérité, cet enfant est son meilleur professeur, que ce soit de français ou d'initiation à la technologie moderne. Hier encore, il lui a enseigné la façon correcte de se servir de l'aspirateur et du téléphone. Et de quelle imagination est-il pourvu!

—Tu veux m'acheter un autre petit chien blond, papa? lui a-t-il aussi demandé il y a à peine quelques jours.

—Mais tu n'as jamais eu de petit chien blond, mon chéri, l'a interrompu Emmanuelle.

Marcus, pensif, range lentement son rasoir dans son étui, avant de jeter un nouveau regard par la fenêtre. Six étages plus bas, le dix-neuvième arrondissement s'étale sous ses yeux dans la grisaille perpétuellement crachée par cette immense cité; il peut à peine percevoir à travers le brouillard gris la sphère d'acier de la Géode, plantée près du canal de l'Ourcq.

Il songe à la magnificence de Rome dont ce Paris sans cesse couvert de smog n'est que la caricature, et il sent soudain un vif vague à l'âme passer dans sa mémoire, comme un train qui file sans qu'on puisse l'arrêter malgré un billet d'embarquement. Ses pensées s'envolent alors sans contrainte vers le palatin, puis survolent le majestueux quartier du Quirinal qu'il a habité, délaissant encore une fois ce corps figé devant la vitre embuée de la salle de bain.

Le décès de Béryl constaté, Marcus avait eu droit de reprendre possession de sa riche demeure du quartier du Quirinal, non loin du temple de Quirinus, après en avoir délogé avec force compensations les locataires qui s'y étaient installés.

La maison et les vergers aménagés par sa première épouse Lucia étaient demeurés splendides et, comme la villa possédait l'eau courante, Marcus s'était empressé de remettre en fonction les fontaines du jardin. Aussitôt que ses meubles et sa fortune lui avaient été restitués par l'empereur, il avait établi ses gens et ordonné à une partie de ses esclaves restés en Judée de le rejoindre sans plus tarder. Il regrettait néanmoins vivement Sémane, sa vieille nourrice décédée pendant l'exil; elle l'aurait secondé avec brio, avec l'aide du régisseur, dans l'ample tâche de réfection que nécessitait la cour intérieure.

Il attendait encore que soit réglée la succession de Béryl, de qui, en tant qu'époux, il héritait de tous les biens meubles et immeubles, à l'exception, bien entendu, de ceux légués spécifiquement à Tibère, comme le voulait la coutume du « chasseur d'héritage ». Lors du décès d'un citoyen romain, que le défunt fût patricien ou plébéien, l'empereur touchait une partie de sa succession, assimilée à une taxe spéciale que les héritiers devaient acquitter.

Livius Fabia, qui avait emménagé chez Marcus Tinicius le temps de se dénicher à Rome ou à Ostie un logement décent, se fit un devoir de trouver à Sabrino un précepteur convenable, un Grec en l'occurrence, tout aussi bien capable de lui enseigner l'arithmétique que les langues. Prévoyant et affable, le médecin s'activait autour du questeur, le relevant quotidiennement de tâches que ce dernier était encore trop las ou trop mélancolique pour accomplir. Il avait pris Sabrino en affection et l'emmenait souvent avec lui au forum ou à l'un des nombreux marchés couverts appelés *macella*, pour lui faire découvrir l'opulence de Rome.

—J'ai trouvé dans le quartier d'Esquilin, dans un immeuble à logements de six étages, une maison assez vaste qui pourrait convenir à mes besoins et à ceux de mes clients, lui confia le médecin après qu'ils se furent attablés avec Sabrino pour le repas du soir.

—Et il y a le chauffage au moins, dans ce logement? demanda Marcus en grognant de mécontentement à la perspective de se retrouver bientôt seul.

Le questeur vida son verre d'un trait et repoussa le plat de fruits présenté par un esclave. Les lampes à huile aux globes de verre d'Alexandrie projetaient sur eux des ombres dansantes.

—Oui, ce logement se chauffe avec un petit brasero au charbon sur lequel je pourrai aussi cuisiner, répondit le médecin. Ce qui veut dire que je n'aurai pas à m'approvisionner sans cesse dans une taverne ou un casse-croûte pour manger, comme le font trop de citoyens. Je partagerai avec les autres locataires des toilettes installées au sous-sol, mais il y a aussi des latrines publiques juste à côté de l'immeuble. Comme tu vois, c'est assez confortable, mais le loyer est tout de même très cher : cinq mille sesterces par an.

—Ce n'est pas donné, en effet, rétorqua son ami. J'espère qu'à ce prix, les murs ne sont pas couverts de boue et qu'ils ne s'émietteront pas en été! Quel étage habiteras-tu?

—Le premier, juste au-dessus des thermes.

—Qui sont les autres locataires? demanda Sabrino avec intérêt, en se servant une seconde fois d'omelette sucrée.

Le jeune garçon, auparavant si chétif, avait forci considérablement au cours des dernières semaines, et semblait maintenant toujours affamé. Il était gai, intelligent et possédait un esprit perspicace, sans cesse en éveil.

—Un boucher, une couturière, un porteur et un gardien des bains, répondit Livius Fabia en éclatant de rire devant le gamin qui écarquillait les yeux. Comme tu vois, mon petit, ici à Rome, les riches et les pauvres se côtoient toujours lorsqu'ils vivent en *insulae*. Ça ne se passe pas comme ça en Judée.

—Va jouer avec ton singe et ton petit chien si tu veux, proposa Marcus à Sabrino qui avait terminé son repas.

—Merci mon père, dit le garçon en se levant.

Fabia se tourna alors vers Marcus en brandissant son couteau dont l'extrémité de la lame venait de piquer un cuisseau de viande juteuse.

—Je veux bien être étranglé par ce morceau de chevreau si tu consens avec joie à mon départ, mon ami. Je vois bien que tu n'y es pas encore prêt et je diagnostiquerais même chez toi une nette tendance à la mélancolie. Désires-tu que je demeure à tes côtés quelque temps encore?

—Mélancolie, penses-tu? rétorqua amèrement Marcus Tinicius. En vérité, j'ai bien des raisons d'être soucieux. Savais-tu, Livius, que lors de notre escale à Alexandrie, un jeune prophète m'a prédit qu'il ne se passerait pas dix-huit lunes avant que je serre à nouveau Élianne contre mon cœur?

Livius Fabia frissonna d'horreur.

—Pourquoi donnerais-tu foi à ce présage de mort? demanda-t-il en fronçant ses sourcils broussailleux.

—Je ne voudrais pas paraître insolent, mon père, interrompit soudain la voix flûtée de Sabrino, que la tournure de la conversation avait laissé figé dans l'embrasure de la porte, mais je crois que vous avez mal compris ce que vous a dit Jeshua.

— Comment, tu étais là, toi? sursauta le questeur, mal à l'aise de s'être trahi ainsi devant son fils. Viens ici, veux-tu, et explique-toi mieux.

Le garçon s'assit sur l'un des divans inoccupés et disposés en U autour de la table.

— Vous savez que je parle aussi bien l'hébreu que le latin, commença gravement Sabrino en jetant quelques regards indécis en direction du médecin. Ce qu'a voulu dire Jeshua, c'est que notre maîtresse reviendra de l'endroit où elle est repartie et où elle habitait avant, vous comprenez?

Stupéfait, Marcus dévisagea son fils, croyant saisir ce qu'il tentait de lui expliquer à mots couverts, sans oser toutefois révéler au médecin ce qu'ils savaient tous deux.

— Quel raisonnement fastidieux, Sabrinus! maugréa Fabia avec mécontentement, sans rien y comprendre. Ne vois-tu pas que ton père se trouve triste ce soir et que tes propos l'indisposent davantage? Va, que tes pas te ramènent vers tes jeux, mon petit.

Et il le chassa d'un geste de la main, ordonnant à l'esclave affecté au garçon de l'emmener au plus vite. Néanmoins, rien n'y fit et Marcus demeura songeur et silencieux jusqu'à ce qu'ils se soient tous retirés pour la nuit.

Livius Fabia se proposa de divertir le questeur afin de le préserver des affres du taedium vitae dans lesquelles il se laissait sombrer sans réagir.

— Béryl est décédée depuis six mois, certes, mais la vie continue, elle, par Mercure! se répétait-il le lendemain en réfléchissant au moyen de le distraire alors qu'il se faisait conduire en litière avec Sabrino à l'un des cent soixante-quinze bains publics dispersés dans la cité.

Pour la très modeste somme de un *quadrans*, n'importe quel Romain, patricien ou plébéien pouvait accéder aux thermes en après-midi. Du reste, les enfants, eux, ne payaient rien. On ne venait pas seulement aux bains publics pour s'y laver, mais également pour se délasser et bavarder dans un riche décor, ou pour mener rondement des affaires. Certains nageaient dans les piscines de marbre, d'autres, au gymnase, pratiquaient la course et la lutte, avant d'aller se restaurer dans les casse-croûte ou lire à la bibliothèque qui était aménagée dans les immeubles adjacents aux thermes.

—C'est au-dessus de ces thermes que tu logeras? demanda Sabrino.

—Non, mon *insula* se trouve plus au sud, mais je préfère ces bains-ci, qui sont davantage luxueux, répondit Fabia. Ne va pas là, Sabrinus, ce sont les thermes réservés aux femmes. Suis-moi plutôt au vestiaire.

Pendant qu'ils se dévêtaient, ne gardant pour tout vêtement que leur pagne, le garçon détailla en soupirant les murs recouverts de miroirs et les plafonds de verre. Son père avait refusé encore une fois de les accompagner, prétextant une rencontre avec des visiteurs. Mais il savait bien, lui, que les visiteurs de son père ne venaient que le matin et, qu'étant seul, il boirait plus de vin qu'il n'est raisonnable d'en consommer.

—D'ailleurs, pourquoi se rendre aux thermes? avait

répliqué Marcus Tinicius en haussant les épaules. Les bains installés dans notre villa ne vous suffisent-ils pas?

Ils entrèrent d'abord dans le bain tiède, le *tepidarium*, avant de passer dans un bain plus chaud, le *caldarium*. Sabrino sauta joyeusement dans la piscine en prenant cependant garde de ne pas éclabousser le conseiller de son père.

—Saucisses chaudes à vendre! Gâteaux chauds à vendre! psalmodiait un esclave qui s'arrêta près d'eux en brandissant un lourd plateau chargé de victuailles, accroché à son cou à l'aide d'une lanière de cuir.

Livius Fabia intercepta le regard gourmand de Sabrino entre deux plongeons.

—Pendant que tu mangeras tes gâteaux de miel, décréta-t-il en souriant, je me ferai masser. Mais lave-toi d'abord...

Sa voix se perdit sous les vocalises d'un baigneur qui aimait, semblait-il, chanter dans son bain. Le garçon se hâta donc d'enduire son corps d'huile et de la racler avec le strigile. Il déposa ensuite sa serviette au creux d'une niche percée dans le mur, puis assis sur un banc, dégusta son goûter tout en jouant aux dés avec un garçon de son âge. Le médecin, quant à lui, étendu sur une table de massage, se faisait pétrir par deux masseurs aux mains imbibées d'huile. Sabrino entendait les claques qu'ils lui assénaient et prêta une oreille distraite à la conversation que Fabia amorçait avec l'un d'eux.

—Je vois qu'on te forme bien, constata Fabia avec satisfaction. Ton travail te plaît?

—Les bains publics incitent au vice, répondit avec un accent hébreu l'homme aux cheveux noirs qui portait un collier d'esclave autour du cou.

Le jeune garçon, étonné d'entendre l'inflexion d'un homme en provenance de Judée, toisa l'esclave sans qu'il n'en parût, incapable toutefois de le reconnaître.

—Tu parles comme Sénèque, notre célèbre écrivain qui déteste se laver et se plaît dans les odeurs de ferme et d'armée! se moqua le médecin. Aurais-tu préféré que je te fasse gladiateur ou que je t'envoie travailler dans une mine d'argent? En vérité, je suis un très bon maître en te permettant de racheter ta liberté, Petru. Je t'aime bien, finalement.

Sabrino sursauta: n'était-ce pas ce pêcheur qui avait ramené le corps de sa maîtresse Élianne au questeur? Petru avait coupé la toison de bouc qui lui servait de barbe et était devenu l'esclave de Livius Fabia, lequel, comme bien des Romains, faisait travailler ses esclaves chez des commerçants ou les leur louait afin d'en toucher le salaire.

Mais Livius Fabia continuait:

—Comme je te l'avais proposé, je suis disposé à te consentir un prêt qui te permettra d'acheter un garçon que tu formeras à ta guise et que tu me revendras ensuite avec profit. Qu'en dis-tu?

—J'y penserai, marmonna l'autre en lui assénant une claque encore plus forte que les précédentes.

—N'y songe pas trop longtemps, tout de même, fit le médecin en lui empoignant l'avant-bras. Comme j'ai vingt esclaves à acheter pour notre questeur, je dois me rendre au marché après-demain. C'est ta chance si tu veux m'accompagner...

Sabrino et Fabia conclurent leur séance aux thermes par un bain froid. Auparavant, le garçon alla saluer son adversaire aux dés qui l'avait battu à plate couture et auquel il s'était si peu consacré.

— Comment t'appelles-tu? lui avait-il demandé afin de se montrer poli.

— Lucius Sénèque, avait répondu le garçon qui avait douze ans tout comme lui. Je suis le fils de l'écrivain qui ne se lave pas. Mais comme tu vois, moi j'aime bien venir aux thermes.

Sabrino s'était senti rougir jusqu'à la racine des cheveux et s'était empressé de plonger dans le *frigidarium*.

Un préteur officia finalement l'acte juridique d'adoption et Marcus Tinicius prit Sabrino sous sa puissance paternelle après que le haut fonctionnaire eut détruit celle du père naturel de l'enfant. À partir de ce moment, le garçon porta officiellement son nom, devint son héritier et dut vénérer ses dieux domestiques, n'étant plus uni à sa famille d'origine que par les liens du sang.

Et par les liens du cœur, puisque le garçon, séparé des siens et vendu comme esclave à l'âge de huit ans, entretenait sans cesse l'espoir insensé de retrouver sa mère, qu'il avait vue pour la toute dernière fois à Césarée. Elle y avait été vendue tout comme lui et ses trois frères aînés afin d'éteindre une dette contractée par l'un d'eux.

—Alors, es-tu bien sûr que c'est ce qu'a dit Jeshua? demanda Marcus Tinicius en tenant son fils par l'épaule.

Ils se promenaient tous les deux dans les merveilleux jardins de Damasippus, non loin du palais de Tibère, et cela faisait trois fois que son père le questionnait depuis le matin, comme si, avant de se laisser aller à la folie de son espérance, il avait voulu s'assurer qu'il était bien sain d'esprit pour mieux goûter son délire. Bizarrement, Marcus Tinicius avait donné congé au professeur grec engagé par Livius Fabia qui s'était présenté peu avant l'aube pour sa première leçon, prétextant faussement la fatigue de son fils.

—Ce banquet en l'honneur de mon fils d'adoption a fini bien tard dans la soirée d'hier, avait-il plaidé. Tu reviendras demain, précepteur.

En vérité, et Sabrinus s'en réjouissait avec orgueil, son père l'avait voulu aujourd'hui à lui seul; il l'avait fièrement exhibé à travers tout Rome, du forum jusqu'au palatin, en passant par la basilique et les temples de Jupiter et de Junon, comme s'il eût voulu présenter son nouveau fils à tous les citoyens de la cité.

—Oui, mon père, j'en suis sûr, répondit Sabrinus. C'est bien ce que Jeshua a dit. C'est pourquoi je ne suis plus triste, je sais qu'Élianne n'est pas morte. Elle est retournée dans son siècle, auprès de ceux qu'elle aime et reviendra bientôt, en se réveillant ici de son long sommeil.

—Élianne reviendra donc ici? s'était-il exclamé presque joyeusement.

Lis et pervenches s'entremêlaient joliment dans une plate-bande ornée en son milieu d'une fontaine dont l'eau se déversait par l'amphore que portait un enfant de marbre. Le garçon s'arrêta brusquement de marcher et accrocha ses grands yeux bruns au regard suppliant de son père adoptif.

— Jeshua a bien dit que vous la serreriez dans vos bras, murmura-t-il gravement. J'espère bien que ce n'est pas vous, mon père, qui irez la rejoindre, sinon, je mourrai vraiment de chagrin...

Marcus Tinicius demeura un instant figé par l'absurdité de cette nouvelle idée avancée par son fils, puis, le serrant contre son torse, sourit malgré lui.

— Heureusement que Livius se trouve aujourd'hui au marché d'esclaves et qu'il ne nous entend pas discuter ainsi, chuchota-t-il. Sinon, il nous ferait enfermer tous deux dans un *valetudinarium* en nous accusant d'être devenus fous!

Ils éclatèrent de rire. Tout comme ils avaient ri la veille alors qu'il lui avait enseigné à se battre à l'épée. Le Romain réalisa subitement que le plaisir de vivre, tel un rayon lumineux jaillissant d'un ciel d'orage, avait réussi à se frayer un passage à travers l'épais brouillard de sa douleur. Et il eut honte.

Lorsque Johaline et Carl rentrent vers une heure du matin, ils trouvent la porte du logement entrouverte. Ils échangent aussitôt un coup d'œil apeuré, se souvenant fort bien qu'Élianne, qu'ils ont laissée seule vers vingt heures avec son examen de mi-session à préparer, a clamé à qui voulait l'entendre qu'elle se coucherait tôt.

—Élianne? appelle d'une voix inquiète sa mère en actionnant le commutateur du plafonnier du salon.

Ils sursautent en voyant la table renversée ainsi que le miroir brisé en mille tessons épars. Ils se précipitent dans la chambre, affolés, pour découvrir bientôt la jeune femme qui geint, lovée sur le plancher.

Élianne a le visage tuméfié et les lèvres ensanglantées.

—On t'a violée? demande abruptement Johaline en se penchant sur elle.

La jeune femme, qui sanglote contre sa poitrine, secoue énergiquement la tête de droite à gauche, incapable de parler. Plus tard, à son retour de l'hôpital, elle affirmera que l'homme qui l'a battue portait une cagoule et qu'elle ne le connaissait pas.

—Première ligne, constable, annonce l'agent Collard en retroussant une lèvre sceptique. C'est la professeure Sauvageau, du département des Langues de l'Université de Montréal.

—Je la prends, répond aussitôt Carl Gagnon en se précipitant dans le minuscule local embourbé qui lui sert de bureau.

Le constable a dormi chez Johaline, incapable de se

résoudre à laisser seules les deux femmes, alors que l'agresseur d'Élianne court toujours. Cette nuit trop courte l'a épuisé et, ce matin, son crâne veut éclater. Il claque la porte et saisit le téléphone ainsi qu'un flacon d'aspirines, qu'il ouvre avec difficulté tout en parlant:

—Carl Gagnon à l'appareil. Comment vas-tu, Vivianne? Oui, c'est bien moi qui t'ai fait parvenir la cassette la semaine dernière. Intéressant, n'est-ce pas? En effet, le sujet parlait en dormant. Du latin? Tu es certaine? Tu crois être en mesure de me la traduire? Parfait! Serais-tu assez aimable pour m'envoyer la traduction par télécopieur aussitôt que tu l'auras terminée? Je te remercie infiniment, ma chère, je te revaudrai ça... Oui, bonne journée à toi aussi.

Carl Gagnon raccroche et, d'un air pensif, se berce dangereusement quelques secondes sur sa chaise à roulettes, tout en se servant deux comprimés.

—Nom d'un chien, murmure-t-il en avalant l'aspirine. Johaline avait raison: Élianne est allée se balader à Rome, on dirait...

S'il veut être tout à fait honnête vis-à-vis de lui-même, le constable doit admettre qu'il ne poursuit pas cette enquête uniquement pour les beaux yeux verts de Johaline: il aime bien aller au fond des choses, lui, et ne sera totalement satisfait que lorsqu'il saura exactement où et à quelle époque Élianne Girard se trouvait pendant son coma, puisqu'il croit maintenant fermement à la fameuse légende indienne des esprits voyageurs.

N'est-ce pas lui, d'ailleurs, qui a insisté auprès de

Johaline pour qu'elle enregistre à l'aide d'un magnétophone la voix de la jeune femme pendant son sommeil?

—Elle parle presque chaque nuit dans une langue bizarre, lui avait confié sa mère voilà quelques semaines.

Le constable soupire longuement en songeant qu'en s'aventurant ainsi au-delà des limites de la preuve concrète, si les choses venaient à s'ébruiter, il risque de nuire à sa carrière et à la réputation enviable de probité qu'il s'est forgée au long de vingt-cinq ans d'expérience.

—Vous parlez tout seul maintenant, patron? demande Dicaire d'un air moqueur en ouvrant brusquement la porte du bureau.

—Tu ne peux pas frapper avant d'entrer, toi? fulmine le constable en se redressant illico sur sa chaise.

—Je m'excuse, patron, mais il faut que je vous dise: ce matin, on a dû vérifier un appel anonyme. Quelqu'un a entendu des cris de femme la nuit passée, vers minuit, et ce n'est pas l'habitude du témoin en question de se mêler des chicanes de ménage. Il pensait que la femme en était peut-être morte.

—Quel secteur, au juste?

—Secteur huit, rue Tremblay. Vous ne me croirez jamais, patron, mais la victime, c'est Élianne Girard, la fille sur laquelle vous vouliez faire effectuer une autopsie de... décès, bredouille-t-il, mesurant l'incongruité de ce qu'il débite. On arrive de chez elle. Le type ne l'a pas trop amochée, et ne l'a pas agressée sexuellement. Mais quand même... et elle ne veut pas dire le nom de son agresseur, ni déposer de plainte. C'est sûr qu'elle le connaît, la serrure n'a pas été forcée et...

— Silence! crie le constable avec mauvaise humeur, pour faire cesser tout ce babillage. T'as pas vu que j'avais moi-même signé le premier rapport, triple imbécile?

Décidément, même s'il est rangé depuis plus de six mois dans le classeur des dossiers réglés, celui d'Élianne Girard n'en finit plus de se prolonger. Ce qui n'a pas l'heur de plaire à Carl Gagnon, c'est qu'il déborde maintenant sur sa vie privée en l'impliquant comme témoin indirect d'une agression. Et, s'il y a quelque chose qu'il déteste par-dessus tout, c'est bien de mêler sa vie privée à sa vie professionnelle.

L'agresseur, c'est Paulin Genest, il pourrait en mettre sa main au feu. Quel imbécile, celui-là! La méfiance qu'il éprouve à répétition vis-à-vis du jeune homme est certainement justifiée, malgré que la justesse du pressentiment ne soit encore corroborée par aucune preuve matérielle. Il soupire, tandis que lui reviennent en mémoire, pêle-mêle, la dispute au cours du fameux souper ainsi que les sordides détails d'un dossier d'enquête auquel l'étudiant a été mêlé dix ans plus tôt. C'était celui du décès de Bianca Frenette, adolescente prétendument morte au terme d'un pacte de suicide que Paulin Genest avait conclu avec elle, sa petite amie de cœur de l'époque. Le juge avait alors acquitté Paulin. Mais peut-être que le magistrat s'était fourvoyé, après tout, et qu'il avait erré dans son jugement.

Tandis que le constable s'apprête à expulser le policier de son bureau, un discret toussotement lui fait relever la tête. Le joli minois de Marie-Christine, la meilleure amie d'Élianne, passe par l'entrebâillement de la porte. Elle aussi a collaboré activement avec lui pour sortir Élianne de son coma. Carl Gagnon soupire, évince son subalterne, puis fait signe à la jeune femme de s'asseoir. Elle se laisse tomber sur la chaise et secoue ses courts cheveux bruns d'un air découragé; le policier remarque alors la rougeur de ses yeux myopes derrière le verre de ses lunettes.

—Paulin a perdu la mémoire, annonce-t-elle avec découragement. Il m'a téléphoné ce matin, complètement affolé. Il ne se souvient pas de ce qui s'est passé hier soir et il a le visage et les mains tout éraflés. Qu'est-ce que je fais avec ça, moi?

Allongée dans son bain, de l'eau jusqu'aux épaules, Élianne racle avec application, à l'aide d'une spatule de plâtrier, l'huile dont elle s'est enduit les jambes. Elle s'immobilise soudain au souvenir fugace que fait naître le bruit de l'instrument contre sa peau.

Joppé, encore et toujours Joppé. Peu de temps après qu'Élianne, prisonnière dans la demeure du questeur, eut tenté de se trancher les veines, Sémane, la nourrice que Marcus gardait affectueusement près de lui depuis son enfance, l'avait dardée d'un œil mauvais en retroussant une lèvre de dédain. Toutefois, comme la vieille femme s'était juré dans son entêtement habituel de ne pas lui adresser directement la parole, c'est au questeur qu'elle s'était plainte :

— Cette fille pue. La maladie tombera sur notre maison si elle continue à ne pas se laver ainsi.

Sur l'ordre de Marcus, la jeune esclave Karita lui avait préparé un bain, remplissant d'eau fumante la cuve de cuivre installée dans un coin de la salle de *balnea*. Après que Karita eut enduit son corps d'huile, Élianne s'y était plongée tout entière avec délices, hormis son poignet tailladé et bandé. Elle se préparait à savourer cet instant de bonheur en présence de l'esclave lorsque, sans crier gare, Sémane avait surgi dans la pièce.

— Qu'elle en finisse donc! ordonna-t-elle à l'esclave en frappant vigoureusement dans ses mains.

La fillette avait sursauté et, se saisissant d'une sorte de couteau à la lame de métal effilée et légèrement recourbée, elle l'avait tendu avec insistance à Élianne, laquelle n'avait eu d'autre choix que de s'en saisir. Elle avait détaillé l'instrument tranchant avec horreur, persuadée que Sémane lui ordonnait de s'ouvrir de nouveau les veines. Élianne avait jeté l'arme blanche sur le sol de mosaïque dans un mouvement de panique, provoquant ainsi l'ire de la nourrice, qui était sortie en claquant la porte.

Quelques instants plus tard, sans doute alerté par la vieille femme, Marcus Tinicius était brusquement entré dans la pièce à son tour; Élianne avait tout juste eu le temps de se recroqueviller sur elle-même afin de lui cacher sa nudité. Il avait chassé Karita, puis furieux, avait fixé gravement la baigneuse.

— On me dit que tu refuses d'obtempérer, Béryl?

— Sémane veut me pousser au suicide, balbutia-t-elle, les bras croisés sur ses seins.

— Au suicide? avait-il repris en ricanant. N'est-ce pas pourtant la mort que tu espérais voilà quelques jours? Vraiment, tu ne sais plus ce que tu veux, ma chère.

Élianne soutint son regard, affolée, mais ne sut quoi répondre, car il avait raison. Le questeur ramassa la lame jetée sur le sol et, s'accroupissant près du bain, la lui tendit de nouveau. Elle jeta au Romain de grands yeux effarés et ne bougea pas, glacée par la peur, tandis que ses yeux allaient du couteau jusqu'à lui. Il lui empoigna alors un bras et, lui ouvrant la main de force, desserra les doigts raidis pour y déposer l'outil, refermant ensuite sa propre main sur son poing afin d'en contrôler le geste.

— Exécute-toi, ordonna-t-il sèchement.

Elle ne comprenait pas que le questeur, qui s'était pourtant démené afin de l'arracher aux griffes de la mort, voulût maintenant qu'elle périsse. Quel ordre avait-il reçu et de qui, Grand Dieu? Avec fermeté, l'homme approcha la lame de la jambe repliée d'Élianne. Elle se débattait et, dénudant ses seins, avait tenté de sa main libre d'arrêter le geste en s'agrippant de toutes ses forces au poignet de Marcus Tinicius. Cependant, lui la maintenait toujours aussi fermement, insensible aux ongles qui s'enfonçaient jusqu'au sang dans sa chair. La lame toucha enfin la peau, puis glissa sur la cuisse d'Élianne dans un long mouvement horizontal.

— Voilà comment tu dois te servir d'un strigile pour te laver, murmura Marcus Tinicius en continuant de racler la peau d'ivoire, tandis que les doigts d'Élianne se détendaient dans sa main. Ce n'est pas si difficile, pourtant. Je ne peux pas croire que tu ne t'en souviennes plus.

Il avait alors libéré la main d'Élianne, embrassant d'un regard grave la nudité de sa captive. Leurs yeux s'étaient enchevêtrés et Élianne avait compris qu'il la désirait. Il aurait pu la violer, là, sur place, en la sortant sans ménagement de cette cuve. Mais il avait préféré tourner les talons et sortir...

Le souvenir s'estompe. Élianne racle à nouveau l'huile maculée sur sa peau lorsque soudain, sans prévenir, Johaline entre dans la salle de bain. Sidérée, celle-ci observe sa fille à demi couchée dans son bain qui se gratte la jambe avec une spatule de plâtrier. Le visage tuméfié et l'œil contusionné rendent Élianne presque méconnaissable et la mère constate, le cœur serré, que l'enflure de la joue s'est accentuée depuis le matin. Elle remarque aussi l'apparition de quelques autres vilaines taches bleuâtres sur les bras de sa fille. Bien que tous aient supplié Élianne de révéler le nom de son agresseur, policiers et médecin y compris, la jeune femme s'est entêtée dans son refus, comme si elle tentait de protéger son bourreau.

— Veux-tu bien me dire ce que tu fais là? demande Johaline en fronçant les sourcils, sans oser revenir sur le délicat sujet de son agression.

— J'enlève l'huile sale, tu vois bien, répond Élianne.

L'huile lave beaucoup mieux que le savon.

« Est-elle vraiment mue par une force qui la rend indifférente à son propre malheur ou bien a-t-elle barricadé toutes ses émotions derrière une carapace infranchissable? » se demande Johaline.

— Ah bon… élude sa mère, médusée, en s'appuyant sur le meuble du lavabo afin de mieux l'observer.

— Dis, maman, reprend après un moment la jeune femme sans la regarder, ça t'ennuierait de m'emmener au lac à la Truite en voiture demain? J'aimerais que tu m'expliques en détail tout ce que tu sais de la théorie des esprits voyageurs et que tu me montres ce fameux tas de pierres sur lequel j'étais assise lors du solstice d'été.

Johaline Girard tressaille. Et s'il fallait que son enfant, trop malheureuse ici, avec elle, veuille retourner là-bas?

— Tu sais bien que nous ne pouvons pas nous rendre au lac sans la permission du père de Marie-Christine, réplique-t-elle, prête à tout pour gagner du temps. Mais, si tu y tiens, je tâcherai de lui téléphoner…

Élianne ne répond pas et continue de racler sa peau avec application.

— Quant au fameux livre de Paulin, il y a longtemps que je l'ai rapporté à la bibliothèque, continue sa mère, afin de prévenir la question. J'ai d'ailleurs dû payer une bonne amende pour le retard.

— Je l'ai emprunté de nouveau même si Paulin me l'interdisait, rétorque la jeune femme, en sortant du bain. Un vrai dictateur, celui-là.

— Tu sais, je ne t'ai pas crue hier quand tu as affirmé

que ce n'était pas Paulin qui t'avait agressée, fait doucement Johaline en lui tendant une longue serviette de ratine, saisissant l'occasion d'aborder l'épineux sujet. Je n'arrive pas à comprendre pourquoi tu ne veux pas le dénoncer à la police, ma belle.

Élianne lui arrache la serviette des mains, prend le temps de s'essuyer et d'enfiler sa robe de chambre, avant de la fixer d'un long regard chargé de mépris :

— S'il y en a une qui devrait comprendre, pourtant, c'est bien toi, cingle-t-elle. Tu n'as même pas été capable d'empêcher ta petite fille de cinq ans de se faire violer...

Ces paroles font à Johaline l'effet d'un coup de poignard en plein cœur. La mère, main sur la poitrine, perd le souffle et s'agrippe au lavabo, tandis que son monde vacille autour d'elle et qu'il s'écroule en elle. La femme se revoit alors seize ans plus tôt, plantée dans l'embrasure de la porte de la chambre d'Élianne, à regarder son amant violer la fillette. Les yeux fixement braqués sur elle, l'enfant hurle et l'appelle en vain. Johaline demeure paralysée dans l'embrasure de cette porte, hantée et terrorisée par ses propres fantômes, ceux de son enfance...

Elle revoit son père, puis son frère, lesquels, à tour de rôle et pendant deux ans, se sont relayés dans sa chambre, tandis que sa propre mère fermait les yeux.

— Tu l'as poussé dans mon lit, continue Élianne d'une voix sourde, reprenant la phrase que Tibère lui-même avait prononcée lors de la toute première réminiscence du douloureux souvenir.

Johaline muselle sa bouche de ses mains tremblantes et dévisage Élianne, totalement terrifiée. Jamais elles n'ont reparlé de ce viol par la suite, pas une fois le sujet n'a été abordé entre elles au cours de toutes ces années. La fillette ne semblait-elle pas, d'ailleurs, avoir oublié définitivement l'horrible drame, sa vie n'étant perturbée par aucune séquelle psychologique? Aussi sa mère s'était-elle convaincue, faussement de toute évidence, qu'elle devait éviter de remuer un passé dont le souvenir traumatiserait l'enfant plus gravement encore peut-être que l'événement lui-même. Cependant, lors du coma d'Élianne qu'elle avait crue morte, Johaline avait été habitée par l'amer regret et l'insidieux remords de ne pas avoir obtenu le pardon de son enfant.

—Tu n'avais pas oublié? ne peut que geindre d'une voix blanche Johaline Girard.

—Oublier?! hurle Élianne. Oublier?! Tu as pu oublier ton père et ton frère incestueux, toi, peut-être?

Johaline ferme les yeux et éclate en sanglots. Elle donnerait tout pour mourir, là, tout de suite, dans cette salle de bain. Honte, haine, peur, colère. L'intensité de ses sentiments refoulés se projette maintenant dans des pleurs qui remontent du tréfonds de son être et qui, par leur paroxysme, ont tôt fait de faire fondre la fureur d'Élianne. La jeune femme prend sa mère dans ses bras et la berce doucement, sans parler, en sanglotant aussi. Un long, un très long moment passe.

—Pardonne-moi, ma chérie, pardonne-moi... répète Johaline en pleurant.

—Je te pardonne, maman. Tu es la personne que j'aime la plus au monde, tu le sais bien. Je t'aime tellement.

—Je t'aime plus que ma vie, moi aussi. J'ai été une mère indigne une seule fois, ma chérie, mais je me suis reprise pendant toutes les années qui ont suivi. Crois-moi, Élianne, je n'ai jamais poussé ce monstre dans ton lit! J'étais comme paralysée de peur dans l'embrasure de la porte, je ne pouvais plus bouger à cause de tout ce que j'avais moi-même enduré dans ma jeunesse. Mais j'ai jeté cet individu dehors et je l'ai poursuivi en justice après, je te le jure. J'ai encore les papiers judiciaires dans mon tiroir.

—Je te crois, ma petite maman, ne pleure plus.

Chapitre 5

LE CERCLE DE LIVIUS

Élianne se réveille une fois de plus en hurlant, hantée par l'image qui l'assaille, encore et encore. Elle s'assoit brusquement dans le lit et reconnaît sa chambre de la rue Tremblay. Finalement, la peur s'estompe et elle se recouche, les yeux grands ouverts sur le douloureux souvenir.

Paulin Genest n'était pas son agresseur, car, tandis que ses mains et ses pieds la battaient sauvagement, tandis que sa bouche crachait sur elle une pluie d'insultes et d'injures, son corps tout entier était habité par un esprit vengeur, l'esprit d'un homme qu'elle ne connaissait pas.

Ce soir-là du mois d'octobre, elle dormait, seule dans l'appartement. Sa mère et Carl étaient sortis pour l'une de ces soirées en amoureux qui les laissaient le lendemain épuisés et ravis, les yeux perdus dans le vague. Il devait être minuit, à peine plus. Peut-être encore en possession de la clé qu'elle lui avait un jour prêtée, Paulin était entré. Il avait surgi dans sa chambre, puis l'avait réveillée en la secouant de toutes les forces négatives qui l'habitaient.

—Tu m'as menti! avait-il hurlé, les yeux égarés par la haine. Tu t'es servi de moi pour revenir ici! Tu ne m'as jamais aimé, alors que moi, je t'aimais plus que tout. Je t'ai donné ma vie et j'ai tout abandonné pour toi!

Sa voix s'était chargée d'un accent qui la rendait presque méconnaissable. Sa colère le défigurait. Pour le calmer, elle avait tenté, malgré sa peur, d'utiliser la technique de l'écoute active que lui avait enseignée son psy. En vain. Lorsqu'il avait levé la main sur elle, elle avait fui au salon. Paulin l'y avait poursuivie, brisant tout sur son passage, puis, l'empoignant par un bras, l'avait ramenée dans la chambre de force, où il l'avait battue, puis laissée sur le plancher, inanimée.

Élianne se replie dans la position du fœtus, le regard fixe. S'était-il drogué ce soir-là? Elle ne le croit pas. Mais se peut-il que Paulin Genest ait été possédé par l'esprit de quelqu'un d'autre? D'un être diabolique qui cherchait à se venger d'elle?

La jeune femme se met à grelotter et s'enveloppe dans les couvertures jusqu'au cou en pensant qu'elle divague et qu'elle devient folle.

—Tu sais ce que signifie le mot esclave dans mon pays? lui chuchota avec son étrange accent une jeune fille aux longs cheveux blonds nattés et remontés en toque haut sur sa tête.

Elle avait environ dix ans. Sabrinus déchira en deux la mie du pain tout chaud qu'elle venait de trancher pour lui et sur lequel elle avait déposé du fromage, puis il y mordit avec délectation.

—Dis toujours, répondit-il, la bouche pleine, sans la quitter des yeux.

Délaissant sa tablette de cire et son stylet en os, il s'était précipité à la cuisine dès la fin de son cours d'arithmétiques afin d'observer cette Gauloise qu'on avait chargée de pétrir et de cuire le pain, prétextant à son précepteur perplexe une violente et subite fringale. La veille, un commerçant avait livré au questeur les vingt esclaves choisis par Fabia, et Sabrinus, assistant à leur remise, avait tout de suite remarqué parmi eux cette fille blonde venue du nord, un peu chétive toutefois, mais qui n'était pas sans lui rappeler sa maîtresse décédée. La fillette avait alors levé ses yeux bleus délavés vers lui et il s'était senti irrésistiblement attiré vers elle.

—Outils sachant parler, continua-t-elle, avant d'éclater d'un joli rire qui sonnait cependant faux.

—Pourquoi te moquer de ton infortune? lui demanda le garçon avec surprise.

—Je ris de la bêtise des hommes, répliqua-t-elle gravement.

—Quel est ton nom?

—Outil.

Sabrinus se rembrunit, la dévisageant avec tristesse, et le joli visage de la fille s'empourpra:

—Iris, reprit-elle en baissant les yeux, confuse d'avoir blessé le fils de son maître.

—Je m'appelle Sabrinus et j'ai été un outil, tout comme toi, jusqu'à ce que mon maître ait la très grande bonté de m'adopter. Je viens de Judée. Toi, ta famille a-t-elle été vendue en Gaule ou à Rome?

—À Rome, répondit Iris en baissant la voix. Vendue comme le million de Galates faits esclaves par Jules César depuis un demi-siècle.

—Tu crois que les tiens sont toujours vivants?

—Comment savoir? répondit-elle d'une voix sourde, les yeux dardés fixement sur ses pieds. J'ai vu mes parents partir ensemble avec une femme très riche qui les avait achetés. On m'a ensuite dit qu'aussitôt vendue, ma mère a été jetée dans un étang et que sa méchante maîtresse l'a regardée se faire dévorer par des sangsues aussi grosses que des anguilles. Elle était jalouse de sa beauté.

Sabrinus cessa de mastiquer et écarquilla les yeux de stupeur.

—J'ignore ce qu'il est advenu de mon père, qui est druide, et de mes trois frères, continua Iris en se mettant cette fois à sangloter.

—Comment se fait-il que tu sois encore vivante, toi?

—Les jolies filles se vendent jusqu'à cinquante mille sesterces, Sabrinus, hoqueta-t-elle. C'est le prix que le serviteur de ton père a payé pour moi, avant que cette méchante femme ne tente aussi de m'acheter.

—Mon père est un bon maître, rétorqua le garçon en délaissant son pain, l'appétit définitivement coupé par l'image d'horreur que l'esclave venait d'évoquer. Il distribue de l'argent de poche chaque semaine aux esclaves méritants, ce qui leur permet de racheter un jour leur liberté.

—On ne m'a jamais encore donné de *peculia*, fit la fille, la voix soudain remplie d'espoir, en s'apprêtant à essuyer les larmes qui couraient sur sa joue écarlate.

Mais Sabrinus l'avait devancée et, d'une main douce mais maladroite, toucha délicatement la joue mouillée.

—Économise bien ta *peculia*, Iris. Moi aussi, j'ai trois frères que je voudrais revoir un jour, chuchota-t-il.

—Qu'est-ce là? tonna une voix outrée dans leur dos.

Ils se retournèrent et virent le précepteur et le régisseur, mains sur les hanches, qui les observaient avec mécontentement. Iris fut menacée du fouet et Sabrinus sévèrement réprimandé par son *grammaticus*, avec interdiction formelle de se lier à l'avenir avec les esclaves de la maison.

Après que ses esclaves lui eurent enrobé les cheveux de pommade contre la calvitie, constituée d'un mélange de poivre, d'excréments et de têtes de rats, Aurélia se fit enduire le visage d'un masque de mie de pain et de crème. Elle s'observa dans le miroir de bronze poli que tenait une esclave et soupira encore.

Si une fausse-couche l'avait délivrée d'un premier enfant six mois auparavant, son soulagement, en vérité, n'avait été que de bien courte durée. Car, avec l'annonce de sa nouvelle grossesse et de la venue inexorable d'un autre bébé qui s'accrochait fermement en elle, la jeune femme sentait monter dans sa poitrine une angoisse sourde, toute proportionnelle à la croissance de cet être volontaire qui poussait dans son ventre. La nuit, ses rêves étaient peuplés de cauchemars sanglants dont elle se réveillait affolée et en nage. La peur de l'enfantement et de la mort qui pouvait en résulter la tenaillait si fort qu'elle avait même commencé à perdre quelques cheveux. Le souvenir de sa sœur Eumachia, morte à vingt-six ans en donnant naissance à son sixième enfant (dont pas un n'avait survécu durant un mariage de près de treize ans), la tourmenta une fois de plus, et Aurélia eut la nausée. Sa sœur incrédule et cynique, qui n'avait jamais cru qu'il pouvait y avoir une vie après la mort, avait souhaité qu'on gravât sur sa tombe l'épitaphe à la mode : N.F.F.M.N.S.N.C.*, ce qui voulait dire « Je n'étais pas, j'ai été, j'en garde le souvenir, je ne suis plus, je n'en ai cure. »

—Je suis trop jeune pour mourir, se répéta la jeune matrone de seize ans pour se donner du courage, elle qui ne croyait guère plus aux dieux depuis la disparition de l'épouse de Marcus.

Sa pensée se heurta aussitôt au souvenir d'Élianne comme à un mur implacable dressé par le destin, sur lequel, tôt ou tard, elle s'écraserait elle aussi. Élianne dont la beauté du corps, cependant, perdurait malgré tout dans la mort, puisqu'elle avait été la fille du divin Auguste. L'enveloppe physique d'Aurélia, elle, pourrirait

* En latin : *Non fui, fuit, memini, non sum, non curo.*

inexorablement. À la pensée de son amie décédée, la jeune femme fut subitement saisie d'un irrépressible élan de haine contre Marcus Tinicius. Elle suça une sucrerie pour rafraîchir son haleine qu'elle trouvait fétide.

Elle repensa aux mots terribles que Lucianus, la veille, lui avait chuchotés à l'oreille après qu'ils se furent livrés aux jeux de l'amour.

— Si tu donnes naissance à un garçon, garde-le. Si, au contraire, c'est une fille, je t'en débarrasserai, avait-il dit.

Son époux avait totalement changé son discours, alors que, voilà à peine deux mois, et en attente de cette nouvelle grossesse, il affirmait encore qu'il garderait ce que les dieux lui donneraient, que le résultat en fût mâle ou femelle. Aurélia soupçonnait son beau-frère Marcus Tinicius, pourvu maintenant d'un héritier masculin, d'avoir adroitement influencé son mari dans ce sens et de l'avoir poussé vers l'ignoble décision.

Il n'était pas rare, à Rome, que les pères détestent leurs filles et qu'ils les abandonnent dès leur naissance dans le froid du dehors afin qu'elles y meurent. Aurélia et ses sœurs, elles, avaient été des enfants privilégiées. On les avait envoyées à l'école très jeunes et, dès leur mariage, elles avaient dédié leurs jouets aux dieux du foyer. Un garçon, évidemment, était plus utile qu'une fille et pouvait prendre part à la vie publique et s'engager dans l'armée. Et les lois protégeaient les garçons.

Malgré qu'Aurélia fût têtue, elle s'efforçait de se montrer une bonne compagne pour Lucianus, parlant poésie et littérature et tentant de comprendre le plus possible les rouages de la politique. Elle souhaitait, en outre, décharger son époux de la gérance totale de la maison. Toutefois, si ce dernier lui avait permis de réaliser son rêve le plus cher, elle aurait possédé et géré, tout comme sa sœur Veturia le faisait à Pompéi, un des commerces de briqueterie que son père y exploitait encore.

Mais pour que son mari abonde dans ce sens et permette qu'Aurélia se consacre un jour aux briques paternelles, d'abord fallait-il qu'elle se fasse pardonner de Lucianus sa déplorable conduite vis-à-vis de Marcus Tinicius, ce qu'elle était bien décidée à faire. Loin d'avoir absout le bourreau de sa chère Élianne, Aurélia se persuada qu'en se prêtant au même jeu de fourbes que lui, elle pourrait perdre cet hypocrite avant que sa perfide amitié n'influe davantage sur Lucianus et ne la mette elle-même en péril.

Le soir même, donc, tandis qu'elle se retrouvait au triclinium avec son époux pour le repas, allongée face à lui sur le divan moelleux garni de coussins, la jeune matrone lui lança à brûle-pourpoint:

—Voilà bien longtemps que n'avons eu de nouvelles de Marcus. Vous n'êtes pas fâchés tous les deux, j'espère?

Lucianus la dévisagea d'un air surpris:

—Te voilà donc revenue à de meilleures intentions à son égard, ma nymphe? Parlant de mon cher beau-frère, je suis justement tombé par hasard hier sur l'un des esclaves que son médecin Livius Fabia a loués aux thermes de Subure comme masseur. Un dénommé Petru, qui vient de Judée, et qui travaille fort bien.

Lucianus était content et lui caressa le visage avant de se servir d'huîtres et d'escargots engraissés au lait de vache et dont on faisait l'élevage dans de grands bassins derrière la villa.

—J'ai été ridicule, mon ami, plaida Aurélia en baissant les yeux, et j'en ai honte. Peut-être pourrions-nous l'inviter à assister à des combats aquatiques au Colisée pour effacer ce fâcheux différend avec moi? Partout, on raconte que l'empereur fera inonder l'amphithéâtre afin d'y mettre des crocodiles, des hippopotames et des rhinocéros auxquels il jettera ensuite en pâture maints prisonniers.

—Je ne vois pas quel plaisir un homme de goût peut trouver à voir un être humain se faire déchirer par des bêtes sauvages, répliqua-t-il en faisant la moue. Je déteste les combats de gladiateurs et de bêtes fauves, tu le sais pourtant bien.

—Et si nous assistions à une course de chars au cirque? proposa la jeune matrone. Les Verts doivent affronter les Bleus prochainement.

—On n'a pas assez mis de vin et de miel dans ce *musclum*, pesta-t-il en tendant la sauce insipide à un esclave chargé du service. Non, Aurélia, les courses n'intéressent pas Marcus non plus. Mon beau-frère m'a déjà dit voilà quelque temps, vois-tu, que quand on avait vu une course, on les avait toutes vues. Amenons-le plutôt au théâtre, je suis sûr que cela pourrait l'intéresser.

—Voilà une idée charmante qui le détournera de sa morosité, admit Aurélia.

Un dessein de vengeance germa soudain dans son esprit irrigué par toute la haine qu'elle vouait au questeur.

— Pourquoi ne pas assister au *mimus* dans lequel doit jouer sa belle-sœur Agrippine? Ne nous l'avait-elle pas demandé lors de notre visite, après la naissance de son sixième enfant?

Lucianus s'étonna de ce que sa femme, qui n'aimait guère Agrippine et qu'il la forçait à visiter afin de sauvegarder les faveurs que son époux Germanicus lui octroyait, tienne soudain à raviver cette amitié de façade. Il se garda bien, cependant, de lui en faire la remarque.

— Un conte érotique? s'étonna Lucianus. Ne crois-tu pas qu'une *fabula palliata* conviendrait plus au fils adoptif de Marcus?

— Le petit Marcus Sabrinus n'a pas à se joindre à nous, mon ami, rétorqua-t-elle. Cela me ferait d'ailleurs le plus grand bien à moi aussi de me divertir de la sorte. Je me sens un peu comme une pie prisonnière de sa cage par les temps qui courent...

— On m'a dit que Marcus s'était cloîtré comme un ours dans sa caverne et qu'il ne se montrait plus à Rome depuis son arrivée il y a sept mois, fit son mari d'un air pensif. Il ne me reste plus qu'à le convaincre de nous accompagner, maintenant.

Il existait à Rome nombre de salons littéraires où se rencontraient ceux dont l'esprit était ouvert aux arts, à la philosophie et à la culture grecque. Bien souvent fermés, ces cercles se constituaient autour d'un écrivain, d'un poète ou d'un penseur, tels Térence et Polybe, et on y abordait les problèmes des institutions romaines aussi bien que l'audace de certains idéaux politiques. On lança à cette époque la mode des lectures publiques qui se tinrent dans quelques riches villas agréables et qui furent prétexte à de nouvelles occasions pour mêler préoccupations intellectuelles et art de vivre et pour se réunir.

Livius Fabia vint à fréquenter assidûment l'un de ces groupuscules de fins esprits, et, un jour, insista à ce point que Marcus Tinicius dut consentir à l'y accompagner. La réunion se tenait cette fois chez Domicianus, le fils de l'historien Trogue-Pompée, célèbre pour son *Histoire philippique* en quarante-huit volumes. Coquet, l'homme portait une perruque et de fausses dents importées de Germanie, et se faisait épiler les sourcils. Sa demeure était richement pourvue; des festons de lierre agrémentaient les murs intérieurs recouverts de peintures aux tons d'ocre et de cuivre. Des parfums d'Orient distillaient leurs effluves dès le second vestibule, pour accompagner le visiteur jusqu'à l'atrium.

Ce soir-là, la lecture publique porta sur les écrits historiques de Tite-Live, qu'on vantait d'être l'impartial monument à la gloire de Rome. Après quoi, tandis que les joueurs de cithare entamaient une agréable musique de fond et que les esclaves transportant les amphores versaient dans les coupes des invités un grand cru de Falerne, on se mit à discuter agréablement entre convives.

—Ovide est-il moins sincère que ne le furent Virgile ou Horace? se questionnait un vieillard du nom de Strabon, célèbre géographe et historien grec auquel, avec d'autres, se joignirent Fabia et Marcus. À défaut d'inspiration, je dois convenir tout de même que c'est un parfait versificateur! N'oublions cependant pas que Virgile est l'aîné de tous les grands esprits, incluant Horace, Tite-Live et Ovide.

—Virgile est né en Gaule, tout comme mon père, remarqua Domicianus. Malgré la barbarie de ses habitants, il y a je ne sais quoi dans cette contrée du nord qui porte l'homme à l'art subtil de la pensée. Néanmoins et contrairement à toi, Strabon, je n'ai jamais séjourné là-bas assez de temps pour bien saisir la philosophie de ces mystérieux et impétueux Galates.

—Il faut savoir différencier les Celtes des Germains, renchérit le vieil homme en levant un index déformé par l'arthrite. Les tribus celtes peuplant les Gaules ont leurs propres philosophes et leurs propres théologiens, qu'ils nomment « druides » c'est-à-dire « les très voyants ». L'auguste Jules César pensait que le point essentiel de leur enseignement était que les âmes ne périssent pas, mais qu'après la mort, elles passent d'un corps dans un autre avant de se rendre finalement dans un lieu de jeunesse éternelle et de joie appelé « Tir Na n'Og », ou « Avalon », qu'ils situent à l'ouest, au-delà des mers, quoique j'aie entendu certains parler aussi d'une île qui serait située au nord du monde...

Marcus Tinicius tressaillit. Et si le dernier voyage

entrepris par Élianne avait pour destination ce lieu béni des dieux? Ne lui avait-elle pas confessé venir d'une ville érigée sur une île, sise dans un pays encore inconnu des hommes, bien au nord et à l'ouest de l'Empire romain? Peut-être était-ce le pays d'Avalon, après tout, ce qui aurait expliqué pourquoi sa femme tenait à tout prix et malgré leur passion à retourner là-bas... Et si, comme se l'était imaginé son fils Sabrinus, c'était plutôt à Marcus d'aller la rejoindre en ces lieux obscurs, comment donc s'y prendrait-il? Il se jura que, dès l'aube, il enverrait à Cumes un *cursus* afin d'obtenir une audience auprès de la prophétesse et sibylle, de qui il prendrait conseil.

—Jules César n'a-t-il pas écrit dans sa *Guerre des Gaules* que les druides avaient présidé d'atroces sacrifices humains en l'honneur de leurs dieux, pendant lesquels ils brûlaient vifs des centaines d'hommes prisonniers de gigantesques mannequins d'osier? demanda à son tour Livius Fabia.

—Je n'ai que rarement assisté à de tels rituels, admit Strabon. La romanisation de l'Empire y est certes pour quelque chose puisque, depuis cinquante ans, beaucoup de druides ont été mis à mort. D'ailleurs, Tibère vient d'édicter une loi interdisant à ceux qui restent d'exercer leurs fonctions.

—Qu'as-tu? chuchota soudain Livius Fabia à l'oreille du questeur en lui saisissant le bras. Je te trouve soudain bien pâle.

—Ne t'en préoccupe pas, répliqua durement Marcus

à voix basse. Buvons encore de ce vin, veux-tu?

Le médecin l'amena discrètement à l'écart, à travers le péristyle donnant sur le second atrium, après que le questeur eut de nouveau fait remplir sa coupe. Les torches n'ayant pas été allumées à l'extérieur des murs, seule la lune éclairait les jardins plongés dans l'obscurité ainsi que la galerie à colonnes qui les délimitait.

—La vérité dans le vin, Marcus? fit doucement Fabia d'une voix chaude. N'as-tu pas suffisamment bu pour que je comprenne que tu as le cœur brisé? Ton ivresse, que tu voudrais amnésique, ne fait cependant que nous rendre plus vivace encore le souvenir de ta femme.

—Tais-toi! s'insurgea le questeur en lui faisant face. Ce n'est ni le lieu ni le moment d'en parler.

Le médecin s'approcha si près de lui qu'il put sentir son souffle réchauffer son visage. Fabia soutint fermement son regard.

—L'expérience m'a démontré que, contrairement aux apparences, le chagrin se dissimule toujours sous la tunique de la colère, et que la colère, elle, se cache invariablement derrière le manteau des larmes. Je serai toujours là pour prêter une oreille attentive à l'ire que tu nourris à l'égard de ta défunte épouse, Marcus.

—Tu mens! cria le questeur avec rage. Pourquoi en voudrais-je à Élianne d'être morte? Tes théories sont absurdes, Livius!

—Élianne t'a abandonné, Marcus, comme l'a fait avant elle ta mère et comme l'a fait avant elle ta première épouse Lucia.

Tandis qu'ils étudiaient fixement le médecin, les yeux de Marcus se remplirent soudain d'eau et chavirèrent dans une douleur fulgurante. Fabia déposa une main chaude sur son épaule et se tut.

—J'ai si mal, murmura le questeur en enfouissant son visage au creux de ses paumes. Je ne pourrai pas vivre sans elle un jour de plus, Livius, je ne le pourrai pas. Je me sens sombrer dans la folie. J'aimais Élianne plus que tout et elle m'a trahi en me quittant. Pourquoi, pourquoi me faire ça, Livius?

—Tu lui en veux atrocement et ta colère est saine et normale, mon ami. Seuls les mots t'aideront à l'extirper de ton être. Ainsi, elle ne te détruira plus.

Marcus releva la tête vers l'homme de sciences :

—Merci d'être là, Livius.

—Je suis incapable de te voir souffrir, mon ami.

Ceci dit, après avoir saisi le visage émacié du questeur entre ses mains, le médecin l'embrassa avec passion. Marcus, trop stupéfait pour réagir, resta de glace, puis lorsque Livius eut desserré son étreinte, il recula de quelques pas en le dévisageant sans mot dire.

Tandis qu'elle sort d'un cours de langue et qu'il neige à gros flocons en ce début de novembre, Élianne Girard constate avec surprise que Carl Gagnon l'attend à la sortie du pavillon de l'Université. Vêtu de son sempiternel imperméable beige, il lui fait songer à un détective de roman-feuilleton. La jeune femme hésite, et si elle n'avait pas tout juste entamé une conversation avec une compagne de classe, elle aurait rebroussé chemin pour éviter cette rencontre qui fait naître en elle malaise et honte. Néanmoins, l'amant de sa mère l'a repérée et se dirige maintenant vers elle à grands pas, sans sourire.

—Je peux te parler? lui demande-t-il en l'entraînant aussitôt vers la voiture de patrouille. Je t'invite pour le lunch.

Ils se retrouvent bientôt installés l'un face à l'autre dans un petit café bondé d'étudiants. Carl Gagnon remarque que plusieurs garçons s'étirent le cou pour regarder la belle blonde à sa table et il se dit que la beauté de la fille n'a pas encore surpassé celle de sa mère.

—C'est sympathique, ici, fait le constable en parcourant le menu.

—Monsieur Gagnon, vous n'êtes pas pour me laisser languir encore longtemps, peste la jeune femme d'un ton impatient. De quoi voulez-vous me parler au juste? De ma mère?

—Justement non, rétorque le policier en refermant vivement le menu et en faisant signe à la serveuse. Et j'aimerais bien que tu m'appelles Carl, s'il te plaît. Je ne veux surtout pas mêler Johaline à cette histoire et je préférerais d'ailleurs qu'elle ne sache pas que nous nous sommes rencontrés aujourd'hui... Un hamburger avec des frites et un café, s'il vous plaît, Mademoiselle. Et une seule addition, c'est moi qui offre.

—La même chose, renchérit Élianne, sans même

ouvrir le menu, en s'adressant à l'étudiante en tablier blanc qui note la commande.

Puis, soutenant le regard du constable, elle continue sèchement, comme si elle nourrissait de la méfiance :

— Écoutez, Monsieur Gagnon, je sais que vous souhaitez m'aider, mais honnêtement, ma relation avec Paulin ne vous regarde pas et vous n'avez pas à me parler de ça. Ce n'est pas de vos affaires.

— Il ne s'agit ni de ton agression ni de Paulin, rétorque-t-il en baissant la voix, mais plutôt de... ceci.

Le policier dépose sur son napperon une enveloppe de papier recyclé portant l'en-tête du commissariat de police. Élianne fronce les sourcils et s'empresse de la décacheter. Elle en extirpe un document de télécopie. Elle le lit en silence, ignorant la serveuse qui dépose son assiette devant elle.

— Ce papier est totalement incompréhensible, décrète la jeune femme en jetant nonchalamment le texte entre eux, avec un air de dépit.

Le constable, qui vient de mordre dans son hamburger, attrape la télécopie, puis, déglutissant, se met à la lire à haute voix :

— « ... (paroles inaudibles)... si je vous dis que je respecterai ma promesse et que je vérifierai à Cumes qu'on ne vous a pas oublié(e)... »

Le policier la regarde fixement.

— L'ennui avec cette phrase, Élianne, c'est que c'est toi qui l'as prononcée pendant ton sommeil.

Elle tressaille à peine et esquisse un sourire narquois.

— Ma mère et vous, vous m'espionnez pendant que je dors, maintenant? réplique-t-elle en grignotant une frite. Vous m'avez enregistrée, c'est ça? Je ne vois vraiment pas en quoi cette phrase peut tant vous bouleverser.

Carl Gagnon boit une rasade de café et examine la jeune femme un moment par-dessus sa tasse, persuadé que son indifférence est simulée.

— Tu l'as dite en latin, ma belle, répond-il en séparant bien chacune de ses syllabes.

— En latin? Vous m'en direz tant! reprend Élianne en laissant ensuite fuser un rire frondeur. Si vous en aviez parlé à ma mère, elle vous aurait dit que je n'ai jamais appris le latin!

— Elle me l'a dit. C'est pourquoi j'ai exigé une confirmation linguistique et une traduction par l'éminente professeure Sauvageau, de l'Université de Montréal... que tu connais peut-être. Ce que j'ai finalement obtenu après quelques semaines et que voici, répond-il en brandissant la lettre.

Élianne hausse les épaules.

— J'ai dû entendre cette phrase en latin à la télévision et elle s'est gravée dans ma mémoire, réplique-t-elle.

— Ça, tu vois, ce serait plutôt difficile, rétorque Gagnon, la mine assombrie. Madame Sauvageau soutient que ton accent doit être extrêmement ancien et qu'elle n'a jamais rien entendu qui se rapproche de cette pureté de près ou de loin. Elle pense que cet accent pourrait dater d'environ deux mille ans et qu'il est authentique, pour des raisons techniques que j'ignore et qui ne m'intéressent pas vraiment. Elle voudrait pouvoir analyser cet accent en te faisant parler sous hypnose et elle m'a même dit qu'elle te paierait pour ça. Bref, le message est passé, voici sa carte.

Élianne plie et déplie nerveusement sa serviette de table, les yeux fixés sur le petit carton qu'elle n'ose saisir; elle n'a pas touché à son hamburger.

—Je vais y penser, fait-elle d'un air faussement ennuyé en regardant autour d'elle. C'est tout?

—Il y a encore autre chose, renchérit Carl Gagnon en finissant la dernière bouchée de son repas. La ville de Cumes était une ancienne colonie grecque d'Italie qui a été détruite en 1203 de notre ère. Aujourd'hui, tout le monde connaît cette ville sous le nom de Naples.

Il dépose une main chaude sur celle de la fille, l'empêche un instant de jeter sa nervosité sur des objets de la table, puis soutient son regard.

—J'ai tout lieu de penser que c'est à Cumes que tu t'es rendue lors de ton fameux périple comateux, Élianne. Je n'en ai pas la preuve, évidemment, mais mon instinct n'a pas l'habitude de me tromper.

—Je ne m'en souviens pas, je vous l'ai dit, rétorque-t-elle vivement en évitant son regard.

—Tu ne te souviens pas de grand-chose par les temps qui courent, on dirait... même pas de la description physique de ton agresseur.

—Et même si j'étais allée à Cumes, continue-t-elle en ignorant la dernière remarque, je ne vois pas pourquoi vous le cacheriez à ma mère.

— J'aime beaucoup ta mère, Élianne. C'est une femme admirable et fragile qui a eu sa part de malheurs depuis plus d'un an. Avec la vie qu'elle a menée, elle mérite enfin d'être heureuse. Ne crois-tu pas qu'il est temps qu'elle se dégage l'esprit du souci qu'elle se fait autour de ton histoire bizarre, et qu'elle songe à elle?

— Je suis tout à fait d'accord avec vous, approuve Élianne en repoussant son assiette devenue froide comme son attitude. Jurez-moi que vous ne lui parlerez pas de cette traduction.

— Juré. Une dernière petite chose encore, lance-t-il alors abruptement. Marie-Christine m'a téléphoné tout à l'heure. Paulin vient d'être hospitalisé : il a tenté de se suicider en avalant des somnifères. Elle m'a dit qu'il avait de sérieux problèmes depuis ton agression et qu'il a passé les dernières semaines dans un état épouvantable.

Élianne pâlit et s'accroche à la table.

— Il est encore à l'hôpital Maisonneuve, poursuit le policier en lui tapotant affectueusement une main. Mais je voulais te prévenir.

— C'est ma faute, gémit-elle en s'efforçant de retenir ses larmes. J'ai refusé de le revoir et de répondre à ses appels téléphoniques.

Elle se mord la lèvre inférieure.

— Non, ce n'est pas de ta faute, Élianne, corrige Gagnon. Tu n'as pas à te sentir coupable. Si Paulin n'a trouvé que cette solution pour résoudre son problème, c'est bien triste, mais c'est une décision que tu ne pouvais pas prévoir. Il a aussi son libre arbitre, après tout. Une chose est sûre : il n'a pas le droit de te faire chanter et de te prendre en otage en faisant peser sa mort sur ta tête.

— Vous croyez qu'il a raté son suicide exprès? s'étonne la jeune femme en agrandissant les yeux.

Le constable se lève et fouille sa poche de veston.

— Il n'en est pas à sa première tentative ratée, dit-il en jetant quelques pièces de monnaie sur la table. La violence, ça le connaît, on dirait. Tu sais de quoi je parle...

Elle le dévisage encore avec surprise, puis soupire :

— Vous avez bien deviné, évidemment.

— Je ne sais pas pourquoi tu t'acharnes tant à ne pas le dénoncer, la rabroue-t-il. Il y a longtemps que tu aurais dû déposer une plainte contre lui pour voies de fait.

— Paulin était malade ce soir-là, il était devenu fou, confie Élianne. C'est comme s'il avait été possédé et qu'il était devenu quelqu'un d'autre. Je ne peux quand même pas le faire enfermer pour un acte qu'il ne se souvient même pas d'avoir commis!

— Ça te regarde, jeune fille : je ne peux pas te forcer à porter plainte contre lui. Mais pense qu'il peut très bien récidiver et qu'il a besoin de se faire soigner. Quoi qu'il en soit, je serai toujours là si tu as besoin d'aide, tu connais mon numéro. Je suis comme un médecin, moi : je réponds aux urgences jour et nuit et je sais garder les secrets. Même ceux que tu ne veux pas dire à ta mère.

Chapitre 6

Le jeu d'Agrippine

Après avoir couché son fils Alexandre, vers vingt et une heures, Emmanuelle rejoint son mari cantonné invariablement au salon où, soir après soir, bien à l'abri derrière les portes françaises, il investit tous ses moments libres à s'abrutir devant le téléviseur. La femme se laisse choir à ses côtés sur le divan moelleux, pose son bras sur la jambe masculine et observe son époux un long moment, tout en caressant le chat qui vient de s'installer sur ses genoux en ronronnant.

Fidèle à sa nouvelle habitude, Jean-Marc l'ignore, totalement absorbé par le reportage sur l'Égypte ancienne qu'on passe à une chaîne éducative; il a troqué la passion des sports contre l'aridité de l'archéologie et de l'histoire antique, lui qui, auparavant, ne s'intéressait guère qu'au foot et qu'au tour de France. Par ailleurs, il ne fume plus, déteste la bière, les croustilles et le chocolat, ne sait plus ni lire ni écrire (sauf les chiffres romains), a tout oublié de la conduite d'une voiture et a nouvellement fait de son fils la priorité de sa vie, la reléguant, elle, sa femme, au tout dernier rang, loin derrière la télévision et le chat.

Emmanuelle le couve d'un long regard d'incompréhension et d'amour, et soupire une nouvelle fois sans s'en rendre compte.

Si ce n'était cette présence physique à ses côtés, cet homme allumé par la connaissance et la culture, mais frigide à son égard, semblable dans son étonnement perpétuel au Petit Prince débarqué sur une nouvelle planète... Si ce n'était cette gêne palpable dressée entre eux, Emmanuelle n'aurait pas tant soupiré et se serait contentée d'attendre patiemment la guérison – même lointaine – de son mari. Cependant, les jours qui passent incubent un peu plus dans sa poitrine l'impression, on pourrait même dire l'oppression, de cette solitude extrême. La vilaine grippe qui affecte son couple dégénère insidieusement en une mortelle pneumonie.

Le Jean-Marc qu'elle aimait et qu'elle a épousé il y a douze ans est mort, mais il est interdit à Emmanuelle d'en faire son deuil et de le pleurer. Le roi est mort, vive le roi. Tout comme son fils Alexandre s'y emploie quotidiennement, et sans effort, semble-t-il, elle doit apprendre à aimer cet étranger qui habite maintenant impunément le corps tant aimé.

Elle s'empare de la télécommande posée sur la table et ferme le téléviseur sans crier gare. Étonné, Jean-Marc se retourne vers elle pour la dévisager, mais elle fait taire aussitôt la protestation qui déjà point sur ses lèvres entrouvertes. Elle a posé tendrement un index sur cette bouche qu'elle désire ardemment.

Emmanuelle s'étonne de le trouver si beau; son sourire,

ses yeux, son rire ne sont plus les mêmes qu'avant et lui plaisent peut-être davantage, comme s'ils s'étaient teintés d'une gravité et d'une virilité toutes particulières depuis ce tragique accident de voiture. Même son accent étranger est séduisant. Elle saisit le visage à deux mains, puis l'embrasse doucement; lui, il se laisse faire, les yeux grands ouverts. Soudain, le temps de ce baiser si tendre, aussi subitement que s'abat quelquefois une averse d'été sur Paris, la vérité tombe sur Emmanuelle et lui inonde l'esprit de son évidence.

—Tu n'es pas Jean-Marc, affirme-t-elle, tandis qu'elle tient toujours son visage.

—Non, je ne suis pas Jean-Marc, répond-il gravement en lisant la peur dans ses yeux. Ton mari est mort, Emmanuelle, tu le sais bien.

—Qui es-tu, alors? demande-t-elle, tremblante d'émotion.

—Mon nom est Marcus, répond-il d'une voix sourde en lui saisissant les mains et en les serrant doucement dans les siennes.

Elle le dévisage. Le court affolement qu'il croit voir poindre dans les yeux apeurés de la femme se transforme soudain en une sage résignation. Elle hoche doucement la tête, prête à l'écouter.

—J'ai vécu il y a très longtemps, continue-t-il. Je suis venu ici pour retrouver mon épouse.

Emmanuelle tressaille. Il serait plus simple de le croire fou et de penser que Jean-Marc se prend pour Orphée descendant aux Enfers afin d'y reprendre son Eurydice.

Pourtant, tout la convainc, tout, du latin qu'il parle jusqu'aux goûts qu'il n'a plus, tout la convainc qu'il dit bien la vérité.

—Elle s'appelle Élianna Girard, n'est-ce pas? suppute-t-elle en se souvenant du nom latin entendu à l'hôpital Fontenoy, à Chartres, avant l'évanouissement de son mari.

—Oui, c'était bien son nom, quoique j'aie l'intuition qu'elle se nomme en réalité Élianne, comme certains prononcent ce nom aujourd'hui dans ta langue, ce qui résonne mieux dans mon cœur. Aide-moi à la retrouver, s'il te plaît, l'exhorte-t-il avec son accent si étrange. Je t'en supplie, par tous les dieux, aide-moi.

Elle se serre contre l'homme, le chevauche à demi, lui entourant langoureusement la taille de ses jambes longues et fines.

—Prête-moi le corps de Jean-Marc, chuchote-t-elle en refoulant ses larmes tandis que les mesures du célèbre opéra *Orphée*, de Gluck, fusent à sa mémoire et que gémit le poète :

J'ai perdu mon Eurydice
Rien n'égale mon malheur.

—Prête-le-moi rien qu'une fois, je t'en prie, j'en ai tant besoin. Il m'appartient bien plus qu'à toi.

—M'aideras-tu ensuite, Emmanuelle?

—Je ferai tout ce que tu veux, mais viens d'abord.

Elle le tire par la chemise jusqu'à ce, finalement, il lui consente. Il ferme la lampe, puis les yeux, afin de mieux s'imaginer Élianne.

Quinze heures dix. Alors qu'elle assiste à une conférence très abstraite sur la linguistique comparée dans un amphithéâtre bondé, Élianne sent soudain monter en elle la vague déferlante d'une angoisse démesurée. C'est une véritable onde de choc, celle d'un cri de douleur qui aurait déchiré ses tympans malgré le quasi-silence des lieux. Le visage émacié et suppliant de Marcus lui fracasse alors l'esprit avec une telle force que la jeune femme se lève d'un bond, pâle comme la mort, avec l'intime conviction qu'il souffre et qu'il l'appelle. La pensée peut-elle donc traverser le temps?

—Vous êtes souffrante, Mademoiselle? lui demande en fronçant les sourcils le conférencier qui s'interrompt brusquement au beau milieu d'une explication fastidieuse et que nul n'a comprise.

Élianne ne répond pas et vacille jusqu'à la porte tandis que Marie-Christine, à ses trousses, lui emboîte le pas.

—Élianne, attends-moi ! Veux-tu bien me dire ce que tu as?

Son amie étant incapable de parler, Marie-Christine la fait asseoir sur un banc du corridor et lui tamponne le front avec un mouchoir humecté à une buvette, pour éviter qu'elle s'évanouisse.

—Qu'est-ce qui se passe? répète-t-elle avec inquiétude. Tu as mal au cœur?

—Oui, souffle Élianne. Une sorte d'angoisse atroce...

— Une attaque de panique? suggère Marie-Christine en s'assoyant à son tour.

Élianne hoche affirmativement la tête, les yeux à demi fermés.

— C'est sûrement à cause de ton agression... Ma mère a fait des crises d'angoisse pendant des années, continue l'autre en appliquant de nouveau le mouchoir qu'elle vient de rafraîchir. Elle avait toujours mal au cœur et elle s'est finalement guérie en prenant conscience que, symboliquement, ses maux de cœur signifiaient qu'elle avait le cœur brisé. Elle a fini par guérir en se donnant la permission de pleurer.

Marie-Christine lui relève alors le menton et la regarde droit dans les yeux:

— Tu t'empêches de pleurer, c'est ça, hein? plaide-t-elle. Tu joues à la femme forte.

Élianne ouvre démesurément les yeux, puis brusquement éclate en sanglots. Son amie la serre dans ses bras et la berce doucement.

— C'était donc ça, murmure cette dernière. Tu vois, il s'agit de pleurer un bon coup et de tout me raconter, Élianne.

Mais la jeune femme est incapable de parler tellement elle sanglote.

— C'est Paulin qui t'a fait ça, n'est-ce pas? demande doucement Marie-Christine en la berçant.

Élianne hoche la tête par petits coups et lève les yeux vers sa compagne.

— Tu l'as largué parce que tu es tombée amoureuse

de quelqu'un d'autre, n'est-ce pas? demande encore Marie-Christine, son sixième sens à l'affût.

—J'ai connu un homme là-bas, réussit à articuler Élianne, les épaules secouées par les spasmes. Je ne peux plus vivre sans lui.

—Pourquoi ne m'as-tu rien dit? Tu n'as plus confiance en moi, à présent, moi, ton amie d'enfance?

—Pardonne-moi, gémit Élianne en se mouchant. Je croyais que je souffrirais moins en me taisant.

—Idiote! fait gentiment Marie-Christine en secouant la tête d'un air découragé, ce qui fait virevolter ses cheveux raides coupés en balai. Si tu étais plus douée en psychologie, aussi, tu saurais quels ravages ça peut causer de ne pas se confier.

Élianne empoigne la main de sa copine et la regarde fixement. Marie-Christine n'a pas encore compris ce que tente de lui dire son amie quand elle parle de « là-bas ».

—Je dois repartir là-bas, Marie-Christine.

—Tu n'es pas sérieuse? Tu ne réalises pas ce que tu dis? Et qui est cet homme que tu aimes, Élianne? Où habite-t-il?

—Ne me questionne pas, proteste la jeune femme en se mouchant. Il y a bien assez de ma mère et de Carl qui me talonnent sans arrêt pour me faire parler.

—Bon, je n'insiste pas, rétorque sa copine d'un air un peu désabusé.

—J'ai besoin de toi, continue néanmoins Élianne. Tu dois absolument m'aider à retracer cet homme frisé qui m'a fait sortir du coma et que j'ai vu au lac à la Truite.

— Gédéon Lecomte? s'étonne sa brune amie en replaçant ses lunettes. Le constable Gagnon pourrait te donner son numéro de téléphone tout de suite, lui...

— Pas question qu'il se mêle de mes affaires, celui-là! peste-t-elle.

— Qu'est-ce que tu as derrière la tête, au juste? persifle Marie-Christine.

Élianne se mord la lèvre inférieure et se tait à nouveau, oppressée.

— Bon, je vais trouver les coordonnées de ce Gédéon Lecomte, fait sa compagne. Mais jure-moi de ne rien faire sans m'en parler d'abord.

— Promis.

— Tu n'as toujours pas changé d'idée? Tu ne veux pas m'accompagner ce soir à l'hôpital pour visiter Paulin? Tu sais qu'il est de nouveau hospitalisé.

— J'aurais trop peur qu'il croie que je reviens sur ma décision de rompre, soupire Élianne en baissant la tête.

— Pourquoi le protèges-tu s'il t'a battue? T'es devenue maso ou quoi?

Mais Élianne ne répond pas et se contente de soupirer.

Après avoir fait l'amour, Marcus et Emmanuelle ont pleuré, chacun ressentant avec plus de vide encore l'absence de l'être aimé. Puis, ils se sont mutuellement consolés, s'agrippant l'un à l'autre comme à une bouée qui les aurait maintenus à la surface de leur vie dépouillée de sens, au-dessus de l'abîme de souffrance qui, tel un aimant, les attire irrésistiblement pour les y faire couler à pic.

Couchée dans la noirceur contre le corps abandonné de Jean-Marc, Emmanuelle serre la large main qui s'offre à la sienne.

— Tu y as mis une telle fougue, je ne suis pas habituée à tant de passion, murmure-t-elle. Rien ne sera jamais plus comme avant, maintenant et j'ai compris, je crois, que tu n'es pas Jean-Marc. C'est l'âme qui fait l'amour, et non le corps.

Si donc, après tous ces siècles, Emmanuelle tient un discours semblable à celui que tenait Livius, est-ce ce dernier avait finalement raison?

— J'aime ton âme, non ton corps, lui avait dit le médecin en réponse au profond trouble dans lequel l'avait jeté son ardent baiser. Je ne peux rien contre l'amour que m'inspire à ton égard Aphrodite, déesse de la Science. Après tout, les êtres humains n'ont-ils pas été, avant le début de l'humanité, et comme l'évoque si bien le dramaturge Aristophane dans sa thèse des moitiés, des êtres doubles, soit des « homme-homme », des « femme-femme » ou des êtres hermaphrodites? Depuis que les dieux les ont coupés en deux dans un excès de colère, chaque humain ne passe-t-il pas sa vie à tenter de retracer sa moitié manquante, quel qu'en soit le sexe?

— Mon âme sœur, c'est Élianne, avait alors cinglé le questeur.

Ne recevant pas de réplique de la part de Marcus,

perdu dans ses pensées, Emmanuelle continue :

— Nous resterons toujours des amis, n'est-ce pas, quoiqu'il advienne?

— Si tu veux.

— Même si tu retrouves un jour ta femme...

— Oui. Nous resterons amis, pour Alexandre, surtout, je te le promets.

Marcus laisse courir ses pensées vers l'enfant d'Emmanuelle qui lui fait songer si souvent à son fils Sabrinus. Le visage de ce dernier remplit sa conscience chancelante et l'homme se laisse sombrer dans un sommeil brutal et pesant, vide de rêve.

Un après-midi où Marcus arpentait avec Sabrinus l'une des rues les plus achalandées de Rome, le garçon, qui savait maintenant lire, s'était amusé à déchiffrer à voix haute les graffitis qui tapissaient les murs des immeubles. Les arômes de nourriture que cuisinaient les commerçants de plats préparés se mêlaient aux odeurs des déchets jetés dans les rues. Avec tout ce qui se jetait dehors, d'ailleurs, les jambes des piétons étaient invariablement tachées de boue. La foule tapageuse les pressait de toutes parts et Sabrinus s'écarta afin d'éviter de se faire écraser les orteils par les gros souliers cloutés d'un soldat qui défilait avec ses compagnons.

— *Les gladiateurs d'Aulus Suettius se battront à Rome le 15 mai*, lut avec sérieux Sabrinus.

Il fit quelques pas avant de s'arrêter de nouveau:

—*Récompense de soixante-cinq sesterces à qui me rapportera mon pot de bronze*, et puis, plus loin, *Ne pissez pas ici, les orties piquantes sont hautes.*

Étonné par la phrase, le garçon dévisagea son père en écarquillant les yeux, avant de laisser éclater un grand rire clair qui dégringola en cascade. Marcus Tinicius, lequel, n'avait jamais entendu Sabrinus rire de si bon cœur, s'esclaffa lui-même et ébouriffa les cheveux couleur d'ébène du garçon.

—Tu as fait de remarquables progrès, mon fils, le félicita le questeur. Tu es maintenant capable de lire toutes les bêtises qui font crouler les murs de la ville! En vérité, je suis très content du travail accompli par ton *grammaticus.*

—Est-il content du mien? demanda à son tour le garçon en pinçant les lèvres d'appréhension.

Marcus Tinicius retint un sourire.

—Malgré qu'il se soit plaint de ton attitude désinvolte hier encore, admit le Romain, je suis convaincu que tu fais des efforts louables pour le contenter.

—Peut-être est-il trop sévère à mon endroit, tenta Sabrinus d'une voix morne.

—S'il l'est trop, comme tu dis, peut-être est-ce simplement parce qu'il juge que ton intelligence est supérieure à celle de ses anciens élèves. Que ferais-tu, toi, si tu trouvais devant ta porte un jeune et magnifique étalon sauvage, fort, rapide, fougueux, mais aussi têtu qu'une mule?

—Je le dompterais sans tarder, affirma sans hésiter le garçon.

—Voilà ce que ton précepteur tente de faire de ton intelligence indisciplinée, en vérité.

Il se tut, le temps de s'éloigner du tintamarre des marteaux d'un chaudronnier, et vit le garçon examiner à la dérobade un mendiant juif qui exhortait les passants à se montrer charitables.

—Dis-moi, Sabrinus, reprit-il malicieusement après avoir fait l'aumône au pauvre gueux pour contenter la bonté de son fils, qui est cette jeune esclave qui t'a si facilement dévié de l'enseignement de ton précepteur?

Le garçon rougit violemment et baissa les yeux.

—Elle s'appelle Iris, marmonna-t-il, saisi d'une gêne indescriptible vis-à-vis de son père adoptif. Elle est Gauloise et blonde comme... comme...

Mais il ne put achever sa phrase.

—... Comme Élianne? compléta le questeur en tressaillant malgré lui.

Son fils hocha la tête.

—Je sais bien qu'il m'est interdit d'en faire mon amie, plaida le jeune garçon. Mais n'ai-je pas été un outil, tout comme elle?

—Un outil?

—C'est de cette façon qu'on appelle les esclaves dans son pays. Iris m'a dit qu'elle était la fille d'un druide. Qu'est-ce qu'un druide, père?

Marcus Tinicius s'étonna de la coïncidence du mot qui résonnait pour la seconde fois à ses oreilles en l'espace d'une semaine, tandis que lui revenait en mémoire la discussion dont il avait été témoin entre Strabon et Domicianus, lors de cette soirée mémorable de lecture publique. Il fronça les sourcils. Était-ce donc un présage de bon augure malgré qu'il eût reçu, le matin même, le refus de la sibylle de Cumes de lui octroyer l'audience tant convoitée?

Aussi, dès le soir, en dépit du malaise palpable qui avait écartelé les deux amis, Marcus se fit-il violence et convia-t-il Livius Fabia à sa table pour le questionner.

Le médecin avait emménagé depuis peu dans un des appartements de l'immeuble dont il lui avait antérieurement parlé, situé dans le quartier d'Esquilin. Il se plaignit en riant des inconvénients causés par le fait d'habiter juste au-dessus des thermes, Fabia entendant jusqu'aux grognements des costauds qui soulevaient des poids.

—Sans parler du bruit des claques assénées aux paresseux qui se font masser, rajouta-t-il en se servant de loir farci dans le plat que lui présentait un esclave.

Si le médecin se donnait un air joyeux et détaché, le questeur, lui, sentait le regard intrigué et persistant de Fabia. Nul doute que ce dernier se questionnait sur le motif véritable de sa visite. Le questeur se décida à en venir au fait:

—De quel marchand d'esclaves, au juste, as-tu acquis les Gaulois agrégés à ma maison? Ils sont si beaux que je voudrais m'en procurer d'autres.

Livius Fabia le toisa avec une surprise non feinte:

—Tu m'étonnes, mon cher. Il m'avait pourtant bien fallu dix jours pour te faire admettre que tes soixante esclaves n'étaient pas suffisants pour l'entretien et le fonctionnement de ta vaste demeure.

—Il semble que tes arguments aient eu raison de mes réticences, répliqua le questeur en riant.

—Oui, mais non de toutes... malheureusement, nargua le médecin en faisant un étrange rictus.

—Livius, je t'en prie... objecta Marcus Tinicius en soupirant.

—Si Jules César lui-même n'avait pas couché avec le roi Nicodème, j'aurais pu tenter de te convaincre encore que l'homosexualité est de mise au cœur de l'élite intellectuelle, continua le médecin en fixant intensément ses doigts croisés sur sa coupe au verre finement ciselé. Mais, n'aie crainte, tel n'est pas mon but, qui est purement sentimental. Comme je ne veux pas m'abaisser à te harceler et que je désire garder notre amitié intacte, je clos définitivement ce chapitre. Pourras-tu en faire de même?

—Oui, l'assura Marcus.

Le médecin eut l'air soulagé et vida sa coupe d'un trait avant de continuer, comme si de rien n'était:

—Eh bien, j'ai acheté tes esclaves d'un marchand grec d'Amphipolis qui désirait les échanger au marché contre du vin et des métaux. Je peux facilement retracer l'homme en question, si tel est ton désir.

—Cherche à savoir s'il n'a pas encore en sa possession un druide venant de la Gaule chevelue, père d'une jeune esclave blonde pour qui Sabrinus s'est dernièrement pris d'affection.

—Voilà qui n'est pas très prudent de la part de ton fils, marmonna Fabia en sourcillant. Enfin... Je m'enquerrai donc auprès de ce marchand et, le cas échéant, ferai racheter ce druide, en quelques mains qu'il puisse se trouver. Quoi qu'il en soit, je te conjure d'être prudent, mon ami. Les druides ont des pouvoirs puissants et souvent mortels.

—N'aie crainte, je sais ce que je fais.

—Je te souligne qu'Agrippine, la demi-sœur de Béryl, tente en ce moment de faire à Rome une razzia sur les plus blondes esclaves gauloises qui y sont détenues. Peut-être veux-tu saisir l'occasion de te débarrasser de celle qui torture en ce moment ton fils et en profiter pour en doubler le prix?

—Je préfèrerais lui offrir sa liberté plutôt que de la laisser en pâture à cette vipère! s'exclama Marcus Tinicius en tendant sa coupe à l'esclave pour s'y faire verser de l'hydromel. Jalouse comme l'est Agrippine, qui sait quel triste destin elle réserve à ces belles filles blondes et solides...

« ... Et, sachez femmes, que vous soyez libres, affranchies ou bien esclaves,

Que le plaisir des sens n'est réservé qu'aux hommes.

Les dieux s'offensent de ce que les courtisanes

S'adonnent au saphisme sur l'île de Lesbos. »

Le rideau de scène, encastré dans le mur du devant, se leva sur Agrippine jouant la déesse éplorée, mettant ainsi fin à la représentation. Ce mur, aussi haut que le plus haut gradin du théâtre couvert, s'était abaissé au tout début du spectacle, révélant une *scæna* où figurait la façade d'un palais à cinq portes richement orné, qui était en fait le décor permanent de la pièce jouée cet après-midi-là. Les machines tournantes, camouflées de chaque côté de la scène, avaient fait apparaître tout au long de la représentation les dieux en colère dans un roulement de tonnerre. Dans les gradins disposés en hémicycles, la foule bruyante se mit à applaudir et Marcus Tinicius remarqua tout en bas, dans l'orchestre réservé aux visiteurs de marque, la présence d'un garçonnet d'environ cinq ans.

— C'est le petit Caïus Julius Caligula, fils d'Agrippine, fit près de lui Lucianus, qui avait suivi son regard. À mon sens, il n'a pas dû comprendre grand-chose de ce spectacle un peu trop osé.

— Tibère m'avait pourtant affirmé que son père l'emmenait partout dans ses campagnes militaires, s'étonna le questeur.

— Germanicus est de retour de Germanie depuis peu, lui chuchota encore Lucianus. L'empereur l'a rappelé sur la volonté de son conseiller Pison malgré qu'il ait voulu y poursuivre sa conquête. Tibère l'a comblé d'honneurs en le chargeant d'une importante mission diplomatique en Orient, mais force m'est de constater que le général est soudain tombé en disgrâce. Bon, empressons-nous d'aller saluer son épouse Agrippine.

Il n'en avait guère envie. Pourtant Marcus Tinicius suivit Lucianus et Aurélia, et se faufila jusqu'à la scène entre les spectateurs qui quittaient les lieux, certains avec leur chaise pliante.

Agrippine et Julia Seconde, filles du général Agrippa et de la défunte Julia, étaient les demi-sœurs de Béryl; elles avaient toujours exécré cette dernière, laquelle, contrairement à elles, était fille d'empereur. D'ailleurs, comme pour leur rappeler un peu plus son lien tissé avec les dieux, seule Claudia Béryl avait hérité de la sublime beauté de leur mère Julia, elle-même issue du divin Auguste, leur grand-père maternel à toutes trois.

—Marcus Tinicius tenait à te rencontrer, mentit Aurélia, en amorçant une conversation avec l'actrice de manière peu adroite.

Agrippine salua Marcus en le dévisageant effrontément, car, de toute évidence, il lui plaisait. Sa sixième grossesse avait rendu son corps flasque et ajoutait bien dix ans de plus à ses trente ans. Marcus et elle s'étaient côtoyés lors du cortège funèbre de Béryl, mais ne s'étaient guère parlé. Elle serra son fils Caligula contre son sein et se tourna vers Aurélia, qui la louangeait une nouvelle fois pour ses talents et son jeu d'actrice.

—La délivrance approche, ma chère? dit Agrippine en toisant avec circonspection le ventre rebondi de son admiratrice. Les nuits trop courtes ruineront ta jeunesse sous peu. Regarde-moi: toute la nuit passée, j'ai tenté de calmer les douleurs de dentition de ma petite Agrippine en frottant ses gencives avec de la cervelle de lièvre. Vois-tu, j'aime trop mes enfants pour déléguer à leurs soins quelque maladroite esclave.

Elle se tourna alors vers le questeur et lui sourit avec grâce, sans doute convaincue qu'il avait, de ses propres mains, assassiné sa femme.

—Tu n'as pas amené ton fils Sabrinus avec toi? demanda-t-elle en affichant une mine peinée. Caligula aurait tant aimé faire sa connaissance. N'est-ce pas, mon chéri?

Le garçonnet hocha la tête; Marcus lui trouva l'air frondeur et dégourdi.

—J'ai craint que la vue de tous ces corps nus ne trouble davantage sa jeunesse, s'excusa le questeur, un peu embarrassé. Seuls les dieux et les déesses ont su échapper à la nudité satirique de la *mima*.

Agrippine éclata de rire, laissant tomber loin par-derrière sa tête aux cheveux teints d'un blond jaunâtre. Elle empoigna son beau-frère par le bras.

—J'organise demain une grande fête pour l'anniversaire de mon petit Drusus qui aura huit ans, susurra-t-elle. Je compte bien t'y voir avec Sabrinus. Peut-être pourrais-je glisser quelques mots en ta faveur auprès de Germanicus? Tu sais que l'empereur le comble d'honneurs ces temps-ci...

Le questeur comprit soudain qu'elle ne savait encore rien de la destitution de son mari. Si elle n'avait pas été dans l'ignorance de la chose, c'est elle qui aurait cherché à glaner ses faveurs.

—Ton époux sera-t-il là? s'enquit poliment Marcus.

—Hélas non! il doit s'absenter encore une fois de Rome. Je suis une femme délaissée par le vainqueur d'Arminius, mon cher.

Elle lui lança un tel regard que le Romain ne douta plus qu'elle le voulût dans son lit.

—Bien sûr qu'ils viendront, n'est-ce pas, Marcus? gloussa Aurélia, derrière lui.

—J'y penserai, répliqua-t-il, visiblement agacé par le jeu et les manigances des deux femmes. Mon emploi du temps est très chargé et j'attends maints visiteurs demain encore.

Marcus savait bien que Germanicus, l'époux de cette intrigante, ancien collaborateur d'Auguste et membre du Conseil impérial, était sans conteste l'un des meilleurs généraux que Rome eût jamais comptés. N'avait-il pas racheté l'honneur de l'Empire et réparé à lui seul le désastre infligé à Varus en devenant le vainqueur d'Arminius en Germanie? Si l'empereur en avait fait son fils adoptif, et ainsi son héritier de seconde ligne, n'était-ce pas qu'il était intimement persuadé que ce général avait l'étoffe pour lui succéder au pouvoir?

C'était d'ailleurs Tibère, voilà un an, qui l'avait formellement autorisé à envahir la Germanie, prouvant bien par là qu'il était toujours digne de sa confiance. L'ennui, c'était que Germanicus était l'ennemi personnel et acharné de Calpurnius Pison, de qui malheureusement l'empereur prenait maintenant conseil; cela expliquait qu'il avait été rappelé à Rome si abruptement. Sous l'apparence des honneurs et d'une importante mission, on l'éloignait du pouvoir. Tibère tenait-il maintenant le général en aversion, son propre fils adoptif? Si c'était le cas, cette destitution pouvait finir au plus mal pour Germanicus, sa famille et ses défenseurs.

Marcus Tinicius n'alla donc pas à la fête d'anniversaire auquel il avait été convié. Toutefois, pour ne pas froisser inutilement les humeurs d'Agrippine, qu'il prenait davantage en pitié qu'en mépris (se doutant bien des représailles prochaines que lui ferait subir l'empereur), il fit envoyer au jeune Drusus un petit chien blanc en guise de présent.

Aussi fut-il désagréablement surpris lorsque, à la nuit tombée, son régisseur vint l'aviser qu'après avoir cogné avec vigueur le heurtoir de sa porte, Agrippine voulait le rencontrer et l'attendait au vestibule.

—Fais-la passer à l'atrium, pesta le questeur qui finissait son repas avec Sabrinus. Je l'y rejoins dans un moment.

Il souhaita ardemment que personne, hormis ses esclaves, ne l'ait vue franchir sa porte, appréhendant les ennuis que lui causerait en ses murs la présence d'une ennemie de Pison.

—Que puis-je pour toi, Agrippine? soupira-t-il d'un air las en se présentant devant elle.

La demi-sœur de Béryl s'était coquettement enveloppée d'un grand châle aux magnifiques couleurs qu'elle avait ramené sur sa tête. Elle contempla son hôte un bref instant.

— Marcus, il faut que je te parle, lança-t-elle d'un air solennel.

— Je t'en prie, assieds-toi.

D'un ample geste théâtral, elle retira son châle, dévoilant une tunique bleue et une chevelure maintenue en toque sur le haut de sa tête par un mince filet. Elle s'était parée de bijoux somptueux.

— Je te remercie de ton présent, commença-t-elle d'une voix boudeuse, même si j'ai été très peinée de ne pas te voir cet après-midi, mon cher.

— Germanicus sait-il que tu es venue ici? l'interrompit brusquement le Romain.

— Non, avoua-t-elle en baissant la tête comme l'aurait fait une enfant honteuse.

Elle se leva précipitamment en constatant le regard de plus en plus furibond de l'homme, et s'approcha intimement de lui.

— Mais n'aie crainte, Marcus, personne ne sait que je suis venue ici. Sauf Aurélia, s'empressa-t-elle d'ajouter en caressant la toge qui recouvrait le torse masculin.

— Que veux-tu exactement, Agrippine? cingla-t-il en arrachant les doigts qui s'accrochaient au tissu.

La femme le dévisagea avec étonnement puis son visage se rembrunit, comme si elle avait cessé de jouer:

— Chaque jour, Germanicus me délaisse pour la politique et le bien de l'Empire. Il me fait un enfant une fois l'an puis m'abandonne comme on jetterait une amphore d'huile d'olive vide. Je me sens si seule, parfois... Moi, tu vois, je suis comme une plante, Marcus: j'ai besoin qu'on m'arrose sinon je me dessèche et je meurs...

Agrippine passa ses bras autour de son cou, langoureusement.

—Tu me plais, Marcus Tinicius.

—Que tes pas te ramènent chez toi, Agrippine, répliqua-t-il d'un ton sec en tentant d'arracher la femme qui se pendait à son cou. Je ne suis pas le jardinier que tu cherches.

Elle éclata d'un rire plein de dépit en jetant sa tête par-derrière, avant de continuer.

—Si Béryl te plaisait tant, pourquoi l'as-tu assassinée, au juste?

—Prends garde à ce que tu dis, Agrippine, gronda sourdement le questeur.

—C'est bien elle, n'est-ce pas, c'est bien cette chienne qui a dressé Tibère contre moi? cingla l'actrice en se cramponnant férocement à lui, des larmes de rage coulant sur ses joues. Tu savais que Germanicus n'était plus dans les bonnes grâces de l'empereur à cause d'elle, n'est-ce pas?

Marcus Tinicius la repoussa si fortement qu'elle faillit tomber et dut prendre appui sur un siège qui garnissait le vestibule.

—Ce n'est pas à cause de Béryl, mais bien à cause de Pison que ton mari est en disgrâce auprès de Tibère, répliqua-t-il. As-tu oublié que l'empereur détestait sa fille autant que Julia et toi pouviez la détester? Et Germanicus n'a-t-il pas eu droit à tous les honneurs depuis? Tibère ne lui a-t-il pas offert une importante mission en Orient pour le consoler?

Elle le lâcha soudain et lui tourna le dos en croisant rageusement les bras sur sa poitrine alourdie par de nombreuses grossesses.

—Ne me fais pas rire! riposta-t-elle en ravalant ses larmes. Germanicus est furieux d'avoir été écarté de Germanie alors qu'il remportait victoire sur victoire à chacune de ses campagnes militaires! On l'a évincé du pouvoir, voilà ce qui s'est passé!

Agrippine se mit à sangloter de colère et de désespoir. Marcus Tinicius laissa fuser un long soupir, la fit asseoir puis somma un esclave d'apporter un breuvage chaud susceptible de la calmer et de la réconforter. L'esclave revint bientôt des cuisines avec une coupe en argent, accompagnée de la jeune Iris qui suivait avec une amphore fumante. Yeux baissés, la fillette s'empressa de lui verser à boire et la Romaine avala d'un trait, deux fois d'affilée, le vin de Messine brûlant dans lequel on avait dilué un peu de miel d'Hybla.

Finalement, elle leva la tête vers Iris en reniflant, laquelle se figea aussi à sa vue.

—C'est donc toi qui m'a ravi cette esclave gauloise, Marcus? s'écria Agrippine en toisant la jeune fille d'un air offensé, reconnaissant celle que lui avait enlevée Fabia alors qu'elle s'apprêtait à l'acheter d'un marchand grec.

—Je suis libre d'acquérir tous les biens qui me font envie, il me semble, répondit le questeur, remarquant pour la première fois la jeune Gauloise sidérée, qu'il devina être la protégée de son fils.

—Je collectionne les Gauloises et je suis prête à te la racheter le double du prix que tu l'as payée, renchérit l'actrice, subitement consolée.

—Elle n'est pas à vendre, répliqua-t-il. Sabrinus y tient trop.

—Ah! puisqu'elle est pour ton fils, je ne peux insister, se résigna Agrippine. Nous savons tous que le service sexuel est une nécessité pour l'esclave... Pourquoi, mon cher, permets-tu que cette Gauloise me fixe avec tant d'impertinence?

—Et si nous le lui demandions? riposta Marcus qui commençait à s'amuser. Alors, veux-tu bien répondre à cela, toi?

La jeune esclave dévisagea son maître d'un air affolé.

—Allons, réponds, Iris, ordonna-t-il encore d'une voix douce mais ferme.

—C'est cette vilaine femme qui a racheté mes parents, pleura Iris.

—Bien sûr! admit la Romaine. J'ai d'ailleurs toujours son père chez moi... pour l'instant, s'empressa-t-elle d'ajouter.

—Vous avez fait tuer ma mère en la jetant en pâture à des sangsues géantes! cria Iris en sanglotant.

—C'est vrai? fit Marcus en levant un sourcil.

—Et alors? rétorqua Agrippine en haussant une épaule. Depuis quand donnes-tu des explications à tes esclaves, Marcus?

L'assassinat de sa mère lui ayant été froidement confirmé, Iris s'enfuit de la pièce en hurlant de douleur.

Le questeur retint une rage sourde et expira bruyamment afin de se contenir.

— Je te rachète ce Gaulois le double de son prix, proposa-t-il à Agrippine.

— Pourquoi ce Galate t'intéresse-t-il soudain? Sa fille ne serait-elle pas plutôt une de tes favorites, par hasard? s'amusa la Romaine en s'enveloppant à nouveau de sa *palla*. À moins que tu ne la partages avec ton fils...

Le questeur ignora la remarque.

— Iris m'a révélé qu'il était médecin, dit-il, et j'en cherche justement un bon, puisque Livius Fabia a depuis peu quitté mon service.

— Des médecins, j'en ai au moins vingt! souffla avec vantardise Agrippine. Tiens, je t'en fais cadeau! Il vaut bien le chien que tu as offert à Drusus!

Elle s'approcha à nouveau de lui, lui saisissant le visage d'une main ferme, puis, de l'autre, fit courir sur l'arête de son nez jusqu'à sa bouche un index sensuel.

— Tu viendras le chercher toi-même, cher Marcus. Demain soir, en l'absence de Germanicus.

Et, faisant demi-tour, elle sortit comme elle aurait quitté la scène d'une *mima*.

Chapitre 7

L'ORACLE DE CARVILIOS

Malgré le verglas qui moule les trottoirs encore déserts à cette heure, Élianne marche à grandes enjambées, les yeux rivés sur la glace. Janvier achève; il aura été froid et maussade, calqué sur l'humeur de sa vie depuis un an, mais la jeune femme espère encore, sans trop se faire d'idées toutefois, que le printemps saura faire fondre le givre qui lui fige le cœur et l'esprit et la rend un peu plus somnambule chaque jour.

Hier, après une nouvelle dispute avec sa mère, Élianne a décidé d'agir et de mettre fin à cette espèce de marasme qui lui gâche le bonheur. Il est urgent qu'elle se retrouve seule avec elle-même et qu'elle fasse le point sur sa vie. L'argent qu'elle gagnera avec cette séance paiera peut-être son premier mois de loyer. Après tout, ses études achèveront bientôt et elle doit se mettre en quête d'un boulot au plus vite.

Elle s'arrête brusquement et tourne la tête pour s'assurer de n'être pas suivie. Le vent du nord qui souffle en bourrasques depuis la veille lui ébouriffe les cheveux et lui mord le visage. Élianne réprime un frisson et regrette d'avoir délibérément laissé son chapeau sur la table de l'entrée dans un stupide excès d'orgueil. Néanmoins, se sentant toujours surveillée, elle accélère encore pour atteindre bientôt les hauts édifices du quartier Plateau-Mont-Royal, dont les cimes lui servent de boussole depuis un quart d'heure. Elle s'arrête devant l'un d'eux, vérifie l'adresse inscrite sur son carton puis, soulagée, pousse la porte et entre dans l'immeuble à la suite d'un homme qui vient lui aussi de s'y engouffrer.

Elle lui emboîte le pas sur quelques mètres quand soudain, elle se trouble en croyant reconnaître la nuque aux cheveux bruns et la haute stature aux épaules carrées qui s'éloigne d'elle.

—Marcus? appelle-t-elle.

Le souvenir ressurgit alors, entier.

Elle le voyait de dos, vêtu d'une tunique bordée d'une large ligne pourpre et il allait quitter la pièce, ayant terminé d'y prendre le repas du soir.

—Marcus? avait-elle appelé.

L'homme s'était retourné d'un coup vers elle qui était toujours assise sur l'un des divans du triclinium. Elle refusait encore de s'y coucher et de manger.

—Un son daigne enfin sortir de ta bouche? s'était-il étonné. J'espère que tu vas bientôt mettre fin à tes bouderies et que tu cesseras de te conduire comme une enfant, Béryl. Que veux-tu?

—J'ai faim, avait-elle avoué doucement en baissant les yeux sur ses longs doigts croisés.

Il avait dirigé un regard perçant sur la table, regard qui s'était promené jusqu'au plat rempli de victuailles déposé devant elle, avant de laisser éclater un grand rire narquois, lequel, néanmoins, sonnait faux :

— Tu as faim? l'avait-il narguée en se rapprochant d'elle. Te croyais-tu donc immortelle, fille des dieux, pour ne plus te nourrir depuis trois jours? Je constate encore que tu n'as rien touché de ton assiette et que tu continues de t'entêter comme une mule.

— C'est immangeable, avait répliqué Élianne d'une voix à peine audible, les yeux toujours baissés et le cœur battant.

Le Romain avait fondu sur elle, et la peur l'avait aussitôt fait se lever, la plantant sous le nez du questeur.

— Que dis-tu?

— C'est immangeable, avait-t-elle répété plus fortement, relevant cette fois la tête pour le fixer droit dans les yeux.

Le visage assombri du questeur s'était approché si près du sien qu'elle avait pu sentir son souffle chaud et saccadé lui caresser le front.

— La nourriture que prépare Sémane n'est jamais immangeable, avait-il déclaré en détachant chacune de ses syllabes et en toisant Élianne avec une hargne non équivoque. Insinuerais-tu qu'elle veut t'empoisonner?

— Goûtez vous-même si vous ne me croyez pas!

La foudroyant du regard, il s'était saisi d'un cuisseau de volaille dans l'assiette d'Élianne et l'avait entamé devant elle, sans pour autant la quitter des yeux. Toujours furieux, il avait mâché la viande quelques instants, puis avait brusquement cessé de mastiquer. Le questeur avait dévisagé la jeune femme avec stupéfaction, fronçant les sourcils et recrachant la bouchée sur le sol en toussant, les yeux mouillés par l'agression du sel.

Se mordant les lèvres pour se retenir de rire, ce qui aurait eu l'heur d'injurier le Romain bien davantage, Élianne s'était empressée de lui tendre un gobelet d'eau, qu'il avait bu d'un trait. Tandis qu'il buvait, le regard du questeur s'était accroché au sien. Elle s'était finalement esclaffée, la main sur la bouche, les narines frémissantes. Le calme retombé, ils s'étaient contemplés silencieusement l'un et l'autre.

— Va me chercher Sémane, avait-il ordonné après un moment à l'un des esclaves qui les servaient.

— Que lui ferez-vous? s'était inquiétée Élianne, en jetant au questeur de grands yeux apeurés.

Spontanément, elle lui avait empoigné le bras, puis, mesurant la brusquerie de son geste, l'avait relâché, presque honteuse. Marcus Tinicius l'avait saisie par le menton, doucement, pour mieux scruter son visage.

— Craindrais-tu donc que je ne lui fasse du mal? lui avait-il demandé d'une voix troublée.

Voilà que le doute, encore une fois, tel un soupir sur une flamme de bougie, venait de faire vaciller la compréhension qu'il croyait avoir de Béryl.

— Marcus?

L'homme de l'immeuble se retourne.

— Pardon? demande-t-il en dévisageant Élianne.

Ce n'est pas Marcus, évidemment.

— Excusez-moi, rougit-elle. Je croyais vous connaître.

— Ce n'est rien, Mademoiselle, fait le type en souriant.

Elle s'empresse de fuir dans un couloir. Quelle idiote elle fait! Pendant qu'elle attend l'un des ascenseurs, elle replace nerveusement ses cheveux. Ses yeux tombent sur une grande affiche annonçant: « Morin et Brunet, psychothérapeutes – hypnothérapeutes, 7e étage ». Elle hésite, mais des pas derrière elle la poussent à s'engouffrer rapidement dans l'ascenseur et à appuyer aussitôt sur le bouton.

Sa honte n'a d'égale que sa crainte d'être cataloguée.

— Qui d'autres que des psychopathes pourraient aller consulter des psychologues hypnotiseurs? se réprimande-t-elle à voix basse. Tu es complètement stupide, ma vieille. Tu pourrais vouloir te faire hypnotiser pour cesser de fumer, après tout, ou te guérir d'une allergie chronique. Tu as juste eu l'air d'une impolie en fermant les portes de l'ascenseur au nez de cette personne. Et si c'était le nez du psychologue, justement, ou pire, de la professeure... Ah, quelle idiote tu fais!

L'ascenseur s'arrête au septième, où se dresse l'unique porte vitrée du bureau qui occupe tout l'étage. Au moment où Élianne passe devant le second ascenseur, les portes s'ouvrent et Paulin Genest en sort lentement.

Elle le regarde, incrédule, ne pouvant croire que sa présence en ces lieux est le fruit du hasard et qu'il est, lui aussi, venu pour une consultation. Le grand jeune homme s'approche d'elle sans sourire, mais ses yeux s'illuminent du sentiment étrange qu'elle lui inspire encore.

— Tu es sorti de l'hôpital? demande-t-elle d'une voix

chargée de peur et de doutes. Que fais-tu ici?

—Je te suis.

Elle a sûrement mal entendu ou mal compris.

—Quoi?

—Je te suis, répète-t-il.

Elle se retient de hurler. Il la regarde en silence et attend, semble-t-il, que la fureur ou la crainte l'aient totalement gagnée.

—Fiche-moi la paix, Paulin Genest! articule-t-elle en baissant la voix d'un cran, soucieuse de ne pas ameuter le personnel du bureau. Tu n'as pas le droit de me harceler.

—Je t'aime, rétorque-t-il calmement en lui empoignant les épaules. Tu m'as dit que nous étions restés des amis, non?

Il ne se souvient donc pas de ce qu'il lui a fait en octobre? Elle tente de le repousser, mais il lui saisit les mains et les lui embrasse en la fixant intensément, comme seul Petru savait le faire. C'est à ce moment que la porte du bureau s'entrouvre.

—Tout va bien, ici? demande alors la voix aiguë d'une femme d'une cinquantaine d'années, vêtue d'un tailleur aussi noir que ses cheveux sévèrement relevés en chignon.

—Tout va bien, répond Paulin en desserrant les doigts pour libérer ceux d'Élianne.

—Et vous, Mademoiselle? demande encore la femme en fronçant les sourcils derrière ses lunettes.

«Dénonce-le donc!» hurle une voix dans la tête d'Élianne, tandis qu'une autre la supplie de ne surtout pas provoquer d'esclandre.

— Oui, tout va bien, murmure-t-elle, un ami a tenu à m'accompagner. Je suis Élianne Girard et j'ai un rendez-vous à huit heures.

— Je vous attendais, renchérit la dame en s'avançant pour lui serrer la main. Je suis la Professeure Sauvageau. Suivez-moi, je vous prie.

— Va-t'en maintenant, chuchote Élianne à Paulin, tandis la femme les conduit dans un long couloir étroit.

— Non, je reste pour te protéger.

Elle fulmine, mais se tait, envahie par la peur de sa violence, n'osant le faire renvoyer. La professeure les fait entrer dans une pièce où les attend un quadragénaire chauve et barbu à petites lunettes rondes, qu'elle leur présente comme étant le psychothérapeute Aldée Morin. C'est lui qui se chargera d'hypnotiser la jeune femme.

— Seulement un tiers des gens répondent aux suggestions et sont susceptibles d'être valablement hypnotisés, Mademoiselle, l'avertit ledit Morin après avoir réglé le caméscope sur trépied qui sera braqué sur elle pendant toute la séance. J'espère bien que vous ferez partie de ce nombre. L'expérience de la professeure Sauvageau est vraiment particulière... une régression est toujours une belle et grande aventure et si vous y arrivez, je tenterai de vous servir de guide.

— Régression? s'étonne la jeune femme, soudain inquiétée par la consonance du mot. Mais... je ne crois pas aux vies antérieures...

— Que vous y croyiez ou non n'a aucune importance en soi. Mon but n'est pas de vous en convaincre, mais uniquement d'aller chercher le matériel nécessaire à notre expérimentation, soit quelques mots de latin. Je me contenterai en premier lieu de votre vie présente. Peut-être y trouverons-nous la clé de l'énigme. Dans le cas contraire, je tenterai de vous ramener plus loin dans le temps.

Élianne accepte l'idée malgré son appréhension. Il lui faut cet argent coûte que coûte si elle veut quitter le giron maternel dans lequel elle étouffe. Paradoxalement, malgré la peur que Paulin lui inspire, la présence de ce dernier la rassure; elle en est certaine, il verra à ce que rien de fâcheux ne lui arrive en présence de ces gens qu'elle ne connaît pas, après tout.

Après l'avoir questionnée sur ses antécédents médicaux et familiaux, sa vie en général, ses études et sa culture en particulier, s'assurant une fois de plus qu'elle ignore tout du latin et du grec, les professionnels la font étendre sur un confortable divan de style récamier, tandis qu'on prie Paulin de s'asseoir dans un coin et d'écouter en silence, sans intervenir. Le psychothérapeute et Élianne conviennent ensemble d'un code (un *signaling*, comme dit Morin) qui permettra à la jeune femme de répondre par un geste de la main en cas d'hypnose profonde. Quelques minutes passent, puis il parle :

— Votre bras gauche est lourd... engourdi... Votre bras est totalement relaxé... Votre épaule est lourde... engourdie... totalement relaxée...

Le psychologue amène lentement la jeune femme, à travers une longue relaxation ponctuée de suggestions, à relâcher un à un les muscles et les organes de son corps afin de pouvoir provoquer l'ultime état de détente qui amènera d'alpha en thêta ses ondes cérébrales.

Peut-être est-ce à cause de la présence de Paulin dans cette pièce et de la crainte qu'elle a qu'il découvre l'amour qu'elle éprouve pour Marcus, Élianne ne réussit pas à se détendre. Elle sent que les efforts de Morin pour la plonger dans une transe n'aboutiront pas.

—Quand j'aurai compté jusqu'à trois, vous ouvrirez les yeux et vous vous retrouverez à une époque de votre vie à laquelle vous comprenez et parlez le latin. Un, deux... trois.

Il claque des doigts et Élianne ouvre effectivement les yeux.

—Je regrette, dit-elle, n'allons pas plus loin. Je vous fais perdre votre temps.

Le psychologue hoche la tête en soupirant.

—Vous n'avez pas atteint une transe assez profonde, confirme-t-il. Peut-être pouvons-nous reprendre cette séance un autre jour, sans la présence de ce jeune homme qui semble vous gêner?

Ce disant, le psychologue se tourne vers Paulin qui gémit. Il s'étonne aussitôt de la fixité du regard de ce dernier. Morin et la professeure Sauvageau se consultent silencieusement, comprenant tous deux que le jeune homme a répondu malgré lui aux suggestions de l'hypnotiseur. Il se berce sur sa chaise et semble souffrir de façon atroce.

—Il faut que je le réveille tout de suite, affirme le

psychologue, en approchant aussitôt du garçon avec son fauteuil à roulettes.

—Vous m'entendez? demande-t-il.

—Oui, répond Paulin d'une voix à peine audible et quelque peu effrayée en se tortillant sur sa chaise.

—Pouvez-vous décrire l'endroit où vous vous trouvez?

—Je suis assis dans ma barque.

—Vous êtes sur l'eau?

—Oui, sur la mer.

—De quelle mer parlez-vous?

—Mais de la Méditerranée! répond-il avec étonnement, comme si la chose allait de soi.

—Qu'êtes-vous en train de faire, au juste?

—J'attache mes pieds à mon ancre. J'ai décidé d'en finir avec mon existence.

—Pourquoi voulez-vous vous suicider?

—Je ne suis qu'un misérable d'avoir délaissé ma femme pour une autre, elle qui portait mon enfant en son sein, gémit-il. J'aurais tant voulu qu'elle me pardonne, mais quand je suis revenu, il était déjà trop tard. Elle était morte dans les souffrances de l'enfantement en amenant avec elle le fils que j'avais toujours espéré.

Il pleure et poursuit en se tordant les mains:

—J'ai tellement honte que mes parents soient également morts de chagrin à cause de moi. Je regrette de les avoir tous abandonnés à leur sort à cause d'une femme qui m'a trahi. Je voudrais pouvoir me venger d'elle, mais elle est déjà morte... je la déteste. Je voudrais pouvoir la tuer.

Il s'agite de plus belle en pleurant, puis tend les bras par-devant comme s'il sautait.

—Reculez un peu dans le temps, maintenant, continue Morin. Où êtes-vous?

—Je suis dans un des thermes publics de Rome.

—Que faites-vous exactement?

—Je suis un esclave et je travaille comme *balneatore*...

Paulin se tortille un peu et fronce les sourcils comme s'il cherchait les mots justes pour s'expliquer.

—... Comme masseur, se reprend-il. Je déteste ça, mais j'ai dû acquitter ma dette envers ce maudit questeur. On m'oblige aussi à offrir des services sexuels à son médecin, à qui le questeur m'a donné. En échange, cet homme va m'aider à racheter ma liberté très vite.

—À quelle époque vivez-vous?

—Hum...

—Vous parlez le latin?

—Oui, il le faut bien.

—Maintenant, laissez cet homme raconter en latin sa vie à Rome.

Paulin Genest se met alors, d'une voix très grave, teintée d'un étrange accent, à parler en latin. Il semble triste et épuisé, puis se met à pleurer.

—Avancez dans le temps, maintenant, ordonne le psychothérapeute. Revenez à votre vie présente, celle de Paulin Genest, dit-il après avoir demandé le nom du jeune homme à Élianne, ici et maintenant. Je vais compter à rebours de dix à zéro et, à zéro, vous vous réveillerez et vous vous sentirez parfaitement bien, comme si vous aviez dormi une bonne nuit de sommeil. Vous vous souviendrez d'absolument tout ce que vous avez dit sous hypnose. Mais rien de tout cela ne vous affectera. Dix... neuf...

L'homme finit de compter et claque des doigts. Revenu à sa pleine conscience, Paulin dévisage littéralement Aldée Morin qui se penche vers lui.

— Vous vous sentez bien, Paulin? lui demande ce dernier.

— Ça va, murmure-t-il, abasourdi. C'est si étrange... Quand j'étais petit, je faisais toujours le même cauchemar. Je me noyais avec une ancre accrochée au pied qui m'entraînait au fond, je me noyais en détestant une femme très belle dont j'ai oublié le nom.

Le jeune homme se tourne vers Élianne, qui le dévisage avec effroi, pâle comme la mort.

— Viens, on s'en va, lui ordonne-t-il en se levant. On n'a plus rien à faire ici.

— Élianna Girard, c'est étrange pour un nom français, affirme Emmanuelle en détournant légèrement la tête pour expirer la fumée de sa cigarette. À moins que ta femme vienne de Belgique, du Canada ou de la Suisse. Le nom de l'un de ces pays te dit quelque chose?

Ils se sont installés à la table de la cuisinette, armés du bottin téléphonique de Paris, du globe terrestre appartenant à Alexandre, de l'atlas et du dictionnaire des noms propres, tous vainement consultés. Lorsque Marcus se met à tousser, incapable de supporter davantage d'être enfumé comme une viande qu'on boucanerait, la femme écrase résolument au fond du cendrier sa cigarette à peine entamée, puis s'empresse d'ouvrir une fenêtre.

—Pourquoi t'entêtes-tu à la nommer encore Élianna alors que je suis à peu près convaincu que son prénom est Élianne? sourcille Marcus, légèrement agacé. Et non, ma femme n'a jamais prononcé devant moi le nom de l'un ces pays. Par contre, elle m'avait mentionné qu'elle voulait retourner au Qué... je ne parviens pas à me souvenir de ce nom à la consonance si étrange.

Emmanuelle retient un sourire et, passant derrière lui, lui masse les épaules.

—Au quai d'Orsay, au Kenya, au Quercy... Ce ne sera pas facile si tu ne te souviens de rien...

—Cherche où se trouve le pays stable de Gog, rétorque le Romain.

—Voyons, mon chéri, ce n'est pas un vrai nom, ça.

—Et l'île de Tir Na n'Og ou d'Avalon, que les druides situaient à l'ouest, au-delà des mers? continue Marcus. J'ai cru comprendre qu'elle pouvait habiter bien à l'ouest de Chartres.

—Ce sont des druides qui t'ont donné ces renseignements, mon chéri? demande la femme, en relevant un sourcil d'étonnement.

Tandis qu'il préfère se cantonner dans un silence tenace, Emmanuelle s'assoit et ouvre l'atlas; elle le referme cependant presque aussitôt.

— Tir Na n'Og n'existe pas, déclare-t-elle, dépitée.

— Et l'île d'Avalon? réplique-t-il sans se laisser abattre pour autant.

Elle exécute une nouvelle recherche, soucieuse de lui démontrer son appui et son amour, devinant toutefois la frustration grandissante qui le gruge devant sa nouvelle incapacité à lire le français.

— Avalon... lit-elle soudain avec surprise. Presqu'île située au sud-est de Terre-Neuve, Canada... Eh bien, ça alors...

Emmanuelle demeure abasourdie devant la page ouverte, relisant trois fois d'affilée le texte du paragraphe avant que sa raison, finalement, n'admette Avalon comme une pure vérité, et non comme une fable tissée par l'esprit égaré de son mari. Et si c'était du Québec, non loin de là, dont voulait parler Jean-Marc? Muselée dans la crainte de perdre son époux, elle ne souffle pas mot de cette hypothèse. Le Romain lui empoigne la main, tandis que son visage s'illumine d'une joie pleine d'espoir.

— Où se trouve Terre-Neuve? la presse-t-il en lui tendant maintenant le globe terrestre d'Alexandre.

Emmanuelle repère aussitôt l'endroit, juste en haut du 50e parallèle et le lui indique d'un index victorieux.

— Oui, ça doit être ça, ton île d'Avalon, admet-elle en hochant la tête. Au Canada, je sais qu'il y a beaucoup de gens qui parlent français et portent un nom français.

— L'endroit n'est pas du tout au nord du monde, remarque Marcus.

— Élianne t'a-t-elle dit qu'elle habitait un désert de

glace et de neiges éternelles? rétorque Emmanuelle.

—Non. Elle m'a dit qu'il y neigeait presque la moitié de l'année.

—Alors, il semble que ce soit bien cette île d'Avalon, puisque c'est le climat qu'il fait au Canada. Il s'agit maintenant de savoir si elle y demeure encore.

—Si je parvenais à me souvenir du nom bizarre de cette ville qu'elle me disait habiter...

Emmanuelle lui empoigne les doigts.

—Ne t'en fais pas: demain, en arrivant au bureau, j'effectuerai une recherche via Internet pour tenter de retracer une Élianna ou une Élianne Girard qui habite le Canada.

—Partons plutôt pour Avalon dès demain, suggère Marcus.

Emmanuelle éclate de rire.

—Tu plaisantes? Tu sais combien ça coûte deux billets d'avion pour l'Amérique, toi? Nous n'avons pas suffisamment d'économies, surtout depuis que tu as cessé de travailler. Ton assurance-invalidité suffit à peine à payer les dépenses courantes de la maison. Non: nous retracerons d'abord Élianne puis nous la ferons venir à Paris, ce sera beaucoup mieux, crois-moi.

Marcus Tinicius l'approuve, puis lui demande du vin.

—Je ne suis pas ton esclave, le nargue Emmanuelle, mi-figue, mi-raisin, avant de sortir de la pièce. Tu as deux mains et tu n'es pas infirme. Sers-toi tout seul, mon chéri, la bouteille de rouge est dans le garde-manger.

Il se refuse obstinément à obtempérer et, immobilisé

sur sa chaise par l'étonnement et indigné de l'attitude d'Emmanuelle, se demande s'il doit céder à la colère ou éclater de rire. De toute sa vie, c'est bien la première fois qu'on se rebelle à le servir ou à le contenter. Seule Sémane, parfois, se risquait à ce petit jeu qui le faisait bouillir comme une soupe au lait.

— Tu as deux mains et tu n'es pas infirme, l'entend-il encore rouspéter. Je ne suis pas ton esclave!

Elle l'était, justement, son esclave, malgré qu'elle se fût prétendue être sa deuxième mère. Ces mêmes mots dans la bouche d'Emmanuelle lui font l'effet d'une gifle. Marcus, finalement, se lève, prend la bouteille de vin rouge et un verre, puis se verse à boire. Il se plante devant la fenêtre ouverte et, tandis que l'alcool lui réchauffe la gorge et la poitrine, il admet que ce qui continue de l'étonner le plus dans ce siècle, c'est l'absence totale d'esclaves. Il aiguise son regard quelques étages plus bas, où des travailleurs s'affairent à réparer la rue avec du bitume. Il s'oppose silencieusement à ce que ce soient des hommes libres qui effectuent de si durs travaux.

Cependant, il sourit bientôt et se résigne en songeant qu'il voulait éviter à Sabrinus même les plus doux travaux réservés aux affranchis. Sabrinus qu'il a libéré, tout comme Ali, pour l'amour d'Élianne, comme il allait plus tard libérer Iris, pour l'amour de Sabrinus. Puis, ce druide, père d'Iris, et tous les autres...

Avant de se faire porter chez Germanicus, et pour s'assurer que le résultat serait bien supérieur au risque de sa démarche, le questeur avait longuement questionné la jeune Iris.

—Tu me dis que ton père est druide et qu'il connaît maints secrets et philtres pour guérir?

—Mon père connaît tous les enseignements sacrés de ses ancêtres venus de l'île engloutie, répondit l'esclave. Il peut guérir les corps et même prédire l'avenir et la course des astres dans le ciel.

—Connaît-il aussi le chemin qui mène à l'île d'Avalon?

La jeune Gauloise réfléchit quelques instants, en fronçant son nez d'un air grave et appliqué.

—Mère m'a toujours répété qu'on ne se rend que mort à l'île où Morgane et ses sept sœurs ont régné. Cependant, un jour, au cours d'un cérémonial de la fête de Samain, j'ai entendu père qui affirmait que notre *ened* pouvait s'y rendre, lui.

—Qu'est-ce que l'*ened*?

Elle le dévisagea, surprise:

—Mais l'un de nos trois corps, Maître, celui qui est immortel, bien sûr, répondit-elle en le regardant d'un drôle d'air.

Cela avait suffi à convaincre Marcus qu'il lui fallait obtenir l'aide de ce druide. Il se fit porter en litière à la demeure de Germanicus, mais eut néanmoins la prudence d'y amener avec lui Livius Fabia, qui pouvait témoigner en sa faveur si, par la force des choses et du hasard, l'adversité et Germanicus se liguaient contre lui.

En chemin, le questeur entretint son conseiller des qualités essentielles qu'il recherchait chez un bon médecin et remercia d'avance Fabia de le seconder dans cette prospection qui exigeait sa connaissance.

Germanicus étant encore absent, son épouse accueillit elle-même les visiteurs. Elle le fit d'ailleurs en y mettant une telle emphase qu'ils interprétèrent sans difficulté l'enflure du geste comme l'équivalent de son embarras. Si la présence du médecin avait pu l'offusquer, du moins avait-elle eu le tact de ne pas le démontrer trop ouvertement. Après leur avoir fait visiter les magnifiques jardins dans lesquels, entre fontaines et bassins peuplés de poissons écarlates, s'ébattaient ses enfants et leurs nourrices ainsi qu'une jeune esclave que Marcus crut reconnaître comme étant Célia, pour l'avoir vue chez Lucianus, Agrippine conduisit les hommes à l'atrium. Au milieu de la salle aux proportions grandioses, attendait debout un grand homme blond, barbu et très chevelu, dont les pieds étaient attachés et reliés par une chaîne à un collier d'esclave. Il avait tout au plus quarante ans; il était vêtu de braies carrelées et d'une petite cape nouée par une fibule autour du cou, ouverte sur la nudité de son torse musclé.

—C'est ton druide? s'étonna Livius Fabia qui s'était imaginé un frêle et sage vieillard vêtu d'une robe de lin.

—C'est du moins ce qu'il prétend être, l'assura Agrippine, nullement déconfite. Mais j'avoue ne l'avoir jamais utilisé pour cet usage.

—Quel est ton nom? demanda Marcus Tinicius en

s'adressant directement à l'esclave.

—Carvilios, répondit le Gaulois d'une voix grave et caverneuse en le fixant intensément.

Marcus frémit à la force et à la profondeur de ces yeux, puis détourna le regard, persuadé que le Gaulois lisait en lui.

—Il me plairait de l'éprouver avant de t'en faire cadeau, argumenta l'actrice, qui voulait un peu s'amuser. Demandons-lui de nous donner un oracle.

—N'oublie pas qu'une loi interdit aux druides d'exercer leurs fonctions, l'avertit sévèrement Marcus Tinicus.

Elle haussa les épaules, faisant la sourde oreille au conseil de son visiteur.

—Que te faut-il pour rendre un oracle? demanda Agrippine en se tournant vers le Gaulois.

—D'abord l'absence de chaînes, répondit-il. Ensuite, les entrailles d'un bélier.

On le libéra aussitôt et on alla chercher un mouton qu'on égorgea sur place, devant eux, puis qu'on éventra. Ledit Carvilios s'agenouilla sur le sol de mosaïque savamment ouvragé et fouilla à deux mains l'abdomen de l'animal afin de se saisir des viscères encore palpitants qu'il contenait. Enfin, il examina le foie. Agrippine, Livius Fabia et Marcus Tinicius l'encerclaient afin de mieux l'observer. L'homme soupira soudain avec force et ferma les yeux:

—Tu seras mère et grand-mère d'empereurs célèbres dont jamais les noms ne tomberont dans l'oubli, déclara-t-il à sa maîtresse, laquelle était suspendue à ses lèvres.

Célèbres pour leur odieuse cruauté...

—En vérité, il est extraordinaire ! se pâma Agrippine en joignant les mains sur sa poitrine. Je suis mère d'un futur empereur, vous entendez? Quel délice pour mes oreilles et quel baume sur mes souffrances de femme! J'ai bien envie de garder ce druide pour moi, mon cher Marcus, et de te faire présent d'un autre...

—La mère d'un futur empereur est une femme de parole et d'honneur, reprit finement le questeur. Sinon, quelle sorte de loyauté transmettrait-elle par le sang royal qui coule dans ses veines? Je n'en attends pas moins de toi, Agrippine, et le doute ne traverse même pas mon esprit tant je suis persuadé de ta droiture.

—Bien sûr, admit l'actrice en souriant, les lèvres un peu pincées. Je ne faisais que te taquiner, mon cher. Tiens, je te le donne! Débarrasse-m'en tout de suite, Fabia, car j'ai à parler seule avec Marcus.

La Romaine le renvoya d'un geste impatient. Le médecin s'étant éloigné avec l'esclave qui s'était lavé les mains dans un bassin, elle se rapprocha davantage du questeur.

—Ne veux-tu pas me remercier, maintenant? susurra-t-elle en faisant glisser le bout de son index sur l'arête du nez masculin.

Elle lui saisit la nuque dans le but évident de lui baiser la bouche, mais un grand rire s'éleva soudain derrière eux.

—Marcus Tinicius en compagnie de ma femme! s'étonna Germanicus d'une voix maussade. Ainsi, on ne m'avait pas trompé.

Ils se retournèrent vers le général romain qui, planté dans l'embrasure de la porte, rentrait d'un long voyage à Firmum. L'homme, plutôt grand et à peine plus vieux que le questeur, avait le visage tanné et prématurément vieilli par la rudesse des climats qui avaient régné sur ses multiples campagnes militaires; il exhibait ses nombreuses cicatrices aussi fièrement que l'amoncellement de médailles ornant sa cuirasse argentée.

À sa vue, Agrippine blêmit et s'éloigna subitement de Marcus.

—Ce n'est pas ce que tu crois, mon ami, tenta-t-elle aussitôt d'expliquer en s'avançant vers son époux.

Il leva la paume pour la gifler, mais elle enfouit son visage dans ses mains pour se protéger d'un coup qui ne vint pas.

—Rassure-toi, Germanicus, il ne s'est rien passé entre ta femme et moi, objecta avec assurance le questeur. Je te voue une grande admiration et te considère trop pour oser nuire à ta réputation et à ton honneur. Je ne sais qui t'a si faussement informé, mais ton espion s'est fourvoyé. Néanmoins, si les doutes assaillent toujours ton esprit, un témoin peut confirmer que je me trouve seul avec Agrippine depuis un instant seulement. N'as-tu pas croisé Livius Fabia qui sort tout juste d'ici?

Le général lui lança un regard sombre, chargé de suspicion.

—En effet... avoua-t-il en retirant son casque étincelant orné du panache rouge des hauts gradés, dévoilant ainsi des cheveux noirs coupés très court.

Il se dirigea vers lui d'un pas lent et ses yeux tombèrent sur les entrailles du mouton égorgé qui jonchaient le sol.

—Qu'est-ce que cela? demanda-t-il à Agrippine.

—L'oracle d'un druide... commença-t-elle.

Germanicus l'interrompit afin de tancer le questeur d'une voix féroce et indignée.

—Il ne te suffit pas de séduire ma femme, il te faut aussi l'inciter à contrevenir aux ordres de l'empereur en autorisant un druide à exercer ses fonctions dans ma maison?

—Le druide m'a prédit que je serais la mère d'un grand empereur, déclara fièrement Agrippine.

—Sotte! aboya Germanicus, furibond. Je t'interdis de répéter une telle chose. Veux-tu donc que Tibère t'égorge avec tous tes enfants?

Elle dévisagea son époux, sidérée, pour se taire de nouveau.

—Pars, Marcus, fit Germanicus, débouté, tu n'es plus le bienvenu ici. Si jamais ta bouche s'avisait de répéter les ignominies prononcées par ma femme, sache que c'est de toi que Pison ne ferait qu'une bouchée, et non d'elle.

Lorsque, le lendemain, l'aube teinta le ciel d'or et de rose, Marcus comprit à quel point Germanicus avait dit vrai quand on lui annonça qu'un envoyé de l'empereur demandait à le voir. Il crut d'abord à une vengeance du général. Il s'habilla sans hâte pour se présenter au centurion délégué par Tibère qui l'attendait à l'atrium et qui était chargé de l'escorter jusqu'au palais.

Lorsqu'il fut en présence de l'empereur, celui-ci lui planta son gros index dans le thorax, index qu'on disait assez fort pour s'enfoncer dans une pomme à peine mûre.

—Je suis contrarié, Marcus, lui dit simplement l'empereur. Ayant questionné Germanicus sur une malheureuse affaire de sorcellerie qui m'est parvenue hier par le truchement de mes informateurs, voilà que son épouse Agrippine a prononcé ton nom. Qu'as-tu à répondre à de si graves accusations?

Le questeur tenta d'ignorer le regard perfide du noir Pison qui, derrière Tibère, en compagnie d'un autre haut fonctionnaire du gouvernement qu'il devina être un augure royal, ne manquait pas un mot de l'entretien. Si l'empereur prenait la peine de le questionner, lui, c'était sans doute qu'il n'osait encore attaquer de front Germanicus, le vainqueur d'Arminius, qui détenait incontestablement l'appui du Sénat et le respect du peuple. C'était sans doute aussi qu'il manquait de preuves contre le questeur pour procéder à son exécution...

—Sorcellerie, dis-tu? rétorqua Marcus Tinicius, d'un ton faussement désinvolte. Je n'ai assisté, chez Germanicus, qu'à un oracle rendu par un soi-disant druide gaulois. C'est ce que, du moins, l'habile Agrippine tentait de me faire croire lorsqu'elle m'y a invité. En vérité, son esclave était un incapable. C'est pourquoi elle me l'a si facilement cédé par la suite. J'ignorais que les oracles fussent interdits aux druides, noble Tibère.

—N'était-il pas question plutôt d'une conjuration

contre moi? demanda encore l'empereur en relevant un sourcil méfiant. Une conjuration maléfique afin d'instaurer au pouvoir l'un des enfants d'Agrippine en lieu et place de ma personne?

—Nullement, auguste Tibère, répondit Marcus, qui se voyait obligé de ménager la chèvre et le chou s'il voulait sauver sa peau. C'était un simple jeu qui ne prêtait à rien d'autre qu'à la divination. Et, si divination il y eut, ce ne fut que prétexte pour se moquer de la folle ambition d'Agrippine, défaut que ce maudit Gaulois avait facilement deviné. D'ailleurs il nous a bien trompés, puisque ce sont les Étrusques qui lisent dans les entrailles d'animaux, et non les Gaulois qui se servent plutôt de ceux des humains.

—Tu as raison, admit l'empereur, après avoir consulté du regard son augure royal. Tu ne crois donc pas que ce Gaulois soit devin?

—Non, vraiment. Et je ne crois pas non plus qu'Agrippine accouche jamais d'un fils qui puisse égaler ta grandeur, noble Tibère. Cependant, ne devrais-tu pas, afin de te prémunir des mauvais sorts, enfoncer toi-même un clou dans le temple de Junon au plus vite?

—Je te remercie de ton conseil avisé, Marcus, mais c'est déjà fait. Toutefois, mon cher, tu comprendras que je préfère me protéger bien davantage de toi. Aussi, vais-je t'envoyer quelque temps loin de Rome. Mais, n'aie crainte : je t'épargne cette fois-ci la Judée, que tu exècres. Tu partiras pour la Gaule, où je viens de te nommer légat.

Marcus Tinicius tressaillit à peine à l'annonce de son

nouvel exil, mais ses lèvres tremblèrent. Cependant, l'empereur continuait, avec un soupçon de moquerie :

— Cela te permettra d'approfondir les connaissances que tu as des Gaulois et de leurs augures. Évidemment, je t'exhorte à n'y point emmener tes gens, sauf peut-être quatre ou cinq esclaves galates qui te serviront d'interprètes, car seuls leurs dieux savent quand tu pourras rentrer...

Puis, d'un signe de la main, l'empereur le renvoya. Marcus quitta la salle d'audience en titubant, écartant d'une main dure une jeune esclave de douze ou treize ans qui s'était cachée derrière les rideaux.

« Je ne suis pas assez dangereux ou puissant pour que même Pison songe à m'éloigner de la Cour, pensa-t-il, la tête en feu, tandis que la garde prétorienne l'escortait jusque chez lui. Si l'empereur avait cru même un instant que j'étais impliqué dans un complot, il m'aurait fait exécuter sur-le-champ. Il m'offre plutôt une nouvelle mission à l'étranger. Tout ceci ressemble davantage à un projet pour m'écarter qu'à un jeu politique... »

Marcus crut un instant que Tibère agissait ainsi pour plaire à Germanicus qui, par jalousie, planifiait peut-être aussi son assassinat. En effet, l'empereur se devait d'appuyer publiquement le général pour cacher sa destitution au peuple qui l'aimait. Quoique les jeux d'Agrippine aient réellement pu provoquer l'ire de l'empereur, de tels agissements n'auraient-ils pas mis la propre vie du général en danger en fournissant un motif valable à Tibère de croire à la trahison de l'épouse d'un haut gradé qu'il voulait justement évincer? Mais Agrippine n'était pas Germanicus. Marcus ne parvenait cependant pas à deviner l'identité de l'intrigant qui se vengeait de lui en le dénonçant au général.

Le regard fixe et froid, le questeur rentra chez lui et s'enferma à double tour dans le *tablinum*, après avoir ordonné qu'on ne le dérange sous aucun prétexte. Seul dans son bureau, il s'abandonna à sa colère et à son désespoir. Il s'écroula à sa table de travail, balaya d'une main rageuse les objets qui allèrent s'abîmer bruyamment sur le sol, avant de laisser éclater sa douleur dévastatrice.

Ses gémissements et ses pleurs, sa rage et ses cris apeurèrent ses gens, lesquels, attroupés devant la porte, crurent avec effroi que leur maître avait perdu l'esprit. Sabrinus accourut à son tour, en pleurs, mais malgré ses suppliques, son père ne lui ouvrit pas. On dépêcha alors un coursier pour aller chercher l'ami le plus précieux du questeur : Livius Fabia.

Lorsque le médecin franchit enfin le seuil de la demeure, une heure plus tard, le silence était retombé, glacial et lugubre, faisant craindre le pire à ses habitants.

—Nous avons bien tenté de lui parler et d'ouvrir, raconta le régisseur qui, d'une main, empêchait Sabrinus d'emboîter le pas au visiteur.

Fabia se précipita à grandes enjambées jusqu'à la porte du *tablinum*, toujours verrouillée. Il la heurta violemment du poing, bien décidé à la faire défoncer en l'absence de réponse.

—C'est moi Livius! cria-t-il au travers du bois. Je t'en conjure, par tous les dieux, Marcus, laisse-moi entrer!

À son grand étonnement, il y eut un bruit de clé dans la serrure et la porte s'ouvrit enfin, laissant apparaître dans l'embrasure le visage émacié du questeur, les yeux rougis par les pleurs.

—Entre et ferme derrière toi, répondit-il d'une voix éraillée.

Constatant le désordre des lieux, le médecin sentit que la folie et le désespoir s'étaient emparés du questeur. Il contourna les débris qui jonchaient le sol et se planta devant Marcus, qui s'était rassis à sa table et caressait ce que Fabia supposa être la belle écritoire de bois rouge que lui avait offerte sa défunte femme. Il s'était apparemment calmé, mais ses lèvres tremblaient encore sur des sanglots ravalés. Il fixait durement le poignard d'airain posé devant lui sur la table. Fabia soupira dans l'attente que son ami voulût bien se confier à lui.

Bien que la relégation fût une peine moins grave que la déportation ou l'exil et qu'elle n'entraînerait pour Marcus Tinicius ni la perte de ses droits politiques et juridiques ni la confiscation de ses biens, ce dernier se demandait s'il n'était pas mieux de mourir que de subir une fois de plus cette déchéance. Car même si Tibère ne l'avait pas prononcée à vie et qu'il lui avait offert une fonction de légat dans le but de couvrir son déshonneur, la condamnation emportait à tout jamais dans son tourbillon la chance pour Marcus d'accéder aux fonctions de préfet et de tribun qu'il avait tant convoitées et auxquelles, en tant que questeur, il aurait pu dignement accéder dans un avenir rapproché, si les dieux l'avaient voulu.

Les larmes de la colère avaient coulé pour bientôt se métamorphoser en un profond sentiment d'impuissance. Son corps et son âme venaient de plonger dans les affres d'une résignation morbide.

Se défaisant de l'écritoire, il se leva et prit le poignard.

—Raffermis ma main si elle flanche, supplia-t-il. Ton amitié me sera précieuse jusque dans mes derniers instants.

Livius Fabia lui empoigna prestement l'avant-bras, lui faisant ainsi lâcher prise, et l'arme tomba sur le sol, à leurs pieds.

—Tu auras mon appui lorsque je saurai tout, et pas avant, rétorqua le médecin. Dois-je comprendre que Tibère t'a exhorté au suicide?

—Pire encore, répliqua-t-il d'une voix blanche. Il m'exile en Gaule pour une durée indéfinie.

—En Gaule? s'étonna Fabia. Mais à quel titre, par Junon? Et pourquoi?

—Il m'y a nommé légat.

—Légat? Mais plus d'un citoyen romain se réjouirait de cet honneur, Marcus! l'assura Livius Fabia en lui libérant le bras. Malgré que Tibère te somme de partir pour l'étranger, il semble avoir tout fait pour sauvegarder ton honneur. Reste à comprendre son mobile...

—On m'a trahi, Livius, fit Marcus Tinicius d'une voix brisée. Quelqu'un à Rome veut ma perte.

—Ce serait Germanicus, que je n'en serais guère surpris, marmonna Fabia en fronçant les sourcils. Tibère se sent les mains liées et il aura épargné Agrippine, pourtant à l'origine de l'offense.

—Qui qu'il soit, je n'ai pas la force de vivre cette nouvelle épreuve, protesta faiblement le questeur en se détournant. Mes ennemis marchent dans l'ombre impériale, et je ne peux m'en défendre.

—Les épreuves te sont innombrables, et ton deuil encore trop frais, mon pauvre ami, renchérit l'autre d'une voix douce. Mais, qui que soit ce traître, dis-toi que cet exil, qui sera temporaire, j'en suis sûr, ne pourrait être pire que la Judée, et Tibère le sait. Après tout, la Gaule est conquise depuis un demi-siècle et ses habitants très enclins à se romaniser. Ressaisis-toi, Marcus, par tous les dieux! Fais-le pour ton fils, qu'il soit fier d'évoquer ton nom! Sache saisir en cette épreuve l'occasion qui t'est donnée d'accroître encore ta force!

C'est alors que rebondirent à la mémoire du questeur, tel un galet lancé sur l'eau calme et tranquille de sa conscience, les paroles que sa bien-aimée nourrice Sémane lui répétait lorsqu'il était enfant:

—L'on ne te jugera pas aux événements qui t'adviennent dans l'existence, mon beau petit Maître, mais bien à la façon dont tu réagiras aux événements pour mâter tes infortunes. Le visage que te montre la vie n'a aucune importance. Seul compte le visage que toi, tu montres à la vie.

Marcus Tinicius sentit une vague de courage déferler

sur lui pour le ragaillardir et le préserver de l'abîme qui béait à ses pieds. Il devina la présence invisible de Sémane, surgie derrière lui pour l'épauler.

— Tu as raison, admit-il en soupirant, je manque de courage. Va vite chercher Sabrinus et dis à mes gens que j'ai recouvré la raison. Tu me conseilleras ensuite sur les actions à prendre avant mon départ.

Livius le serra dans ses bras, lui octroyant de grandes tapes dans le dos.

— Je suis content, je suis si content! psalmodia le médecin, soulagé. J'étais décidé à respecter ton vœu et, si tu l'avais formellement exigé de moi, j'aurais moi-même enfoncé la lame pour t'arracher à la vie.

Plus tard, ce fut au tour de Marcus Tinicius d'étreindre son fils contre lui, les yeux mouillés.

— Tu ne peux me suivre tout de suite en exil, lui expliqua-t-il, car je crains qu'on attente à ta vie. Carvilios lui-même m'a mis en garde contre les dangers qui te guettent venant des gens de ma maison.

Mais Sabrinus pleurait à chaudes larmes, en s'accrochant désespérément à la toge du questeur.

— Ne m'abandonnez pas ici, mon père, je ne veux pas qu'on nous sépare!

— Ceci n'est pas un adieu, mon petit, puisque tu viendras me rejoindre en Gaule aussitôt le danger écarté et dès que j'y serai convenablement installé. En attendant, tu vivras secrètement chez Livius Fabia, qui t'aime comme un fils. Chacun doit croire, cependant, que tu pars avec moi. Aussi, ne révèle à personne, je dis bien à personne, où tu seras caché.

—Renvoyez-moi plutôt en Judée, dans votre maison de Joppé, plaida alors le garçon. J'y serai bien davantage protégé de vos ennemis qu'en restant ici, à Rome.

Marcus Tinicius l'écarta de lui pour mieux le dévisager, puis lança un regard à Livius Fabia, qui, également séduit par l'idée, hocha lentement la tête :

—Tu as parfaitement raison, mon fils, admit-il pensivement. Tu n'es pas de ceux qui succombent durant les longs périples en mer et tu sembles, au contraire, supporter les voyages sans que ta santé en souffre. Tu pourrais partir secrètement pour la Judée dans quelques semaines avec Livius et ton précepteur et y rejoindre les quelques affranchis que j'y ai gardés pour entretenir ma demeure de Joppé. De plus, je pourrais certainement y faire loger ta famille de sang, si nous la retrouvons. Ainsi, s'il m'arrivait malheur, au moins aurais-tu près de toi des gens qui t'aiment et te sont proches.

Sabrinus le serra à l'étouffer.

—Oh mon père ! Vous êtes si bon et je vous aime tant!

Le garçon pleura encore, mais cette fois-ci, de joie, et lui baisa les mains.

—N'aie crainte, l'assura Livius Fabia. Je reconduirai ton fils jusqu'à Alexandrie, où je le remettrai entre les mains de mandataires sûrs qui verront à ce qu'il atteigne Joppé sans encombre.

C'est seulement bien plus tard, au milieu de la nuit, alors qu'il déambulait dans sa chambre sans pouvoir trouver le sommeil, que Marcus Tinicius se persuada que seule Aurélia, soudaine amie de la perfide Agrippine, avait ainsi pu tendre ces filets pour le perdre, dans le seul but de venger Élianne. Ne s'était-elle point persuadée qu'il avait de ses propres mains assassiné sa femme? Il se rappela également que la jeune esclave cachée derrière les rideaux du palais était aussi celle qu'il avait entrevue dans les jardins de Germanicus: c'était Célia, l'esclave de Lucianus. Ainsi Aurélia, après avoir poussé Marcus dans les bras d'Agrippine, l'avait ensuite dénoncé à Germanicus lequel, jaloux, se serait plaint à Tibère. Il se félicita alors d'avoir décidé d'éloigner Sabrinus de la ville aux sept collines.

Tandis qu'il conduit, Carl Gagnon songe à l'étrangeté du phénomène dont ils ont été témoins, Johaline et lui, le soir précédent. Comme ils ont renoncé à sortir depuis l'agression d'Élianne en octobre dernier, il a passé la soirée de la veille chez sa maîtresse à visionner un film loué. Il était environ vingt-trois heures vingt et ils étaient seuls au salon, enlacés sur le divan, Élianne ayant depuis longtemps abdiqué pour aller dormir; d'ailleurs, le constable savait qu'elle le boudait toujours. Un bruit de course effrénée dans le couloir menant aux chambres les avait alors fait sursauter. Ils s'étaient consultés du regard, persuadés d'avoir entendu des pas d'homme qui courait.

Le constable, après avoir scrupuleusement fouillé l'entrée et la cuisine du logement, était revenu au salon, aussi bredouille qu'intrigué.

— C'est la même chose presque chaque soir, lui avait alors avoué Johaline. J'en suis venue à croire que l'appartement est hanté, même si l'idée me semble franchement ridicule.

Son amant s'était gentiment moqué d'elle, tout en lui cachant son inquiétude. Sans doute Paulin Genest avait-il encore réussi, par il ne savait quel tour ou quel procédé, à subtiliser une clé de l'appartement. L'étudiant serait-il mû par un amer sentiment de vengeance que le constable ne s'en surprendrait pas. Carl Gagnon se dit qu'il ferait bien, dès le lendemain, de faire changer les serrures qui avaient déjà été remplacées après l'agression.

— Inspectons les chambres quand même, veux-tu? avait proposé Johaline en l'empoignant par la main.

Il allait toujours se souvenir de ce qu'il avait ressenti lorsque, poussant doucement la porte de la chambre d'Élianne, il avait vu, une fraction de seconde, la silhouette gigantesque d'un homme à la peau noire debout à la tête du lit, ombre qui s'était effacée aussitôt sous leurs yeux ahuris. Johaline et Carl s'étaient dévisagés, bouche bée, conscients d'avoir partagé la même vision.

Ce matin, le constable n'a pas sitôt mis les pieds au commissariat que Collard lui remet une pile de messages téléphoniques. D'une main, il se verse un café, de l'autre, il élague sa pile de papiers roses, chiffonnant impitoyablement bon nombre d'entre eux. Soudain, il s'arrête sur un message laissé par Vivianne Sauvageau à huit heures vingt-deux. Il referme la porte de son bureau d'un solide coup de pied pour s'y barricader, et, debout près de sa table de travail jonchée de dossiers, empoigne le combiné.

—Vivianne? Carl Gagnon à l'appareil. Comment vas-tu? Ta séance d'hypnose, l'autre jour, ça a été? Ah! comme c'est malheureux... Quoi? Élianne était accompagnée? Par qui? Oui, je connais Paulin. Quoi, c'est lui qui a été hypnotisé? Du latin lui aussi? Tu parles d'un hasard... ils ont dû écouter la même émission de télévision... Si tu peux, tu m'enverras ta traduction.

Le constable toussote et s'assoit avant de continuer:

—Écoute, je ne veux surtout pas t'insulter, mais moi, les vies antérieures, tu sais ce que j'en pense... Oui, j'ai ses coordonnées, si tu les veux. Je serais surpris qu'il accepte de te revoir, mais, si ça peut te rendre service. Je t'envoie ça par télécopieur ce matin. Dis-moi, comment se comportait-il avec Élianne? Agressif? Tu crois? Hum... Je sais que c'est un gars qui éprouve des problèmes de violence. Bon, je ne te retiens pas davantage. Muet comme une tombe, ma chère, le secret professionnel! À un prochain dîner, peut-être? Bonne journée.

Le constable raccroche et se berce un instant sur sa chaise à roulettes, le regard aiguisé vers le plafond écaillé.

—Hier c'étaient les fantômes, à présent c'est la réincarnation, marmonne-t-il en grimaçant. Bientôt ce seront les Martiens.

Il boit une rasade de café, puis, son visage se fige, comme s'il était frappé par une évidence. Il actionne l'interphone:

— Dicaire, remonte-moi tout de suite le dossier de Bianca Frenette des archives, s'il te plaît.

Bianca Frenette, l'ancienne amie de cœur de Paulin, tuée il y a dix ans. Gagnon réussirait bien à se prouver à lui-même hors de tout doute que le juge ayant conclu au pacte de suicide avait erré.

Chapitre 8

VERS LUGDUNUM

L'esclave de Livius Fabia était assis au milieu de la rangée. Après l'avoir repéré, Sabrinus s'empressa de s'installer sur le premier trou vide à sa droite. Ces latrines du quartier d'Esquilin ne contenaient pas moins de soixante-dix sièges, sur lesquels les Romains s'assoyaient tout en échangeant entre eux les derniers ragots.

— Oui, je te le dis, clamait plus loin un gros homme bedonnant à son voisin de latrines. Si tu veux guérir ta femme de son mal de poitrine, tu dois lui faire fumer de la bouse de vache à l'aide d'un roseau.

Dès l'aube, bien avant que son précepteur n'arrive pour l'emmener voir ce qui seraient ses derniers jeux matutinaux, Sabrinus s'était éclipsé, semant adroitement le vigile de Tibère chargé de le surveiller. Il avait ensuite rejoint le druide Carvilios au coin d'une rue embourbée, pour ensuite filer avec lui jusqu'à l'*insula* du médecin Livius Fabia. De là, cachés tous les deux derrière la charrette d'un marchand de vin, ils avaient guetté la sortie de l'esclave juif du nom de Petru. Leur attente avait été vite récompensée, car ils l'avaient presque aussitôt vu se diriger vers les latrines publiques.

Sabrinus tourna la tête vers le masseur assis à ses côtés, et qu'il avait vu aux thermes de Subure, mais celui-ci l'ignorait toujours. Il rinça son éponge dans le canal d'eau courante qui passait au milieu du plancher devant eux, la rangea essorée dans sa poche et s'apprêta à quitter les lieux.

—Attends! l'exhorta en hébreu le garçon en se levant à sa suite, tandis que Carvilios les rejoignait.

Après avoir jeté un coup d'œil sceptique au druide, Petru dévisagea Sabrinus:

—Que me veux-tu, toi?

—Je dois te parler.

—Qui es-tu?

—Marcus Tinicus Sabrinus. Je suis le fils du questeur de Joppé.

Le visage de l'esclave se rembrunit aussitôt.

—Tu viens toi aussi de Joppé, n'est-ce pas? demanda encore le garçon.

Petru hocha la tête d'un geste affirmatif.

—Mon père accepte de m'y retourner secrètement, le temps que durera son voyage en Gaule chevelue, et j'ai décidé que tu m'accompagnerais, continua Sabrinus. Je veux que tu m'aides à retracer mes frères demeurés en Judée. Nous partirons clandestinement dans quelques semaines, afin de prévenir tout attentat contre moi.

À nouveau surpris, et ne le croyant pas, l'ancien pêcheur le toisa durement.

—Tu sais ce qu'il en coûte à un esclave de prendre la fuite, petit?

—Tu ne prendras pas la fuite, puisque tu m'accompagneras, assura le garçon.

—Pourquoi trahirais-tu ton père et retrouverais-tu ta famille de sang? demanda l'autre d'un ton soupçonneux.

—Jamais je ne le trahirai, objecta Sabrinus avec impatience en tapant du pied. C'est lui qui m'envoie à eux.

—Il sait que tu viens à moi?

—Non, admit l'enfant. Mais je le dirai à Livius Fabia que tu connais. Je sais qu'il gardera le secret.

—Pourquoi ton père n'a-t-il pas plutôt exigé que Livius Fabia veille sur toi à Rome, pendant son absence?

—Père craint que je sois assassiné, tout comme lui, mais son médecin nous escortera jusqu'à Alexandrie. Voudras-tu m'aider, oui ou non?

—À la condition que tu rachètes d'abord ma liberté à Livius Fabia, rétorqua l'autre.

—D'accord, fit Sabrinus. Il te remettra ton bonnet phrygien, puis il nous accompagnera au port d'Ostie afin que nous nous embarquions dans les prochaines semaines sur un navire en partance pour Joppé.

Satisfait, le garçon le planta là. Néanmoins, comme il sortait, il crut reconnaître Aurélia, l'épouse de Lucianus qui s'avançait au vestiaire et eut tout juste le temps de camoufler son visage de sa main ouverte pour se soustraire à sa vue.

—Fais attention à ce Juif, l'avertit Carvilios sur le chemin du retour. Je ne connais pas l'hébreu, et je ne sais pas de quoi vous avez discuté, mais je te conjure de faire attention, petit.

Ainsi en fut-il décidé et, comme le lui avait conseillé Livius Fabia, Marcus Tinicius confia son fils aux bons soins du médecin, lequel, par l'entremise du précepteur grec et de gens inconnus au questeur, verrait à ce que l'enfant atteigne Joppé en toute sécurité. De là, Sabrinus serait remis à sa famille de sang jusqu'à nouvel ordre, famille dont les membres encore vivants seraient rachetés et affranchis, puis installés dans la demeure que le questeur possédait toujours à Joppé.

Une garde étant toujours affectée par l'empereur aux portes du questeur, Livius Fabia n'osa pas emmener Sabrinus chez lui au vu et au su de tous à cause des craintes de son ami.

Prétextant un banquet d'adieu pour souligner des fonctions diplomatiques qui l'entraîneraient de nouveau à l'étranger, Marcus le convia donc à sa table, la veille de son départ, avec moult de ses clients et relations; il poussa même le jeu jusqu'à inviter Lucianus et sa femme Aurélia, laquelle se désista adroitement à la dernière minute.

Malgré le faste du repas, Marcus mangea peu, les yeux souvent rivés sur son fils assis près de lui. L'enfant se montrait attentif à la musique des citharistes, mais ne semblait guère plus joyeux que le père.

—Ton fils a déjà la nostalgie de Rome, lui souffla Lucianus assis à ses côtés, la Gaule lui paraîtra bien loin. Heureusement qu'il sera avec toi.

Après qu'on eut servi en hors-d'œuvre des œufs, des méduses et des mamelles de truie farcies aux oursins salés, les invités se gorgèrent à satiété d'autruche et de flamant bouillis aux dattes de Jéricho, puis conclurent le repas sur une sublime fricassée de roses en croûte. Les vins de Messine coulèrent à flot et on servit également un *mulsum* miellé à souhait, qu'on avait filtré pour le rendre plus limpide.

La nuit avançant, Sabrinus se retira, non sans avoir auparavant fortement serré son père dans ses bras et nul, parmi les invités, ne songea à se questionner sur les larmes qui inondaient ses joues écarlates.

On ne se questionna pas davantage lorsque, peu de temps après, Livius Fabia s'esquiva à son tour, faisant emporter avec lui le gros coffre de cèdre qui lui était destiné et qui contenait sans doute quelque précieux présent en gage d'amitié, son hôte ayant offert à chacun de ses invités une caisse en tout point semblable.

—Adieu, mon ami, chuchota Livius à l'oreille du questeur en l'étreignant. N'aie crainte, tout se passera bien. Mon mandataire sera digne de ta confiance.

Lucianus Martialus s'assit au bord de la couche où s'était allongée sa jeune épouse et lui caressa tendrement l'épaule.

—Ne te torture donc pas l'esprit inutilement, ma nymphe: Marcus a très bien compris ton indisposition.

Il te fait même remettre un coffret en guise de présent d'adieu, ce qui prouve bien par là qu'il ne te tient pas rigueur de ton absence. Pour ma part, j'ai eu droit à un merveilleux tapis d'Orient.

Aurélia se redressa avec difficulté sur son séant, son ventre rebondi la rendant chaque jour un peu plus maladroite.

—D'ailleurs, continua son époux, tu te serais sentie mal à l'aise à ce banquet, car Marcus n'y avait convié aucune autre femme que toi. Malgré que tous ses invités aient eu le cœur à la fête et qu'ils se soient réjouis de sa nomination à l'étranger, mon pauvre beau-frère et son fils avaient la mine bien basse...

—Fais-moi vite chercher ce coffre, mon ami, le coupa abruptement Aurélia.

—Célia, apporte-moi donc le coffret que j'ai déposé sur le meuble de bronze du *lararium*, ordonna Lucianus en se tournant vers la jeune esclave postée de l'autre côté du lit.

Célia revint bientôt puis déposa la caissette sur les genoux de sa maîtresse, qui l'ouvrit aussitôt. Aurélia en retira un masque de bronze, incrusté d'or et d'argent.

—Ce masque a deux faces, s'étonna-t-elle en le retournant.

—Il est magnifique, on dirait de l'art gallois, s'écria Lucianus.

Puis, il s'esclaffa avant de poursuivre :

—Si Marcus avait offert ce masque à Agrippine, j'aurais pu croire qu'il se soit moqué de son hypocrisie.

Tu sais que Tibère la soupçonne maintenant d'être mêlée à une conspiration contre lui? Mais, comme ce présent t'est destiné, ma nymphe, sans doute Marcus te l'offre-t-il afin que nous nous remémorions la douce soirée passée au théâtre en sa compagnie.

—Sans doute... reprit-elle d'une voix sourde, les lèvres pincées sur un sourire contraint.

—Quoiqu'un peu précipitée, je crois que cette nomination à Lugdunum fera un grand bien à Marcus, continua Lucianus d'un air pensif. Elle le distraira de ses tourments et le remettra rapidement d'aplomb. Si, comme je le crains, ce départ n'est qu'une nouvelle relégation ordonnée par Tibère sur les pressions de Germanicus, au moins ce dernier n'aura pas obtenu sa condamnation à mort.

Aurélia esquissa un sourire énigmatique et demanda qu'on lui apporte une tisane de romarin, qu'elle savoura ensuite avec délices.

—Mmm! Ça sent bon ici, fait Johaline en entrant dans l'appartement. Qu'est-ce que tu bois?

Elle retire ses bottes et son manteau et s'empresse de venir humer la vapeur qui s'échappe de la théière déposée sur la table du salon.

—Tisane de romarin, répond Élianne qui s'est pelotonnée dans une couverture sur le divan, devant le téléviseur. Une décoction de mon invention qui garde jeune et sexy. Je t'en laisse une tasse si tu veux... Ton souper est au four. Et je t'annonce que j'ai postulé pour trois emplois aujourd'hui.

—Merci, ma chérie, répond sa mère en s'éloignant vers la cuisine. Je suis bien contente que tu n'aies pas encore déniché d'appartement, tu me gâtes vraiment! Je te rejoins au salon avec mon assiette.

Délaissant l'émission télévisée, Élianne ferme à demi les yeux et savoure le liquide brûlant à petites gorgées, tandis que le souvenir de sa première tisane de romarin rebondit à sa mémoire.

Rome... la maison de Lucianus. Ce dernier venait d'arracher abruptement le voile d'Élianne, exposant à Marcus et à Aurélia les cheveux qu'elle avait osé couper. Tandis que le riche commerçant s'indignait devant le questeur plutôt amusé de cet outrage, Aurélia et Élianne les avaient abandonnés au *tablinum*, puis, gloussant, s'étaient sauvées en emportant la longue mèche de cheveux que leur tendait Marcus. Les jeunes femmes s'étaient ensuite barricadées dans une des chambres, où, avec maintes barrettes et épingles, Aurélia avait réussi à camoufler le désastre sans que plus rien n'y parût.

Le rire, entre elles, avait fini de conclure le pacte implicite qui devait sceller à tout jamais leur amitié. Car, n'eût été la présence d'Aurélia qui l'aimait comme une sœur, jamais Élianne n'aurait éprouvé un tel bonheur à se retrouver dans la demeure où Lucianus s'évertuait à la dénigrer. Désormais, Élianne savait que peu importe ce qui adviendrait et ce que Lucianus pourrait raconter, son amie verrait à lui préserver son affection.

Après avoir bu la tisane de romarin fraîchement coupé du matin, Aurélia avait mené Élianne à l'entrée des jardins immenses.

— Je dois donner des ordres pour l'organisation de la *cena* du soir, avait-elle dit en l'embrassant sur la joue. Attends-moi ici en profitant du jardin, si tu veux. Je t'y rejoindrai tantôt.

Élianne s'était promenée dans l'allée odorante en admirant au passage les délicates fleurs d'automne qui en tapissaient les bordures. Elle recueillit au creux de sa paume un peu de l'eau limpide que crachait une fontaine par la bouche de quelque dieu, envahie d'un inhabituel sentiment de paix et de bonheur. Elle s'était finalement arrêtée à un belvédère en forme de croissant dont la vue donnait sur les vergers en bas de la colline, et, s'agrippant au grillage de fer forgé finement travaillé qui en délimitait l'accès, avait respiré profondément en fermant les yeux, tandis qu'un vent frais lui apportait des jardins le parfum du romarin. L'air était pur et le silence grand et apaisant, en comparaison du vingt et unième siècle.

Soudain, il y avait eu dans son cou un souffle brûlant et saccadé. Élianne n'avait pas eu besoin d'ouvrir les yeux pour reconnaître les mains avides qui lui caressaient les seins et le ventre. Marcus et elle avaient fait l'amour là, debout, face au verger dépouillé de ses fruits, dans l'air chargé de l'effluve du romarin.

Le romarin est devenu pour Élianne une herbe de passion.

Lorsque Marcus Tinicius quitta Rome, l'aube rougissait à peine le ciel du Quirinal. Il ne se retourna que lorsque la charrette couverte dans laquelle il voyagerait jusqu'aux Gaules eut franchi par la porte Flamina les limites nord de la ville. Alors seulement, ses lèvres se refermèrent sur un adieu silencieux qu'il faisait à la ville aux sept collines, geôlière qui emprisonnait à tout jamais dans son ventre le corps de Béryl. Rome qu'il avait tant aimée et qui, telle une amante déçue, se détournait encore de lui. L'odeur du pain chaud qui s'élevait des fourneaux des boulangers attelés à la tâche depuis le milieu de la nuit atteignit ses narines et le questeur se rendit compte que, malgré le trop-plein de son chagrin, il avait faim et n'avait à peu près rien mangé depuis la veille au soir.

Assise face à lui et pelotonnée contre son père, la jeune Iris s'était endormie malgré le bruit assourdissant que faisaient les roues contre le pavement grossier de la route. Pour étouffer les soupçons autour du départ de son fils, et malgré que nul n'eût assisté à leur départ, on avait pris la précaution de vêtir la fillette des vêtements de Sabrinus et de camoufler sa chevelure blonde dans un bonnet de laine. Il était incontestable qu'elle n'avait pas fermé l'œil de la nuit et, ce matin, son état de surexcitation avait finalement cédé le pas à l'épuisement. Le père de la fillette, quant à lui, fouilla sa besace et en sortit un pain rond et du fromage qu'il tendit à son maître en souriant. Étonné, Marcus s'en saisit et mangea en silence tout en dévisageant l'étrange Gaulois qui semblait lire en lui.

Carvilios lui était d'un dévouement absolu. Dès que Marcus l'eut fait quitter la demeure de Germanicus pour le rapatrier chez lui, il avait senti que ce druide s'interrogeait, impavide, sur ses véritables intentions. Plus rien, en effet, ne pouvait le troubler, car il avait tout vu des atrocités commises par les hommes et pas même l'éventualité de la mort ne semblait vouloir l'arracher à son calme olympien. Sitôt arrivés chez lui, Marcus lui avait ordonné d'attendre seul à l'atrium, devant la petite chapelle du laraire qui abritait les dieux domestiques à vénérer; il avait alors fait chercher Iris. Le questeur se souviendrait toujours de ce regard dont Carvilios l'avait enveloppé, tandis qu'il tenait sa fillette en larmes contre son cœur, regard chargé à la fois d'une reconnaissance infinie et d'un ébahissement émerveillé devant l'inconcevable geste de bonté dont, malgré l'inhumanité de son monde et contre toute attente, il était bénéficiaire.

L'image de ces êtres à nouveau réunis s'était figée dans l'esprit du questeur comme une gravure grecque et il voyait encore derrière ces retrouvailles, dans la niche du *lararium*, la statue d'un jeune dieu de marbre couronné de laurier qui dansait sur un pied en portant une corne d'abondance. Un instant, sans raison, sa pensée bifurqua vers Ali, mort à cause d'une colère qu'il n'avait su maîtriser; il regretta amèrement que l'esclave qu'il avait affranchi ne soit présent à ses côtés.

—Tu as faim? demanda Marcus Tinicius, en tendant à son tour un morceau de pain au Gaulois.

—J'ai uniquement soif de connaître tes intentions, Seigneur, répondit Carvilios de son étrange accent.

—Nous nous installerons à Lugdunum. J'y ai été nommé légat et adjoint au préteur en place, dit-il. Comme tu le sais, la capitale est l'un des plus réputés centres artisanaux et commerciaux de la Gaule chevelue. Tu me serviras d'interprète, la langue celte m'étant tout à fait inconnue.

—Cette nomination dans la ville fortifiée de Lugh, dieu du Soleil, semble beaucoup t'ennuyer, Seigneur.

Le Romain dévisagea le druide, surpris; il n'était guère accoutumé à ce qu'un esclave l'aborde ainsi, presque à la façon d'un vis-à-vis. Malgré tout, il ne s'offusqua pas, car le voyage serait long et les connaissances de ce druide plus que précieuses pour lui.

—Ma fonction sera pratiquement similaire à celle que j'ai occupée en Judée pendant deux ans, répliqua Marcus Tinicius.

Puis, souriant tristement, il continua en baissant le ton de sa voix:

—Je me console en me disant que j'ai tout de même réussi dans mon infortune à gravir un échelon de plus dans la hiérarchie des hauts fonctionnaires.

—Toute infortune a sa raison d'être, Seigneur, rétorqua mystérieusement Carvilios en baissant aussi la voix. C'est souvent le moyen que prend le destin pour te montrer la seule route à suivre qui te soit bénéfique.

— Pourquoi parles-tu toujours en énigmes, Carvilios? demanda le questeur en fronçant les sourcils.

Mais le Gaulois ne répondit pas, renchérissant plutôt:

— J'exerçais mes fonctions d'eubage au centre du pays des Carnutes.

— Tu n'es donc pas un vrai druide? s'étonna Marcus.

— Presque: je suis un prêtre intermédiaire entre les bardes et les druides, expliqua Carvilios. J'officiais dans l'oppidum sacré que les tiens nomment fortification d'Autricum*.

— C'est la capitale des Carnutes, affirma Marcus. On dit que ses forêts sont immenses et redoutables.

— Les Romains détestent nos forêts! ricana Carvilios. Ils n'ont pas compris qu'elles sont comme des temples vivants pour nous. Car nous n'admettons ni l'édification de temples ni la représentation du Dieu unique, qui sont en soi de véritables blasphèmes.

— Le Dieu unique, dis-tu? reprit Marcus. On m'a maintes fois répété que le panthéon des dieux celtes était si vaste que nul, en vérité, n'avait réussi à en tenir l'inventaire... Ton peuple est loin de prier un Dieu unique.

— Tu ne comprendrais pas encore même si je te l'expliquais, Seigneur, fit l'eubage. Mais cela viendra, car ton esprit est bon et ouvert et la sagesse du Corbeau

* Autricum est l'ancien nom de la ville de Chartres.

pourra un jour l'atteindre. Les Romains ont malheureusement tendance à vouloir retrouver dans nos dieux un équivalent pour chacun des leurs, ce qui complique bien des choses.

— Je comprends bien plus que tu ne pourrais le croire, Carvilios, répliqua Marcus en soutenant son regard. J'ai vu de mes yeux le fils du vrai Dieu unique.

Puis il se tut, tournant délibérément la tête vers la fenêtre de la *carruca*, tandis que son druide, ébahi, le fixait avec stupeur. Ses pensées dérivèrent bientôt sur les villas, les fermes et les moulins qui habillaient les paysages de campagne des environs de Rome.

Il fallut beaucoup de temps pour que Marcus Tinicius parvienne à en savoir un peu plus sur l'étrange Galate, ce dernier ne se livrant que par sous-entendus et obscures paraboles et éprouvant ainsi l'intelligence de son maître, comme un *grammaticus* l'aurait fait avec un élève doué.

Leurs trois charrettes mirent douze jours à atteindre Lugdunum par l'une des routes pavées qui faisaient la gloire et l'orgueil de la civilisation romaine; ou douze nuits, comme le disait plutôt Carvilios qui, à l'instar de ses compatriotes, décomptait le temps en nuits et non en jours, afin de plaire au dieu-père Dis Pater, maître des cieux et des entrailles de la terre. Les charrettes s'arrêtaient souvent aux croisements des chemins, où les architectes routiers avaient prévu des dégagements, afin de reposer les quatre chevaux qui tiraient chacune des voitures, et de permettre aux voyageurs de se restaurer un peu. Ces derniers furent contraints de dormir dans les auberges mal tenues et mal fréquentées plantées sur leur passage et craignirent même, une nuit, d'y être assassinés et volés. La santé fragile de la jeune Iris commençait à chanceler dangereusement lorsqu'enfin, un matin, ils atteignirent Lugdunum.

Érigée au faîte d'une colline, l'ancienne colonie romaine dirigée par Lucius Munatius Plancus était devenue en cinquante ans, peut-être à cause de sa situation géographique stratégique, une ville prospère et florissante et un centre commercial d'envergure. Les habitations aux toits de chaume, où résidaient autant les citoyens romains que les citoyens gaulois, étaient riches et confortables. Marcus Tinicius fut étonné de constater à quel point, contrairement à la population de Judée, ces gens-là s'étaient romanisés et civilisés.

Le temps de Vercingétorix et de la révolte était bien révolu, en vérité, et il semblait maintenant évident que cette province romaine qu'était devenue la Gaule s'épanouissait en accueillant avec joie l'ingéniosité et les progrès romains. Les curateurs avaient édifié dans tout l'oppidum un important réseau d'aqueduc et d'égouts. Pour leur part, architectes, préfets et édiles avaient tour à tour, au cours des décennies, parsemé la ville d'importantes infrastructures, et partout s'élevaient des temples, des thermes, des odéons et des amphithéâtres.

Le nouveau légat s'installa avec ses quelques esclaves dans la villa qu'on lui avait octroyée aux abords de Lugdunum. Quoique coquette, sa maison était petite, mais possédait néanmoins l'eau courante. Un champ pleinement mature, semé de blé, d'épeautre, d'avoine et d'orge, et sans doute hersé avec un soin jaloux dès le dernier printemps, s'étendait derrière les jardins potagers et fruitiers qui comportaient même un grand carré pour la vigne.

— L'orge te servira à fabriquer la cervoise, lui expliqua avec enthousiasme Carvilios. Et regarde, là-bas, la magnifique pâture où tu engraisseras tes bêtes.

De toute évidence, l'eubage resplendissait de bonheur de se retrouver dans son bien-aimé pays, grenier à blé de l'Empire. Il vantait à son maître l'usage d'instruments araires à soc fixe encore inconnus à Rome, dont les Gaulois étaient les géniaux concepteurs. De loin, Marcus Tinicius put admirer le fonctionnement des charrues à roues et Carvilios lui parla de l'efficacité des machines à faucher.

— Tu verras à me trouver des esclaves et des affranchis compétents pour la production des biens nécessaires à mes gens, soupira-t-il enfin. Mais n'en engage pas trop, car je n'ai guère d'énergie pour commencer une fois encore une installation qui sera provisoire.

Le Romain ne savait si bien dire puisque, dans les jours qui suivirent, le préfet Coriolus, auprès de qui Tibère l'avait envoyé, le fit convoquer pour un repas de bienvenue dans sa majestueuse demeure. Les murs étaient tendus d'étoffes et de rideaux tissés et les sols recouverts de tapis somptueux. Bien que l'homme fût gras et jovial, il ne semblait guère vouloir s'encombrer d'un adjoint qu'il n'avait pas lui-même choisi. Au milieu du repas, constitué de viandes rôties sur la braise, de charcuteries et de sangliers, il pointa un index décidé sur son légat:

— Tu partiras à Autricum dès demain pour quelques mois, annonça-t-il, la bouche pleine. J'ai maille à partir avec ses citoyens. Ils contestent les impôts à verser au Trésor public et il est urgent de régler cette crise. En l'occurrence, tes anciennes fonctions de questeur nous seront fort utiles.

Marcus soupira et se resservit d'hydromel.

Après avoir consulté l'heure à sa montre-bracelet, Emmanuelle Arnaud allume nerveusement une cigarette, puis exécute avec l'ordinateur l'ouverture d'une nouvelle recherche sur Internet pour tenter de retracer une Élianna Girard vivant au Canada, et particulièrement au Québec. La directrice au personnel de l'un des grands magasins des Galeries Lafayette a usé sans résultats probants de tous les outils et moteurs de recherches mis à sa disposition, ainsi que de tous les sites spécialisés dans la recherche d'une personne; de tous, sauf d'un, qu'elle expérimentera aujourd'hui.

Si la femme sacrifie encore son heure de déjeuner pour la consacrer entièrement à cette aventure qui lui semble aujourd'hui aussi farfelue que mystérieuse, c'est qu'elle veut démolir irrémédiablement la dernière preuve pouvant lui faire croire à l'existence de l'autre femme de Jean-Marc. Encore une fois, sa recherche n'aboutit à rien; cela aurait dû la réjouir, mais un doute subsiste dans son esprit, et Emmanuelle ne parvient pas à se convaincre encore de l'inexistence de sa rivale.

Elle s'est obstinée à restreindre ses investigations autour du prénom d'Élianna. N'est-ce pas de celui-là, après tout, dont Jean-Marc a spontanément usé lorsqu'il est sorti du coma à l'hôpital Fontenoy de Chartres? Malgré un haut-le-cœur, Emmanuelle se décide soudain à amorcer une nouvelle requête avec le prénom d'Élianne, qui, comme le prétend aussi son mari, lui semble beaucoup plus moderne et français que celui d'Élianna. Et voilà que la recherche lui révèle bientôt l'existence, non pas d'une, mais bien de trois femmes portant ces nom et prénom. Chacune semble habiter le Canada, dans une province qui n'est pas celle de Terre-Neuve, mais celle du Québec, comme elle en avait eu le pressentiment. Ses doigts tremblent sur les touches alors que la recherche se précise. Les tempes en feu, elle attend les résultats qui apparaîtront froidement à l'écran, résultats qui feront peut-être voler en éclats l'écran qui isole sa vie conjugale des intempéries.

Et si Emmanuelle la retrouvait? Si cette inconnue s'avérait être l'ancien amour de Jean-Marc et que ce dernier décidait d'aller la rejoindre là-bas? Elle n'ose s'imaginer comment pourrait réagir Alexandre et comment ils vivraient tous les deux si son mari les quittait. Elle se doit à tout prix de cacher l'existence d'Élianne à Jean-Marc, afin de protéger son fils du départ intempestif de son père. Puis, Emmanuelle soupire de soulagement en constatant que la benjamine de ces trois femmes est née en 1907, alors que les autres ont vu le jour respectivement en 1873 et en 1904.

—Et si l'Élianne de Jean-Marc n'était pas fichée sur Internet? se questionne-t-elle en expirant lentement la fumée de sa cigarette. Je dois savoir si cette femme est toujours vivante.

Emmanuelle se met donc à rédiger un message destiné à chacun de ces sites Internet ainsi qu'à toutes les familles Girard du Québec, message qui, s'il demeure sans réponse ou n'est réfuté par quiconque, viendra mettre un terme, elle l'espère, à ce doute monstrueux qui lui laboure les entrailles et le quotidien.

Johaline lui téléphone de l'étude légale où elle travaille comme secrétaire juridique, et, comme ce n'est pas du tout son style de déranger son amant au commissariat, surtout à une heure aussi matinale, Carl Gagnon s'inquiète aussitôt. De toute évidence, à entendre le ton aigu de sa voix, elle est troublée par un événement.

—Carl, tu ne peux pas t'imaginer le courriel que je viens de recevoir à mon adresse Internet personnelle!

—Je t'écoute, ma belle, vas-y, lis-le-moi, répond-il avec calme.

—Es-tu bien assis? Écoute ça:

Recherche d'héritière...

Une succession recherche activement une dénommée Élianne ou Élianna Girard, vivant ou ayant vécu au Canada, et rencontrée par le défunt lors d'un très ancien périple à Rome. Pour de plus amples renseignements, bien vouloir communiquer avec Marcus à l'adresse Internet ci-dessus.

—Nom d'un chien! s'exclame le constable. D'où il vient, ce message?

—Aucune idée, et moi qui ne connais pas grand-chose aux recherches de personnes via Internet. Tout ça n'est peut-être qu'un hasard, mais...

—Ce n'est peut-être qu'un hasard, comme tu dis, mais tu dois absolument t'en assurer et répondre, ma chérie. On n'a pas besoin de mauvaise surprise.

—Tu crois que je dois d'abord en parler à Élianne?

—Non, surtout pas! lui conseille le constable. Ta fille est assez perturbée comme ça et ne supporterait pas un tel imbroglio. Explorons les faits avant de lui annoncer quoi que ce soit. Écoute, imprime-moi le message et nous y répondrons ce soir de chez moi, d'accord? Je passe te prendre au bureau à dix-huit heures et nous mangerons ensemble.

—Je ne peux croire que son père ait enfin pensé à elle avant de mourir, rajoute Johaline. Lui qui l'a ignorée toute sa vie.

—Pardon? fait le constable sans comprendre.

—Tu sais, continue-t-elle, Élianne est née neuf mois exactement après une aventure que j'ai eue avec un étudiant en comptabilité dans la chambre miteuse d'un petit hôtel de Montréal qui s'appelait pompeusement Le Rome, reprend-elle. Guy n'a jamais répondu à mes lettres par la suite.

Johaline raccroche, mais Carl demeure figé. Il met de longues secondes à reposer le téléphone sur son socle, et ne réagit que lorsque le son lancinant de la ligne libre lui écorche l'oreille.

— Elle n'a pas compris, conclut-il.

Johaline s'est imaginé autre chose, mais lui est convaincu de la justesse de son propre pressentiment. Carl Gagnon se met à jubiler comme s'il en était au déroulement de sa toute première enquête, il y a cela près de vingt-cinq ans. Est-ce une coïncidence si ce message Internet mentionne Rome, ville où aurait aussi vécu, à en croire les dires de Vivianne Sauvageau, l'ancienne incarnation de Paulin Genest? Toutefois, comme le secret professionnel le lie, le constable se doit de taire à Johaline la teneur de la séance d'hypnose qui, comme une pièce de puzzle, se rajoute à sa surprenante investigation. Du reste, n'a-t-il pas aussi juré à Élianne de ne rien révéler à sa mère de cette traduction latine?

— Tu crois à ça, toi, la réincarnation? demande-t-il de but en blanc à sa maîtresse lorsqu'ils débarquent chez lui, après avoir fait un saut au restaurant chinois où ils ont commandé des mets à emporter.

— Je n'en sais rien, répond Johaline, un peu surprise par la question. Sans doute... oui. À bien y penser, j'ai souvent eu l'impression d'avoir été une Romaine ou une Grecque de l'époque antique. Quand j'ai accouché d'Élianne, j'étais si terrorisée qu'on m'ouvre le ventre que l'infirmière s'est interrogée à savoir si je n'étais pas déjà morte éventrée, en accouchant dans une autre vie. Et toi, tu y crois?

—On ne peut pas être catholique et croire à ça en même temps, objecte Carl Gagnon en ouvrant les récipients brûlants.

—Catholique? ricane Johaline. Je ne t'ai jamais vu aller à la messe une seule fois!

—Tu sauras, ma belle, que je suis profondément croyant, riposte-t-il en l'embrassant dans le cou. Je crois en notre amour...

—Je ne vois pas pourquoi les catholiques ne pourraient pas croire aussi à la réincarnation, poursuit-elle sérieusement, en goûtant au riz avec ses baguettes. Cela ne me semble pas si incompatible, après tout: les gens pourraient très bien se réincarner s'ils ne croient pas suffisamment au message d'amour du Christ. D'ailleurs, j'ai déjà lu quelque part que la réincarnation a été prêchée par le christianisme durant trois cents ans, jusqu'à ce que l'empereur Constantin se convertisse...

Carl Gagnon la regarde parler. Il se sent aussi épris d'elle que lors de leur première rencontre, à l'hôpital, au cours de laquelle il avait dû la questionner concernant le mystérieux coma d'Élianne. Il caresse doucement ses longs cheveux bouclés, couleur de braise, et se perd soudain dans ses yeux d'émeraude.

—Carl, tu ne m'écoutes pas... reproche-t-elle en faisant une moue charmante.

Il l'embrasse. Bon Dieu qu'il la trouve belle, mais elle lui semble si naïve et si fragile! Le doute lui enserre subitement le cœur et Carl se demande avec angoisse comment réagirait Johaline si elle apprenait qu'il mène, sans le lui dire, une enquête personnelle sur ce qu'a vécu Élianne pendant son coma.

Chapitre 9

L'OPPIDIA DES CARNUTES

Gédéon Lecomte et Élianne Girard se sont donné rendez-vous dans un petit café où, tout en sirotant une tasse du noir élixir, ils discutent de la théorie échafaudée par l'archéologue amateur, celle des esprits voyageurs.

—Je crois honnêtement que le risque est trop grand, admet finalement l'ancien policier à la retraite en se grattant le crâne.

Sa tignasse blanche et frisée, trop épaisse et trop longue, lui donne l'air d'un génie incompris.

—Vous comprenez, Mademoiselle Élianne, continue-t-il un peu mal à l'aise tout en fixant sa tasse de café, que ce voyage serait franchement trop dangereux. Non seulement la déclinaison du soleil varie légèrement dans le temps au moment du solstice – c'est entre vingt-trois et vingt-quatre degrés l'été, par exemple –, le problème se pose également pour l'azimut du lever du soleil dans un même lieu géographique. Et c'est sans parler de la carte du ciel! Ça fait plus d'un an que vous êtes revenue, et donc les planètes ont bougé, elles aussi.

Plutôt que de vous retrouver en Italie au temps du Christ, vous pourriez atterrir au pôle Sud au Moyen Âge... Non vraiment, c'est beaucoup trop risqué.

—N'y a-t-il pas moyen de comprendre le fonctionnement de ces pierres pour retourner là-bas? insiste la jeune femme, les larmes embuant déjà ses yeux du voile de la déception.

—Je crains que non, Mademoiselle, répond Lecomte en lui tapotant doucement la main pour la consoler. Je suis désolé, mes recherches ne sont pas encore assez avancées et je refuse que vous me serviez de cobaye. Allez, ne vous faites pas tout ce chagrin, ça ne vaut pas le coup.

Au moment où ils se séparent sur le seuil du commerce, ils voient Carl Gagnon se pointer.

« Pas encore lui! » pense Élianne, furieuse.

Lecomte n'a l'air guère surpris de voir apparaître son confrère, et Élianne en conclut qu'ils ont arrangé le coup ensemble.

—Tiens, fait le constable en serrant la main de son ancien partenaire de golf, je ne te savais pas en si bonne compagnie.

L'archéologue lui fait un clin d'œil:

—Jaloux! réplique-t-il en s'éloignant vers sa voiture. On se revoit tantôt, au Bar Bord, comme convenu.

—Quel heureux hasard, susurre Carl en empoignant le bras d'Élianne et en lui faisant faire demi-tour. J'avais justement quelques mots à te dire. Je t'offre un autre café si tu veux.

—Heureux hasard, dites-vous? persifle la jeune femme

d'un ton amer, en se rassoyant sur sa chaise encore chaude.

—Bon, j'avoue que la rencontre était un peu arrangée, répond-il candidement. Gédéon m'a avoué que tu avais pris rendez-vous avec lui. Mais je te jure qu'il ne me révèlera pas un mot de votre discussion.

—Quelle chance! maugrée Élianne.

—J'espère que tu ne songes pas à retourner à Cumes...

—Et ça vous regarde, peut-être? coupe-t-elle. J'ai comme une impression de déjà-vu, moi.

—Tu ne me portes pas dans ton cœur, c'est ton droit, mais dis-toi que ce n'est pas réciproque. J'ai peur pour ta sécurité, ma belle.

Comme Élianne se terre toujours derrière un mur de méfiance, Carl Gagnon enchaîne, en sortant de la poche intérieure de son imperméable une enveloppe qu'il brandit sous ses yeux.

—J'ai enfin reçu la traduction de la séance d'hypnose. Je connais maintenant la teneur des mots latins prononcés par Paulin.

—Comment? s'insurge Élianne, vous étiez au courant de cette...

—Échange de services entre la professeure Sauvageau et moi, l'interrompt le constable. Mais rassure-toi : je suis tenu au secret professionnel et, puisque j'enquête présentement sur Paulin Genest, il me fallait obtenir ces renseignements pour ta protection. Écoute, Élianne : je sais depuis longtemps que c'est lui qui t'a agressée, mais je connais maintenant les motifs qui l'y ont poussé.

—Ça, ça me surprendrait, rétorque-t-elle en se pinçant

les lèvres d'un air désabusé.

Il la regarde intensément et lui lance soudain, en prenant soin de bien peser ses mots:

—Petru, fils de Jacob. Il t'aimait comme un fou.

Élianne étouffe un cri rauque en plaquant ses mains sur sa bouche. Elle dévisage le policier avec des yeux agrandis par la stupeur.

—Tu l'as berné quand tu étais là-bas, ma belle, et il t'en veut à mourir, continue-t-il d'un trait. Mourir, c'est bien le mot. Il semble qu'il ait mis des années à te retrouver et que sa recherche s'est poursuivie à travers sa nouvelle incarnation. Il a d'abord crû que tu te cachais sous les traits de Bianca Frenette, malgré que je n'aie pas toutes les preuves qu'il l'a bien assassinée. Cependant, les photos que j'ai trouvées au dossier montrent que cette fille te ressemblait énormément. Une fois sa vengeance accomplie, Paulin a vécu assez sereinement, si on peut dire, même en prison où il a purgé une peine pour trafic de drogue. Il paraissait guéri de son trouble de personnalités multiples jusqu'à ce qu'il te rencontre, toi, la vraie Élianne Girard. Il a de nouveau chaviré. Ce qui expliquerait, à mon sens, que Paulin t'ait agressée.

—Vous croyez vraiment que Paulin est la réincarnation de Petru? balbutie Élianne, visiblement secouée.

—Parfaitement.

—Pourquoi Petru ressurgirait-il?

—Les médecins qui ont fait hospitaliser Paulin ont diagnostiqué chez lui des troubles majeurs de dédoublement de la personnalité. À l'occasion, il semble être habité par l'esprit d'un homme qui lui faire dire des choses ou commettre des actes dont il ne se souvient plus par la suite.

—Paulin ne m'a pas agressée consciemment, plaide Élianne. Il a tout oublié de ce que Petru m'a fait.

—Tu as raison. Il ne se souvient ni de t'avoir agressée ni d'avoir tué Bianca Frenette, d'ailleurs. Ce qui ne l'a pas empêché de commettre quand même ces deux crimes. Vu l'absence de preuves, le corps médical ne l'a pas jugé assez dangereux pour le faire interner. Tu comprendras que je ne veux pas attendre qu'il t'ait tuée avant d'agir.

—Je ne peux pas croire que Petru irait jusque-là, murmure Élianne en frissonnant.

—Je suis convaincu que oui. Tu dois déposer une plainte contre Paulin Genest, Élianne. Il ne faut pas attendre... Il est toujours libre.

Elle soutient son regard.

—Vous êtes un drôle de policier, vous, lance-t-elle en hochant gravement la tête.

—Complètement fêlé, tu peux bien le dire, ricane Carl Gagnon d'un air faussement renfrogné. Je pourrais me faire virer n'importe quand si mes supérieurs venaient à apprendre la tournure de mon enquête.

—Je vous aime bien, après tout, décrète Élianne en lui prenant la main par-dessus la table.

—Une dernière chose, renchérit le constable, enhardi par l'amitié de la fille de Johaline. Il y a un autre type qui te cherche: Marcus, ça te dit quelque chose?

Élianne devient alors si pâle que le policier craint un

moment qu'elle ne s'écroule devant lui. Il s'empresse de se lever pour lui porter un bras secourable. Ces pupilles qui se révulsent deviennent alors pour Carl Gagnon le témoignage ineffable de la dimension insoupçonnée que prend cet inconnu aux yeux de la jeune femme. À l'instar des regards indiscrets autour d'eux, lui-même l'épie en soupesant, sinon en soupçonnant, les motifs probables d'une telle réaction émotive.

—Allons marcher, décrète-t-il en l'aidant à enfiler son manteau.

Élianne se ressaisit, le visage fouetté par le froid de février. Elle s'accroche au bras masculin, pendant que ses yeux fouillent ceux du policier.

—Où est-il? chuchote-t-elle d'une voix blanche en s'immobilisant sur le trottoir. Je veux le voir.

—Ta mère a reçu un courriel en provenance de Paris, mais elle a cru qu'il émanait de la succession de ton père. Moi, je pense plutôt à autre chose. Tiens, lis toi-même si tu veux.

Elle lui arrache la feuille des mains.

—Je ne peux pas croire que ce soit lui, murmure-t-elle, le regard perdu au loin.

—Qui est cet homme, Élianne? demande doucement Carl Gagnon en déposant une main autour de son épaule.

—Mon mari.

Le policier referme la bouche sur des mots devenus inutiles, laissant fuser un long sifflement d'étonnement:

—Alors faisons les vérifications qui s'imposent dès maintenant, décide-t-il.

Emmanuelle pousse la porte de l'appartement et voit Jean-Marc qui l'attend dans le vestibule.

—Tu as passé une bonne journée, mon chéri? lui demande-t-elle en retirant son manteau et en tendant la joue vers lui.

—As-tu réussi à retracer Élianne? la questionne-t-il aussitôt en omettant de l'embrasser.

Elle le dévisage d'un air triste et lui caresse les cheveux.

—Je suis désolée, mon chéri, mais je n'ai trouvé aucune Élianne ou Élianna Girard encore vivante sur cette planète. Je ne peux plus rien faire pour t'aider.

Le beau visage de Marcus s'assombrit. Sa lèvre tremble, tandis que ses yeux se durcissent.

—Cela est impossible, balbutie-t-il. Je dois la retrouver coûte que coûte.

—Je suis sincèrement navrée, répète Emmanuelle.

Il l'écarte et, s'éloignant à grands pas, se réfugie dans la chambre, dont il verrouille la porte. Emmanuelle se mord les lèvres et, d'un geste lent, ouvre son sac à main pour y prendre une petite feuille de papier pliée en quatre. Elle soupire et relit le courriel qu'elle a fait imprimer.

Cher Marcus,

L'Élianne Girard que vous recherchez vit à Montréal.

J'ai en main toutes les preuves nécessaires pour établir la paternité de Guy de Fortin. J'attends donc impatiemment de vos nouvelles. Veuillez trouver ci-joint mon numéro de téléphone et mon adresse. Bien à vous, Johaline Girard.

— Ça n'a aucun rapport, soupire avec soulagement Emmanuelle en chiffonnant la lettre et en la jetant dans la poubelle d'osier. J'ai été bête et stupide de croire à toute cette histoire!

C'est à cet instant précis que la directrice du personnel se déleste de tous ses doutes relativement à la possession du corps de son mari par l'âme de Marcus et, s'élevant au-dessus de ses peurs qui ont fondu comme neige au soleil, elle admet la maladie mentale de Jean-Marc.

Caressant le flanc de sa monture, Marcus Tinicius embrassa du regard l'oppidum d'Autricum, ville entourée de remparts et qui s'étendait au loin dans la plaine fertile, le long d'une rivière que Carvilios prétendait sacrée. Il lui sembla que ce pays des Carnutes contenait autant de forêts que Rome pouvait contenir de temples.

Le préfet lui avait fourni, pour l'escorter dans ses déplacements, une garnison d'une dizaine de légionnaires; en outre, Carvilios et sa fille l'accompagnaient pour lui servir d'interprètes. À Autricum, tous trois avaient été logés dans une spacieuse maison d'habitants mise au service du gouvernement et bâtie en planches et en claies d'osier, recouverte de l'invariable toiture de chaume du pays. Son propriétaire, un géant barbu, jovial et bedonnant, vêtu de braies aussi colorées que lui, les accueillit lui-même sur le seuil de la porte. Ses cheveux blonds étaient tirés vers les tempes et remontés drus sur sa tête à la façon d'une crinière. Reconnaissant le prêtre Carvilios qui, à peine un an auparavant, officiait des cérémonies au centre druidique d'Autricum, il l'étreignit en déclamant haut et fort quelque parole galate qui demeura incompréhensible au Romain. Puis, prenant ses clients sous son aile, l'aubergiste les installa à une table basse, autour de laquelle on avait étendu du foin en guise de bancs; sa femme et sa fille, aussi blondes que lui, leur servirent de la cervoise fraîche dans des pichets d'argent.

—Jamais de ma vie je n'ai vu tant de chevelures si blondes et si épaisses, avoua le nouveau légat à ses interprètes. Je commence à comprendre pourquoi ce pays se nomme la Gaule chevelue!

—Nous lavons nos cheveux au lait de chaux pour les blondir davantage et les renforcir, répondit Iris en souriant. Maman, elle, avait les cheveux presque blancs...

Elle s'interrompit en butant sur le souvenir, ce qui figea son visage sur une douleur intense et arracha quelques larmes à ses yeux d'azur. Son père lui caressa la joue d'une main tendre. À cet instant, Marcus Tinicius songea à son fils, qui, aux confins du monde, vivait sans lui, et son cœur se serra de chagrin et d'effroi à la pensée qu'il pourrait ne plus jamais le revoir. Il toussota pour freiner le sanglot qui montait inopinément dans sa gorge.

—J'ai demandé à mon beau-frère Lucianus Martialus, qui demeure à Rome, de mener des recherches afin d'y retracer tes trois fils, soupira Marcus en éloignant son verre encore plein. Je lui ai remis les sommes nécessaires à leur rachat et à leur voyage jusqu'en Gaule, le cas échéant.

Carvilios le dévisagea, incrédule:

—Pourquoi fais-tu tout cela pour moi, Seigneur? Tu ne me connais même pas!

—J'ai besoin de ton aide, Carvilios, avoua le Romain.

—Je crois que notre maître désire connaître le chemin qui mène à l'île d'Avalon, mon père, souffla Iris en s'essuyant les yeux avec la manche de sa tunique.

Carvilios jeta alors au légat un grand regard effaré.

—Mangeons et ensuite, lorsque nous serons seuls, je t'expliquerai, fit Marcus Tinicius pour calmer l'angoisse qui montait dans ses yeux.

L'aubergiste déposa devant eux du pain et de la viande qu'on venait de rôtir sur la braise du grand âtre.

—En vérité, le goût de la cervoise me déplaît, l'apostropha Marcus Tinicius. Tu n'aurais pas un pichet de bon vin romain, par hasard, aubergiste?

Plus tard, lorsque la nuit sans lune eut maculé le ciel d'Autricum d'un noir de suie et que la jeune Iris se fut couchée, les deux hommes se retrouvèrent seuls, assis près de l'âtre où pétillait un grand feu, et éclairés par les lueurs dansantes de la lampe à huile accrochée au plafond. Carvilios observait son maître à la dérobée, dans l'attente qu'il veuille bien amorcer ce qu'il supposait être le prologue d'une révélation. En effet, le Romain l'avait moult fois étonné lorsque, par quelques mystérieuses bribes parsemées au fil de leurs conversations, il l'avait conduit à penser qu'il était en possession de connaissances qui auraient dû, en principe, n'être réservées qu'aux initiés des druides et des grands prêtres. Plus encore, Tinicius semblait savoir des choses qu'eux-mêmes ignoraient.

—J'ai besoin de ton aide pour rejoindre ma femme, commença soudain le légat sans le regarder, reprenant la conversation là où elle était tombée quelques heures plus tôt.

—Tes esclaves m'ont pourtant dit que ton épouse était morte, malgré que son corps se soit mystérieusement conservé, rétorqua son eubage dans le but de le mettre à l'épreuve.

—Tu sais pourtant qu'une âme peut animer successivement plusieurs corps, Carvilios, répliqua le Romain. Je sais que vous autres, druides, croyez dans le passage de l'âme dans un corps humain ou animal. Ma femme Élianne a abandonné le corps dont elle avait pris possession dans ce siècle, puis elle est repartie sur une île située à l'ouest du monde.

—Ce ne peut-être Avalon ou Tir Na n'Og, l'assura Carvilios. Ces îles ont été détruites dans des temps fort anciens et totalement englouties par les eaux lorsque eut lieu la grande guerre du Bien contre le Mal dans le ciel. Pour fuir le déluge, les habitants d'Avalon ont envahi le pays dans lequel nous nous trouvons. Ils nous ont transmis à nous, druides et eubages, toute leur science et tous leurs secrets. Je suis l'héritier de cet enseignement qui s'est transmis de bouche à oreille depuis des millénaires, Seigneur.

— Se peut-il que ces îles n'aient pas été totalement submergées comme tu le penses?

— Je n'ai jamais ouï qu'elles puissent encore exister, même en partie, admit Carvilios. Cependant, je connais à Autricum un druide très vieux et très sage qui pourrait te renseigner bien mieux que moi. Il dirige avec les Anciens le centre d'enseignement druidique. Veux-tu que je te mène à lui dès demain?

— Ce lieu n'est-il pas tenu secret? N'as-tu donc aucune crainte que moi, Romain, je puisse te trahir par la suite? se surprit le légat. L'empereur interdit à tout druide d'officier, tu le sais.

— Crois-tu que j'aie pu un instant oublier ces soldats romains qui ont débarqué au nord d'Autricum il y a un an pour nous emprisonner et nous mettre en esclavage, ma famille et moi? répliqua Carvilios. Mais je ne peux douter de toi, Seigneur, car on reconnaît l'arbre à ses fruits et tes bontés sont derrière toi comme une traîne.

Le Romain accepta de rencontrer le vieillard et, vidant sa coupe de vin d'un trait, alla se coucher.

Marcus Tinicius suivit son eubage et ils s'enfoncèrent en plein bois, dans un sentier qui lui sembla creusé et qui menait au sommet de la colline d'Autricum. Ils avaient vêtu des manteaux gaulois à capuce pour se préserver de la pluie. La forêt de chênes centenaires et d'aulnes dévoilait quelquefois, à l'orée de son ancien chemin bordé de pierres plates empilées, quelque statue taillée dans un rocher, et dont la vieillesse empêchait le Romain d'en reconnaître même le sexe.

— Pourquoi les Gaulois bâtissent-ils toujours leurs sanctuaires aux cimes des monts? s'interrogea le Romain à voix basse, en butant contre une racine.

— Tu devrais pourtant le savoir, Seigneur, se moqua gentiment Carvilios en se tournant vers lui, sans pour autant cesser de marcher. Le dieu suprême des Romains, Jupiter, n'a-t-il pas lui-même sa demeure en haut de la montagne Olympe, où il vit avec son aigle?

L'enclos sacré était, à ce moment du jour, déserté par ses prêtres et Marcus Tinicius eut le temps de bien le visiter. Le centre du sanctuaire, formant une enceinte ovale, était occupé dans son axe nord-sud par un gigantesque dolmen, entouré de douze pierres debout que Carvilios appela des menhirs. Ce dolmen était lui-même constitué de trois énormes pierres massives et non taillées qui supportaient un large linteau de roche plate, formant ainsi un abri assez haut pour permettre à un homme d'y passer. Le légat admit que l'érection même de ce dolmen, étant donné le poids du monument qu'il évaluait à au moins six mille *libras*, avait dû obliger la contribution de plusieurs centaines d'esclaves et d'un outillage hautement sophistiqué, et que, pour procéder à l'érection d'une telle structure et la monter en ces lieux, la science des druides devait être bien plus grande qu'il ne l'avait d'abord cru.

— C'est vous autres, druides, qui avez érigé cette table

de pierre? demanda-t-il, pris soudainement d'un doute après avoir examiné avec soin le symbole celte gravé et à demi effacé sur l'un des monolithes.

Il s'agissait d'une espèce de triskèle : trois lignes rayonnaient à partir d'un point.

—Non, Seigneur, répondit humblement Carvilios. Ce dolmen est là depuis la nuit des temps, et il a été élevé par les constructeurs de cercles bien avant que notre peuple n'arrive dans ce pays.

—Que signifie ce signe gravé?

—Il signifie Dieu, car trois est le chiffre de la perfection.

—À quoi sert cette table de pierre? N'est-elle pas destinée à d'odieux sacrifices? demanda encore le légat en se remémorant les paroles prononcées par l'historien Strabon durant cette soirée de lecture publique.

—Cette table, qu'on nomme aussi dolmen, est destinée à capter le souffle de l'esprit qui émane de la terre selon le flux et le reflux des saisons, expliqua Carvilios. Ceux qui sont encore capables d'entrer en contact avec cette force sont guéris et revitalisés par Ogmios ou Lug, le dieu-fils. Mais malheureusement, beaucoup du savoir de nos ancêtres est maintenant tombé dans l'oubli.

—Et cette butte recouverte de pierres, plus loin, c'est une sépulture? s'informa encore le Romain.

—C'est un tumulus à puits, Seigneur.

Le légat en fit lentement le tour; il découvrit, cachée derrière, une statue sculptée dans le bois d'un poirier, qui représentait une mère tenant un enfant mâle sur ses genoux. Marcus Tinicius se pencha pour l'examiner.

—C'est la prophétie de la Vierge qui enfante, mais je ne peux t'en dire davantage, car voici les druidesses qui viennent. C'est elles que l'on charge d'entretenir le feu sacré, chuchota Carvilios.

En effet, trois jeunes femmes consacrées, vêtues de tuniques de laine blanche et couronnées de fleurs, se dirigeaient vers eux en une minuscule procession. La plus âgée s'adressa à Carvilios en jetant sur le Romain un regard anxieux, chargé de suspicion. Ils s'entretinrent quelques instants en galate, avant que l'eubage ne se tourne enfin vers le Romain.

—Elles vont nous conduire au très voyant druide dont je t'ai parlé. Je pourrai ainsi lui exposer ta requête, s'il veut bien m'écouter, Seigneur.

Les druidesses les menèrent jusqu'à un bâtiment de pierres en retrait du sanctuaire. Les hommes y entrèrent. Comme la cabane était sombre, ils durent patienter un long moment avant que leurs yeux s'habituent. Enfin, ils discernèrent un vieillard à barbe blanche assis sur le sol.

—Qui est là? demanda en galate le vieil homme.

—C'est moi, Maître, Carvilios.

—Approche, que je vérifie.

L'eubage s'agenouilla aux pieds du vieillard et celui-ci s'empressa de tâter son visage de ses mains tremblantes.

—Carvilios! Tu n'es donc pas mort comme on l'a prétendu? s'exclama le druide d'une voix émue.

—Un Romain m'a délivré de l'esclavage, Maître, ainsi qu'Iris, et peut-être réussira-t-il à libérer également mes trois fils. J'ai amené cet homme vers toi, car son cœur est pur et a besoin de ta sagesse.

—Bien, fit le druide en fronçant ses sourcils blancs. Laisse-moi le voir, maintenant.

Sur un geste de son affranchi, Marcus Tinicius s'approcha et s'agenouilla à son tour aux pieds du vieux druide, laissant au soin des doigts parcheminés l'étude des traits de son visage.

—Quel est ton nom? demanda le vieil homme dans un latin impeccable.

Après s'être nommé, Marcus Tinicius lui exposa respectueusement le but de sa visite. Lorsqu'il eut terminé, le druide demeura silencieux un long moment, silence qui perdura au point de faire croire au Romain que sa demande était tombée dans l'oreille d'un sourd ou qu'elle était refusée. Cependant, comme il allait se relever, le vieillard aveugle se mit à parler d'une voix solennelle:

—J'avais l'âge de la jeune Iris quand les armées de Jules César envahirent Autricum. Elles cherchaient partout à étouffer les insurrections dirigées par Vercingétorix. Sous prétexte d'éradiquer la révolte qui couvait, les soldats romains se conduisirent comme le firent avant eux les barbares de Germanie, et ne laissèrent sur leur passage qu'effroi et désolation. Les dernières images que mes yeux captèrent furent les viols de nos femmes et de nos enfants ainsi que les meurtres sordides de nos pères et de nos mères. Les légionnaires me brûlèrent finalement les yeux avec des tisons. Il fallait que je perde à jamais mes yeux physiques pour que s'ouvrent ceux de mon esprit. Nous ne savons rien ici sur Avalon, Romain, et même si nous le savions, jamais nous ne permettrions à un non-initié de s'aventurer en cette terre mystérieuse et sacrée. Prouve-moi d'abord que tu es digne de connaître nos secrets, peut-être parlerai-je ensuite.

Marcus Tinicius, toujours agenouillé devant lui, demeura silencieux à son tour un long moment. Un récit que lui avait conté Élianne, corroboré à demi-mot par la sibylle de Cumes, ressurgit soudain à sa mémoire.

—Je connais la signification de la vierge sculptée qui est cachée derrière le puits, affirma-t-il catégoriquement.

Le vieux druide tressaillit.

—Cela est impossible, réfuta ce dernier d'une voix si forte qu'elle étonna les visiteurs par sa démesure, venant d'un corps si maigre et si chétif.

—Si je te disais que cette prophétie s'est déjà réalisée, vieillard, serait-ce une preuve suffisante pour m'aider ensuite? continua Marcus Tinicius. L'enfant né de la Vierge a seize ou dix-sept ans aujourd'hui, et Il est le fils du Dieu unique.

—Que dis-tu? persifla le vieillard en lui empoignant férocement la main.

—Je L'ai vu de mes yeux vu à Alexandrie, te dis-je, renchérit le légat. Il se fait appeler Jeshua, mais il se nomme en réalité...

—Que tes lèvres se ferment à jamais sur ton secret, Tinicius! l'interrompit le druide en appliquant un index tremblant sur la bouche du Romain. Bienheureux sois-tu d'avoir des yeux qui voient à travers la pénombre du cœur des hommes!

Marcus Tinicius lui empoigna la main.

—C'est Jésus Lui-même, vieillard, qui m'a annoncé que je reverrais ma femme avant dix-huit lunes, chuchota-t-il en se penchant vers son oreille. C'est pourquoi je t'implore de m'aider à la retrouver.

—Assieds-toi que je t'enseigne, décréta le druide. Et toi, Carvilios, attends-nous dehors.

Puis, se retournant vers le Romain qui avait enfourché un banc de bois, le vieux druide raconta:

—Bien avant aujourd'hui, dans des temps immémoriaux, mes ancêtres peuplaient des îles et un continent immenses, situés bien au-delà de l'océan. Og était l'une de ces îles. Les légendes anciennes nous disent que nos ancêtres avaient réussi à manipuler des fluides et des pierres de façon à en tirer parti pour leur confort matériel. Ainsi, certains fluides leur servaient à se propulser dans les airs et dans les eaux, d'autres à soulever d'immenses structures pour l'érection de leurs bâtiments, ou encore à guérir leurs corps de maladies graves. Leur science avait atteint un tel degré de savoir qu'ils étaient devenus, aux yeux des autres humains, des dieux et des demi-dieux.

Marcus Tinicius écoutait, fasciné, croyant reconnaître en cette légende tout ce qu'Élianne elle-même lui avait conté sur la civilisation des temps futurs.

—Cependant, continua le druide, certains de ces gens, ceux qu'on nommait les Fils du Bélial, ne se contentaient pas de ce qu'ils possédaient et voulaient pousser toujours plus loin leur science, malgré que l'utilisation du terrible cristal pût s'avérer fort dangereuse. Leurs opposants, les Enfants de Un, voulurent que cessât l'utilisation du cristal, mais on ne les écouta point, ce qui causa nombre de dissensions au sein du gouvernement ainsi que de graves guerres intestines. Les Enfants de Un, comprenant qu'ils couraient à la catastrophe, commencèrent à partir et émigrèrent, sous la conduite de leurs chefs, sur tous les autres continents de la terre, principalement dans le pays du Nil. Ils érigèrent partout de nouvelles villes et certains parlent encore de celles de Mag Meld, de Mag Mor, de Mag Og, de Tir Na n'Og et peut-être aussi d'Avalon.

Comme le Romain soupirait, rassuré de ne pas s'être trompé, le vieillard leva un index sévère vers lui :

—Ne te réjouis pas trop vite, Tinicius! Voilà longtemps que les hommes ont perdu le secret du chemin qui mène à ces lieux.

—Je ne pourrai donc pas m'y rendre? s'inquiéta le légat.

—Certainement pas avec ton *korf*, en tout cas.

—Mon *korf*? reprit le Romain, sans comprendre.

—Ton corps physique. Mais si ton âme est courageuse, tu pourras tenter de rejoindre ta femme avec ton corps immortel et t'approprier le *korf* d'un homme qui vient de trépasser en ces lieux et dont les vibrations sont semblables aux tiennes.

—Comment pourrai-je savoir où Élianne se trouve exactement, dans deux mille ans?

— La difficulté est immense, en effet, admit le druide. Aussi, devras-tu te purifier et jeûner afin de demander que la lumière du dieu-fils Lug éclaire la route qui te mènera vers ta femme. Tu ne pourras entreprendre le cheminement initiatique et utiliser la Force des ancêtres qu'une fois ton corps et ton esprit purifiés de leurs désirs et équilibrés dans la Loi de Un. Pour ma part, je méditerai en ta faveur. Va, maintenant.

Chapitre 10

À L'OUEST D'AVALON

La traversée en mer houleuse avait rendu l'enfant malade et l'avait à ce point affaibli qu'il gardait maintenant le lit sans pouvoir se nourrir. Aussi, Livius Fabia jugea-t-il en son âme et conscience, et en dépit des maintes obligations qui l'attendaient dans la ville aux sept collines, qu'il devait rester près de Sabrinus jusqu'à leur arrivée à Joppé s'il voulait demeurer loyal à son ami Marcus Tinicius.

Tout en caressant nerveusement sa barbe, le médecin observait le garçon pâle qui était étendu sur la couche de leur cabine, qui frissonnait malgré les sueurs bouillantes qui couraient sur son visage; Fabia craignait maintenant que l'enfant décède avant leur arrivée en Judée, tant les nausées et les diarrhées violentes avaient déshydraté son petit corps amaigri. Sabrinus leva les yeux vers l'homme.

—Nous arriverons bientôt? demanda-t-il pour la centième fois.

—Hélas non, mon petit, répondit le médecin en s'assoyant près de lui et en vérifiant les progrès de la fièvre sur son front brûlant. Il reste bien trois jours à naviguer. Tiens, bois encore un peu de cette infusion qui devrait te soulager.

Il lui soutint la tête et approcha le gobelet de fer de ses lèvres gercées, après l'avoir de nouveau rempli d'une louche au pichet posé près du lit. Sabrinus avala quelques gorgées amères puis se laissa de nouveau choir, épuisé. Petru, à ce moment, entra dans la cabine.

— Remplace-moi quelque temps, que je prenne un peu de repos, lui ordonna Livius Fabia d'une voix lasse. Je ne comprends pas pourquoi cette maudite fièvre progresse encore. Viens me chercher sur le pont, à bâbord, si les choses venaient à empirer.

Le pêcheur acquiesça et, se saisissant d'un siège sans dossier, s'installa à son tour près du garçon, tandis que le médecin sortait en titubant de fatigue. Sabrinus se força à ouvrir les yeux et, indolent, émit un faible sourire à l'intention du Juif. Ses lèvres remuèrent sur des mots qui ne vinrent pas.

— Chut! l'interrompit Petru en hébreu. Ne parle pas, tu vas te fatiguer inutilement.

— Tu vas retrouver mes frères, n'est-ce pas? murmura le garçon d'une voix presque inaudible, en pliant son corps sur les douleurs qui lui rongeaient le ventre.

— Mais oui, ne t'inquiète pas. Pense à autre chose. Souviens-toi comment tu as su déjouer la garde prétorienne en te cachant dans ce coffre pour quitter la maison de ton père. Un véritable espion!

Sabrinus sourit en fermant les yeux.

— J'avais peur d'y être enfermé pour toujours...

Il gémit un peu et s'évanouit de nouveau. Le pêcheur

fouilla alors la besace qu'il portait à la taille et en sortit un mouchoir plié en quatre. Il déplia précautionneusement le tissu grossier et, se saisissant d'une pincée de la poudre blanchâtre qu'il contenait, la saupoudra dans le pichet en grès posé près du lit.

—Tu m'as pris ma fiancée, questeur, je te prends lentement ton fils.

Élianne se tord les mains, anxieuse, tout en examinant la pièce exiguë qui sert de bureau à Carl Gagnon. La jeune femme se jure que c'est la première et dernière fois qu'elle met les pieds dans ce commissariat. Malgré qu'elle se soit refusé une nouvelle fois à signer une plainte formelle contre Paulin Genest, l'amant de sa mère a insisté pour la rencontrer. Derrière sa table de travail encombrée par les dossiers empilés comme des tours de Pise, le constable lui sourit en se balançant sur son fauteuil usé.

—J'ai fait du bon boulot pour retracer ton Marcus, se vante-t-il. Le moteur de recherche de *Pipl* a été capable d'identifier l'expéditeur initial du message Internet. Il s'agit de E. Arnaud, du 19e arrondissement de Paris. J'ai réussi à mettre la main sur le numéro de téléphone qui correspond à l'adresse du courriel.

—Merveilleux, laisse fuser la jeune femme d'une voix troublée par l'émotion.

—Voilà, il ne te reste plus qu'à téléphoner à ton mari, maintenant, renchérit le policier.

Il jette un coup d'œil à sa montre-bracelet :

— À Paris, il est tout juste dix-huit heures vingt. C'est l'heure du souper. Je compose pour toi, si tu veux...

Gagnon s'exécute sans attendre son approbation et lui passe le récepteur.

— Et si c'est lui qui répond? proteste Élianne, apeurée.

— Tu es la mieux placée pour reconnaître sa voix, rétorque-t-il.

— Allô? fait une voix d'enfant essoufflé à l'autre bout du fil, après de quelques secondes d'attente.

— Je voudrais parler à Marcus Tinicius, s'il vous plaît, dit Élianne, en prenant sa voix la plus articulée pour être bien comprise du jeune Français.

La distance crée un bref décalage avant que la phrase ne parvienne à son interlocuteur.

— Vous vous trompez, Madame, répond finalement le garçon. Personne ne s'appelle comme ça ici.

Alexandre raccroche et rejoint Marcus en courant, ce dernier l'attendant au milieu du salon, avec leurs deux épées en bois à la main.

— C'était un faux numéro, espèce de pirate, rigole l'enfant en empoignant l'une des armes.

— Viens te battre, barbare, ou rends-toi, riposte Marcus en pointant l'épée vers lui.

— Je m'appelle Marcus, d'accord, papa? suggère l'enfant. Je suis le bon et toi, le méchant.

Le Romain le dévisage d'un air incrédule; pourtant, il sait que Jean-Marc et Emmanuelle ont toujours pris soin de taire sa véritable identité à Alexandre afin de ne pas le perturber inutilement.

— Où as-tu entendu ce prénom? demande gravement l'homme.

— C'est la dame du faux numéro. Elle voulait parler à Marcus Tinicius, explique le garçon. Alors, tu te bats, pirate d'eau douce?

L'homme arrête l'enfant dans son jeu en le maintenant fermement par les épaules.

— Quoi? l'apostrophe-t-il, très pâle. Une dame voulait parler à Marcus Tinicius? D'où téléphonait cette dame, Alexandre?

L'enfant est surpris et soudain apeuré par l'attitude de son père, et il le fixe sans réagir.

— Réponds-moi! supplie le Romain avec angoisse en le secouant. Où était cette femme qui téléphonait, hein?

— Maman! crie le garçon en se dégageant et en se sauvant vers la cuisine. Papa se fâche contre moi pour rien!

Emmanuelle Arnaud, un tablier enfilé sur sa robe, se précipite vers Marcus qui fixe le téléphone dont il s'est saisi. Elle lève vers lui des yeux pleins d'interrogation.

— C'était Élianne, élude-t-il, atterré, en lui tendant l'appareil téléphonique. Rejoins-la vite, je t'en conjure, Emmanuelle.

— Voyons, Jean-Marc, ce que tu demandes là est impossible! répond-elle d'un air désolé. Nous ne pouvons pas savoir qui a téléphoné, nous n'avons pas d'afficheur...

— Mais Maman... tente Alexandre.

— Alexandre, va tout de suite dans ta chambre, ordonne sèchement sa mère. Je dois parler à ton père.

—Je connais une façon, moi, de savoir comment... proteste le garçon.

—J'ai dit: dans ta chambre! fulmine Emmanuelle, excédée.

Et si toute cette histoire était vraie? Si c'était bien Élianne Girard qui venait de téléphoner? Emmanuelle n'ose y croire, mais la peur viscérale qui s'est emparée d'elle l'oblige à admettre que ses tripes en sont déjà convaincues, elles. Son cœur bat dans ses tempes et les fait résonner comme un marteau sur l'enclume. Si c'est le cas, ce sera son combat contre celui de cette femme, son mensonge contre la vérité d'Élianne pour protéger leur vie d'une guerre où Jean-Marc devient l'enjeu, et eux, son fils et elle, les victimes.

—Reviens ici tout de suite, Alexandre! hurle Marcus.

—Ne mêle pas le petit à cette histoire, supplie sa femme affolée.

Mais il l'écarte d'une main dure, et ramène l'enfant au salon.

—Tu connais le moyen de rejoindre cette femme, Alexandre? demande-t-il en lui déposant le téléphone dans la main. Vas-y, compose.

Alexandre hoche la tête et roule de grands yeux apeurés vers sa mère, maintenant en larmes.

—Alexandre, non... gémit cette dernière. C'est une très vilaine femme qui veut nous voler papa.

Le garçon laisse tomber le téléphone et éclate en sanglots avant de se réfugier dans les bras de sa mère. Marcus se dresse vers Emmanuelle, furieux, en se retenant de toutes ses forces pour ne pas la gifler. Il arrache alors violemment le fil du téléphone de sa prise, fixée au mur du salon.

— Jean-Marc, je t'en supplie, calme-toi. Tu as perdu la raison dans cet accident, mon amour, tu t'es inventé une histoire grotesque.

Il la repousse férocement. Emmanuelle Arnaud devient alors l'entremetteuse de la survie de son bonheur et passe les minutes qui suivent à écouler un à un des mensonges cousus de fil blanc dans le sablier du temps gagné. En vain; se saisissant d'une valise, son mari y flanque des vêtements, des effets personnels et des papiers importants, puis, sous les yeux horrifiés de son fils et de sa femme, il part en claquant la porte de l'appartement, emportant aussi avec lui l'appareil téléphonique.

Dès le lendemain, la femme s'empresse de contacter le réseau de téléphonie avec lequel elle fait affaire afin qu'on lui octroie un nouveau numéro de téléphone ainsi qu'une nouvelle adresse Internet. Il ne lui reste plus qu'à prier pour que Jean-Marc revienne au plus vite et qu'il n'apprenne jamais l'existence du numéro permettant de retracer le dernier appel téléphonique.

Dans une petite chambre minable d'un hôtel des alentours de l'aéroport Charles-de-Gaulle, Marcus Tinicius, étendu de tout son long sur le lit, fixe durement le plafond et attend. À terre gît le téléphone d'Emmanuelle, devenu inutilisable. Lorsqu'il s'est présenté avec l'appareil au bureau des services téléphoniques de Paris pour exiger qu'on lui donne le numéro d'Élianne, on lui a répondu en ricanant qu'il n'y avait plus rien à faire. Il a donc vidé le compte de banque qu'il possède conjointement avec Emmanuelle et a retiré les limites maximales autorisées sur leurs cartes de crédit. Son avion s'envolera dans onze heures pour Terre-Neuve, au Canada.

Il lui a fallu près de neuf mois pour venir à Chartres et, depuis l'équinoxe d'automne, encore huit autres pour apprendre la vie et la langue d'ici. Combien de temps mettra-t-il encore pour retrouver Élianne? Malgré ses doutes, malgré la noirceur du chemin qu'il doit parcourir vers elle, il continue d'accrocher obstinément ses espoirs à la prophétie du fils de Dieu, lequel sait le rassurer et le consoler dans sa quête ardue; s'il croit aux paroles de Jeshua, il reste tout au plus un mois avant qu'il ne retrace sa femme. Marcus Tinicius ferme les yeux pour mieux revoir le visage de l'homme aux cheveux blancs et en broussaille dont l'image a surgi à son esprit lors de son troisième jour de jeûne, et qui, d'après le vieux druide d'Autricum, doit aussi lui venir en aide dans un proche avenir. Autricum devenue aujourd'hui Chartres, l'enclos sacré du dolmen métamorphosé en une sainte cathédrale, également en l'honneur du dieu-fils.

Jean-Marc plonge dans les souvenirs de Marcus... Penché sur la cuvette de grès, il s'était aspergé le visage d'eau glacée. Le soleil se levait à peine sur Autricum et, bien que la nuit l'eût outrageusement privé du sommeil si bénéfique à son travail de médiateur, car les conflits entre le gouvernement et ses nouveaux citoyens exigeaient de lui un surplus de concentration, ses idées n'avaient jamais été aussi claires depuis le départ d'Élianne. Il se dit que c'était l'une des conséquences favorables du jeûne. Tandis qu'il se lavait les mains avec le savon à base de suif, invention gauloise qui remplaçait l'huile et le strigile, une image s'était si fortement imposée à son esprit qu'il en était resté saisi d'étonnement.

Marcus Tinicius voyait devant lui, de plain-pied, le visage et le torse d'un homme qui lui était tout à fait inconnu. L'individu devait avoir environ soixante ans, peut-être un peu plus, et portait une veste orangée très luisante, presque brillante, cousue dans un tissu qui lui était inconnu. Ses cheveux blancs et frisés lui tombaient sur les épaules en cascades désordonnées. L'image, en disparaissant, avait imprégné le légat de la certitude d'un lien existant entre cet individu et ses recherches pour retracer Élianne.

Oubliant ses visiteurs du matin qui attendaient, déjà nombreux dans le vestibule, le légat avait enfourché son coursier le plus rapide pour se rendre sans plus tarder à l'*oppida* sacrée où officiait le vieux druide aveugle. Il l'avait trouvé méditant dans sa cabane sombre et humide.

— Je t'attendais, lui dit simplement ce dernier lorsque le légat se fut présenté à lui.

— J'ai eu la vision d'un homme étrange, commença le Romain.

— Fort bien, répondit le vieillard. J'ai, moi aussi, reçu

une révélation pour toi ce matin. Écoute-moi, maintenant, Tinicius : si ton but ultime est de retrouver ta femme, comprends bien que tu le feras au sacrifice de ta vie. Tu ne peux emporter avec toi le corps qui te sert aujourd'hui de vêtement, car il est tout à fait incapable de résister au temps. Il mourra ici, à Autricum, pour que tu puisses y revivre deux mille ans devant, dans le corps d'un trépassé. Tu te relèveras à l'endroit où tu es tombé.

— Élianne ne se trouve pourtant pas ici, à Autricum, rétorqua Marcus Tinicius. Elle m'a dit habiter une île à l'ouest des mers.

— Voilà pourquoi, depuis Autricum, tu devras ensuite franchir les mers et, bien à l'ouest, te rendre à l'emplacement où se dresse aujourd'hui le pays stable de Mag'Og, la nouvelle patrie de Gog et des Goths, héritiers directs des Enfants de Un. Cet homme dont tu as eu la vision habitera cette terre sacrée qui sera tombée dans l'oubli le jour où tes pieds la fouleront. Si ton cœur te guide vers lui, cet homme saura te mener vers ton épouse.

— Comment ferai-je pour retracer ce pays de Mag'Og s'il n'existe plus? s'inquiéta le légat.

— C'est le pays stable du dieu Gog, fit pour toute réponse le vieillard. Voilà son nom.

Il redressa la tête, comme s'il fixait un point devant lui, juste un peu au-dessus de ses yeux aveugles.

— Je vois un lac, continua-t-il d'une voix monocorde, un très long lac d'eau douce, bien à l'ouest d'Avalon. Je vois près de ses berges la montagne sacrée du hibou, gravée de l'aigle du dieu-fils. Je vois d'immenses villages et des routes bordées de murets de pierres, des champs en culture, des moulins à eau cyclopéens, des mines de cuivre. Je vois des gens à la peau très blanche et au crâne allongé qui savent encore se servir du fluide des pierres. Je vois une société très développée mais, hélas, en perdition de son savoir et de ses valeurs...

Le vieillard tourna la tête vers le légat qui était suspendu à ses lèvres :

— Quand tu fouleras cette terre, cette grande civilisation sera totalement tombée dans l'oubli. Si ton courage ne flanche pas, Tinicius, et si tu veux toujours partir pour un voyage sans retour, présente-toi à moi six heures avant le prochain équinoxe d'automne. Je te guiderai alors.

Le Romain serra les mains du vieux druide dans les siennes et repartit chez lui, soucieux. Il restait à peine quelques semaines avant son départ.

Élianne laisse fuser un long soupir et relit la page pour la troisième fois. Autour d'elle s'élève le léger bourdonnement des voix étouffées qui la pousse vers la rêverie sublime et libératrice. La bibliothèque municipale l'accueille, tel un foyer ouvert aux indigents, et elle se laisse emplir l'esprit par ses mystérieuses nourritures, boudées néanmoins par la plupart des citadins en ce dimanche ensoleillé de mai. Plus de six mois ont passé depuis que Paulin l'a agressée. Elle vient d'obtenir son baccalauréat en traduction avec un an de retard sur l'échéance initiale, et un emploi intéressant s'est heureusement offert à elle.

Elle ferme lentement l'encyclopédie, l'esprit déjà ailleurs. Joppé, ville fondée par Japhet, le fils de Noé, n'existe plus. En ses lieu et place se dresse aujourd'hui Jaffa, son héritière, fusionnée à Tel-Aviv, port de l'État d'Israël. Depuis son retour, Élianne a tout déchiffré sur Rome, tout lu sur Tibère. Cependant, elle ne trouve aucun réconfort dans la substance de ces pages dévorées, et continue d'engouffrer livre sur livre comme si elle souffrait de boulimie.

Que lui vaut, d'ailleurs, de pouvoir mettre des explications et des dates sur ses plus chers souvenirs? Cette recherche ne lui apporte que des regrets amers et des larmes inutiles, car il y a loin de la coupe aux lèvres, de la vérité millénaire à ces bribes qui noircissent les pages d'un austère bouquin. C'est comme si, pour le reste de son existence, on ne la condamnait plus qu'à voir, comme dans l'allégorie de la caverne de Platon, les ombres des êtres danser sur les murs de la froide cellule qu'est devenue sa vie. Des ombres qui se prétendent réalité. Comme si, jusqu'à la fin de ses jours, on la forçait à se priver du sel et de la saveur des choses.

Élianne, qui songe depuis des semaines à partir pour Joppé afin d'y repérer les traces de son ancien amour et de sa vie, se laisse maintenant abîmer dans le désabusement. Sous des ruines égrainées, elle aurait sans doute trouvé quelques souvenirs, mais ils seraient restés à l'état de chimères d'un bonheur perdu.

La jeune femme s'essuie furtivement les yeux et, abandonnant ses livres sur la table, titube jusqu'à la sortie. Elle sourit au couple d'amoureux qui s'embrasse plus loin. Le jeune homme a soulevé sa belle dans ses bras et la fait tourner au rythme de leur bonheur. Une image furtive lui revient à l'esprit. Est-ce Joppé?

Marcus l'a prise dans ses bras et la fait tournoyer. Elle voit son visage radieux et si beau, qui la contemple avec passion, comme si plus rien d'autre n'existait pour lui que leur amour. Élianne saisit le visage de son mari dans ses mains pour l'embrasser avec fougue.

—Comment ai-je pu vivre sans toi? lui avait demandé Marcus.

Lorsqu'elle était à Joppé, elle ne pensait qu'à revenir à Montréal; maintenant, ô ironie du sort! elle ne songe plus qu'à sa vie en Judée. Pourquoi n'a-t-elle pas su reconnaître le bonheur qui lui passait sous les yeux? Marcus lui avait pourtant raconté pourquoi la déesse de la Bonne Fortune portait ses longues tresses de cheveux sur son front.

—Si tu la vois venir vers toi, empresse-toi de lui attraper une natte de cheveux et de la lui tirer! Quand Bonna Fortuna est passée, il est trop tard, car le derrière de son crâne est complètement chauve.

—Élianne!

Une voix la fait sortir de sa rêverie. Elle se retourne et ne peut s'empêcher de frissonner en reconnaissant Paulin qui vient vers elle d'un pas pressé. Elle ne l'a pas revu depuis la séance d'hypnose. Comment sait-il qu'elle se trouve là?

—Je dois absolument te parler, dit-il. Viens chez moi.

—Je regrette, Paulin, mais je...

—Pourquoi? coupe-t-il, excédé, en faisant peser ses mains sur les épaules de la jeune femme. Tu as peur de moi, ou est-ce que je me fais des idées?

Elle se tait. De toute évidence, il ne se souvient pas de l'avoir battue en octobre dernier.

—Élianne, s'il te plaît, supplie-t-il. Je t'aime comme un fou... J'aimerais juste te parler.

Les mots rebondissent dans sa tête.

—Petru, fils de Jacob, lui avait révélé Carl. Il t'aimait comme un fou.

—Pas chez toi, renchérit Élianne. Amène-moi plutôt prendre un verre à La place à Roberte.

Il accepte et la fait monter dans la voiture sport qu'il vient d'acquérir. Ses études sont terminées et il lui dit travailler depuis peu dans un centre de recherche gouvernemental. Une vague de peur envahit la jeune femme au moment où la portière se referme sur elle. Élianne se sent prise au piège. Elle comprend qu'il est trop tard lorsque Paulin actionne le verrouillage électrique des portières. Les avertissements assénés par le constable reviennent à sa mémoire et la conduisent vers un abominable regret. Elle aurait dû obtempérer et déposer contre Paulin Genest une plainte formelle pour agression.

—Tu ne vas pas à La Place à Roberte? s'écrie-t-elle avec inquiétude en constatant qu'il prend une route opposée à celle du bar-terrasse.

Il ne répond pas et conduit, les yeux fixes. La voiture file à travers la ville, dans un dédale de rues, en direction de l'appartement où vit Paulin. Élianne prie Dieu qu'on les arrête pour excès de vitesse, ce qui pourrait encore la sauver, mais aucune patrouille ne les intercepte.

— Débarque-moi ici, je veux descendre tout de suite! hurle-t-elle en vain en tentant de forcer la portière.

Quelques minutes plus tard, Paulin arrête brusquement la voiture devant un immeuble, puis après avoir déverrouillé sa propre portière, sort pour ouvrir manuellement celle d'Élianne. La jeune femme fonce dans la rue avec l'espoir de se soustraire à l'emprise de son ravisseur, mais il l'empoigne par le bras et la traîne de force jusque chez lui, où, encore une fois, il verrouille la porte tout en retenant fermement sa prisonnière de l'autre main.

Paulin la pousse par-devant jusqu'au milieu du boudoir et la fixe intensément avec une haine sauvage, la même qui l'a habité en octobre dernier. C'est alors qu'elle reconnaît Petru. La jeune femme ne peut crier, les sons se glacent d'épouvante dans sa gorge. Elle recule contre le mur et comprend que, cette fois, elle n'en réchappera pas.

— Tu m'as menti, vocifère-t-il avec un étrange accent en fondant sur elle.

Il l'accule au mur et emprisonne sa tête entre ses mains.

— Tu t'es servi de moi pour revenir ici! aboie-t-il. Tu ne m'as jamais aimé, alors que moi, je t'aimais plus que tout. Je t'ai donné ma vie et j'ai tout abandonné pour toi!

La scène se répète, identique à celle du soir de l'agression; ce sont les mêmes mots qui jaillissent de la bouche de Paulin, les mêmes gestes qui s'emparent du corps qui oublie jusqu'à son existence contemporaine. Il est semblable à un somnambule qui, nuit après nuit, refait un cauchemar absurde, et, au matin, se réveille en oubliant l'horreur vécue. Élianne sait qu'elle doit modifier le déroulement du scénario dont la conclusion pourrait être terrible.

—Oui, Petru, je t'ai menti, admet Élianne en gémissant de peur, et je regrette profondément de m'être servie de toi pour revenir dans ce siècle.

Il y a tant de haine dans les yeux de Paulin, tant de violence sur son visage qu'Élianne a peine à le reconnaître. Il lève la main et la gifle.

—Tu ne m'aimais pas, chienne...

—C'est faux, Petru! hoquète-t-elle. Je t'aimais bien, mais je ne t'aimais pas d'amour, c'est vrai, malgré ce que je t'avais laissé croire. Tu étais pourtant beau, gentil et courageux. Tu m'as aussi sauvé la vie.

—Tu ne m'aimais pas, répète-t-il sourdement. C'est mon droit de reprendre ta vie.

—Tue-moi si tu veux, riposte Élianne, la voix étouffée par la peur. Mais pardonne-moi avant, Petru, je veux que tu me pardonnes. Je ne veux pas revenir à mon tour dans une autre vie pour me venger de toi.

—Non, jamais je ne te pardonnerai! hurle-t-il. Tu as fait de ma vie un enfer! J'ai abandonné ma femme et mes parents, et ils sont tous morts à cause de toi. Tu as préféré l'amour de ce Romain à celui que je t'offrais.

— C'est faux! proteste Élianne, qui tente de gagner du temps en le jetant dans la confusion. Souviens-toi, Petru : j'étais la prisonnière de Marcus Tinicius et je cherchais à le fuir au moment où tu m'as ramenée sur la plage de Joppé dans cette charrette de foin. Je voulais partir avec toi. Ce n'est qu'au tout dernier moment que j'ai changé d'idée.

— C'est vrai, admet Petru. Alors, ce que m'a dit Sabrinus était donc faux...

— Sabrino? reprend Élianne, inquiète. Que t'a-t-il dit?

— Laisse, il est trop tard pour lui. Et c'est ton tour maintenant, Élianne...

Petru se saisit d'un petit flacon glissé dans sa poche et le débouche avec ses dents, tandis qu'elle le repousse pour essayer de s'esquiver par la fenêtre. Il se précipite sur elle, la prend aux cheveux et d'une main, la ramène contre lui.

— Au secours, Paulin! hurle la jeune femme. Paulin, reviens, sauve-moi! Reviens!

Elle secoue la tête de toutes ses forces pendant qu'il tente de lui vider le contenu du flacon dans la bouche, ce qu'il réussit à faire au bout de quelques secondes. Élianne, affolée, sent le liquide tiède et insipide couler dans sa gorge et se met à tousser.

— Maintenant, je peux te pardonner. Adieu, Élianne, murmure-t-il en la lâchant d'un coup.

Elle s'affale sur le sol en hurlant et en recrachant ce qu'elle peut. Paulin avale à son tour ce qui reste du flacon et tombe à genoux à côté de sa victime.

—Mains en l'air! On ne bouge plus! ordonne soudain une voix derrière eux.

Deux policiers ont surgi de la salle de bain et braquent leur arme sur Paulin, lequel, le regard fixe, semble être absent de son propre corps. Carl Gagnon apparaît à son tour, venant du vestibule.

—La muscarine est un poison violent, déclame-t-il en exhibant dans un sac un petit flacon identique à celui que tient encore à la main Paulin Genest. J'ai eu la bonne idée de remplacer le contenu de cette petite bouteille par de l'eau. Paulin Genest, je t'arrête pour tentative de meurtre sur la personne d'Élianne Girard. Ouste! Emmenez-moi ça, vous autres!

Les policiers s'emparent du jeune homme qui semble se réveiller, hagard, et lui lisent la déclaration de ses droits. Il les dévisage, éberlué:

—Qu'est ce qui se passe? Qu'est-ce que j'ai fait? demande-t-il, épouvanté. Mais dites-moi où vous m'emmenez!

Carl Gagnon aide Élianne à se relever. Elle grelotte de peur, prise soudain de violentes nausées.

—Je ne te félicite pas pour ta prudence, ma belle, fait-il d'un ton désapprobateur en la soutenant.

—Je sais... vous m'aviez prévenue, répond-elle sans émotion. Je voulais régler les choses moi-même, en profondeur et à ma façon, avant de signer une plainte contre lui.

—Les régler définitivement, oui, la nargue-t-il en l'escortant jusqu'à sa voiture. J'ai fait suivre Paulin après notre dernier entretien, j'ai également fait fouiller son appartement de fond en comble avant-hier quand j'ai su qu'il guettait tes allées et venues. Les choses se sont corsées lorsqu'il s'est pointé à la bibliothèque ce matin pour t'attendre.

—Merci, souffle Élianne en s'assoyant dans l'autopatrouille. Mais vous savez que Paulin ne se souviendra d'absolument rien de ce qu'il vient de faire.

—Qu'importe, il sera sous bonne garde maintenant, et toi, bien à l'abri.

Ceci dit, il referme la portière sur elle.

Plus tard, lorsque Johaline rejoint le constable au salon après avoir aidé sa fille épuisée à se coucher, il la prend dans ses bras.

—Tout est bien fini, chuchote-t-il, visiblement heureux. Paulin Genest ne pourra plus rien contre Élianne à présent. Je m'en étais toujours méfié et, la première fois que je l'ai vu, j'ai eu le pressentiment que c'était un être abject et dangereux, un traître de la pire espèce.

—C'est vrai que tu ne l'as jamais beaucoup aimé, se souvient Johaline à regret. À croire qu'il t'a personnellement fait quelque chose et que c'était un vieux compte à régler entre vous. Jamais je ne l'aurais cru capable de faire ça.

—Ça fait longtemps que j'attendais le moment de l'épingler pour tentative de meurtre, celui-là, continue-t-il. Il ne lui restera plus qu'à plaider la folie s'il veut éviter la prison.

—Pauvre Paulin, il ne se souvient de rien. Il sera

enfermé avec les psychiatrisés de l'Institut Philippe-Pinel.

—Non, surtout pas de larmes! la console-t-il en caressant sa joue humide.

—D'accord, réplique-t-elle en reniflant. Toi qui résous tout, je voudrais bien savoir comment tu règleras cette histoire de succession, maintenant.

—Il n'y a plus rien à régler, répond le constable. À Paris, l'adresse Internet de ton mystérieux expéditeur a été annulée, de même que le numéro de téléphone qui y correspondait. J'ai fait effectuer des vérifications, ma chérie: Guy Fortin, le père d'Élianne, est toujours vivant et habite quelque part aux États-Unis, où il travaille comme vendeur de voitures usagées. Toute cette histoire d'héritage était un canular.

—Vraiment? s'exclame Johaline, déçue. J'aurais bien aimé qu'Élianne sache que son père biologique a quelquefois pensé à elle pendant ces années et qu'il a voulu en faire son héritière. Guy m'avait fait croire que son père était un comte et qu'il était riche comme Crésus.

—Ouais, la nargue Carl. Comte de Fortin, ça sonne drôle, tu ne trouves pas?

—Voyons, maman, riposte soudain Élianne avec ironie en ouvrant toute grande la porte de sa chambre. Je n'ai jamais rien espéré recevoir d'un compte-goutte, tu le sais bien! Ce que tu peux être naïve...

Chapitre 11

AU PAYS STABLE DE MAG'OG

Livius Fabia s'était penché sur l'enfant et soutenait sa tête afin qu'il s'abreuve. Une soif terrible le tenaillait et, de jour comme de nuit, le garçon demandait sans cesse à boire.

—C'est la fin, murmura Sabrinus en serrant sa main dans la sienne. Je mourrai avant la sixième heure.

—Accroche-toi encore, petit. Nous arriverons dans une heure dans ta chère Judée, implora le médecin en refoulant ses larmes.

L'homme savait bien, pourtant, que l'enfant disait vrai. Le fils de Marcus n'était plus que l'ombre de lui-même et déjà flottait dans la pièce l'odeur de terre mouillée qui, si souvent, avait fait présager à Fabia l'imminence de la mort. Le teint de Sabrinus était devenu cireux et ses lèvres, déjà bleuies, s'entrouvraient sur une respiration sifflante et saccadée, comme s'il ne parvenait pas à avaler suffisamment d'air.

—Que Petru approche, exhorta faiblement l'enfant en entrecoupant chacune de ses syllabes.

Livius Fabia s'écarta un peu afin de permettre au pêcheur de s'agenouiller au chevet du garçon.

—Je veux te remercier, murmura Sabrinus en hébreu.

—Pourquoi? s'étonna l'homme aux cheveux noirs en approchant son visage contre son front pour ne pas manquer un mot de ce qu'il disait.

—Je t'ai vu verser cette poudre dans mon eau, jour après jour, afin de me guérir.

Petru le dévisagea avec horreur sans pouvoir parler.

—Enterre mon corps en Judée, s'il te plaît, selon les rites et les coutumes des nôtres, continua le garçon d'une voix de plus en plus lasse. Il faudra consoler mon père et lui dire que je l'aimais autant qu'Élianne a pu l'aimer. Leur amour me console de partir vers mon Yahwhé. C'est grâce à toi qu'Élianne a pu retourner dans son pays.

—Comment, grâce à moi? protesta le fils de Jacob. Elle devait m'épouser.

—Mais non, tu l'as menée à la plage de Joppé comme elle voulait, pour repartir là-bas.

Le pêcheur le considéra, hébété, et les mots de Sabrinus s'enfoncèrent dans son cœur comme l'aurait fait la lame d'un poignard d'airain. Soudain l'enfant se redressa et regarda à sa droite en souriant spontanément:

—Maman? Ali? Vous, ici? fit-il, surpris.

Puis, le sourire et le visage de Sabrinus se figèrent dans la mort et son pauvre petit corps amaigri retomba sur la couche.

Livius Fabia s'approcha du pêcheur qui s'agrippait au bastingage du pont et qui, tête baissée, le visage fouetté par le vent, fixait les eaux noires de la Méditerranée d'un regard plus sombre encore. Une odeur de poisson pourri flottait dans l'air. La terre était en vue et le navire accosterait dans l'heure.

—J'ai fait envelopper son corps dans un linceul, annonça le médecin en se postant à côté de Petru. Il sera enseveli dès notre arrivée.

L'homme de sciences s'enfouit le visage dans les mains et le frotta vigoureusement avant de poursuivre d'une voix morne :

—La mission pour laquelle je t'ai engagé s'arrêtera donc ici, à Joppé, où nous nous séparerons.

Le silence retomba entre eux comme la mort qui venait de les frapper.

—J'aurai eu le privilège de recueillir ses dernières paroles en hébreu, dit lugubrement le pêcheur sans le regarder.

—Je comprends parfaitement l'hébreu, moi aussi, rétorqua Fabia en prenant soin de détacher chacune des syllabes révélatrices.

Petru tressaillit et se retourna vivement vers le Romain, les traits soudain défigurés par la surprise et la peur. Fabia le dévisagea gravement.

—Tu l'as empoisonné, Petru, tu as tué cet enfant

merveilleux et innocent, plein d'espoir et de joie de vivre. Il avait mis une confiance aveugle en toi, son frère de race, et c'est lui qui m'avait convaincu de t'amener avec nous. Tu as trahi sa confiance comme tu as trahi celle que j'avais mise en toi.

Les larmes coulaient sur son visage et ses yeux d'un bleu pâle, empreints d'incompréhension et de souffrance, soutinrent encore plus fortement ceux de Petru. Ce dernier, se tordant les mains, éclata en lamentables sanglots.

—J'ai été payé pour faire ça, bégaya le pêcheur. Un jour, une femme très riche est venue aux thermes et m'a supplié de tuer le fils du questeur.

—Agrippine? supputa Fabia en levant un sourcil de stupéfaction.

—Non, médecin, réfuta l'affranchi. C'était Aurélia, la femme de Lucianus Martialus.

—Je ne peux croire... souffla le Romain en portant une main sur son cœur.

—Elle voulait venger le meurtre d'Élianne, expliqua l'autre en s'essuyant furtivement les yeux d'un poing fermé. Elle m'a convaincu et j'ai accepté de parfaire sa vengeance. Le questeur devait souffrir pour son crime ignoble, car je croyais qu'il avait assassiné Élianne en la noyant.

—Misérable! s'écria l'autre en l'empoignant par la tunique et en le secouant comme un prunier. Marcus n'a jamais tué son épouse! Il l'aimait passionnément!

—J'ai toujours cru à son crime, médecin, protesta l'autre sans se défendre. Je l'ai toujours cru jusqu'à tantôt, jusqu'à ce que Sabrinus m'ait révélé que...

—Est-ce à dire que Yahweh, ton Dieu unique, t'autorise à tuer pour te venger? s'insurgea Livius Fabia en l'interrompant brusquement. Est-ce à dire qu'Il te permet de tuer un enfant innocent, issu, de surcroît, de ton propre peuple? La loi du talion des Hébreux n'a-t-elle pas été plutôt instaurée, à l'origine, pour limiter l'instinct de vengeance des hommes?

—Œil pour œil, admit sourdement Petru. C'est Marcus Tinicius que j'ai voulu tuer à travers son fils. J'ai tué pour l'amour d'une femme, mais elle m'a elle-même trahi.

Livius Fabia le lâcha soudainement pour se détourner de lui.

—Ta victime était innocente et même si, à mon tour, je t'enlevais la vie, Sabrinus ne reviendrait pas, murmura-t-il. Que me resterait-il d'autre alors que le remords de ne pas t'avoir vu te repentir de ta faute? Non, tu souffriras bien davantage en regrettant ton crime chaque instant qu'il te reste à respirer sur cette terre. Pars, Petru, va-t'en. Un jour, je t'ai aimé, mais ce fut une erreur. Je ne saurais, du reste, soigner ton âme qui se dessèche et se meurt de haine et de rancune. Le ciel fasse que ce mal n'atteigne jamais mon âme. Adieu.

Et Fabia l'abandonna à lui-même sur le pont.

Dès le lendemain, le médecin rédigea une missive à

l'intention de Marcus Tinicius pour l'aviser du décès de son fils.

« Jamais je n'aurais dû investir tant de confiance en cet homme, écrivit-il de Petru. Toi seul avais raison, mon ami, et il eût mieux valu le tuer que d'en tomber amoureux. Ta méfiance aurait dû guider ma raison et je ne me pardonnerai jamais la mort de ton fils. Que le génie intérieur qui m'habite, et que Socrate nommait Daïmonion, m'ouvre à son influence salvatrice et à son appui. Puissent à présent les dieux épargner mon âme du sentiment de vengeance qui l'assaille et, si une autre vie m'était promise, puissent-ils également faire en sorte que je n'y rencontre jamais l'assassin de Sabrinus. »

La missive, envoyée par *cursus* royal, n'atteignit malheureusement jamais son destinataire.

Il faisait nuit et, quelque part dans la forêt gauloise, un loup hurla. Marcus Tinicius frissonna et ramena son manteau gaulois à capuce sur ses épaules. Il soupira une nouvelle fois sans s'en rendre compte, vaguement inquiet.

Pourtant, tout avait été fait et tout avait été dit. Hier encore, le légat avait affranchi tous les esclaves attachés à sa maison d'Autricum qui pouvaient encore l'être, les libérant de l'esclavage qui les asservissait, souvent depuis leur naissance. Puis il leur avait distribué des meubles et des provisions avant de les renvoyer avec une petite sportule qui leur garantirait le boire et le manger au moins dix jours pleins, le temps suffisant pour qu'ils trouvent un nouveau travail dans quelque ferme des environs, ou qu'ils aient rejoint leur village et leur famille dont on les avait depuis si longtemps séparés.

Sabrinus, bien entendu, hériterait de toutes ses possessions, incluant celles de Joppé et de Rome. Bien que la loi romaine l'eût explicitement prévu, Marcus Tinicius avait également laissé à Lucianus et à Livius un document écrit comme preuve de son testament afin de garantir à son fils sa succession. Il espéra que son ancien beau-frère, frère de sa défunte épouse Lucia, puisse retrouver la famille de sang de l'enfant, ce qui comblerait le fossé doublement creusé par son départ et par celui d'Élianne. Malgré sa tristesse, il ne regretta rien.

—L'énergie des pierres dont on use habituellement pour guérir servira cette fois à ton voyage, lui avait expliqué le druide en plaçant le Romain dos aux trois énormes rochers qui constituaient la base du dolmen.

Il demanda à son eubage de dessiner un cercle autour de Marcus avec la pointe de son bâton. À partir de ce cercle, Carvilios traça une longue ligne, qui s'avéra être le corps d'un serpent s'enroulant autour des pierres pour en canaliser les énergies secrètes. Puis le druide et l'eubage s'éloignèrent pour prier et disparurent de sa vue.

Le soleil se leva en ce jour d'équinoxe d'automne, dardant ses rayons précisément sur le site où se trouvait le dolmen. Marcus Tinicus, qui se tenait debout et seul sur la tête du serpent, également illuminée par les premières lueurs du jour, se demanda si le cliquetis qu'il entendait soudain provenait bien des trois pierres dressées derrière lui. Il se sentit alors envahi d'une terreur incoercible; c'était la peur la plus abjecte, la plus glaciale, la plus désespérée qu'il eût jamais éprouvée. Ses cheveux se hérissèrent sur sa nuque et il ne put plus ni parler ni bouger. Il était seul dans ces lieux mais devinait néanmoins une force bien réelle autour de lui.

Figé d'effroi, il vit les premières feuilles mortes se rassembler, d'abord une à une, puis par groupuscules, et venir vers lui en se soulevant et en retombant, comme si elles marchaient. Il n'y avait pourtant pas un souffle de vent en ces lieux. Lorsqu'elles furent à quelques enjambées de lui, les feuilles s'envolèrent toutes ensemble pour tourbillonner autour du Romain dans une danse étrange et macabre.

La spirale tourna autour de Marcus Tinicius de plus en plus vite, jusqu'à ce qu'il soit lui-même entraîné à l'intérieur de ce tourbillon. C'est à ce moment, et à ce moment-là seulement, qu'il perdit conscience.

Lorsque Marcus Tinicius ouvrit les yeux, il se crut d'abord mort et ce n'est qu'en arrachant le drap dont on lui avait recouvert le corps qu'il comprit qu'il avait survécu. Néanmoins, il était bien incapable de dire à quoi au juste il avait échappé, car il ne se souvenait strictement de rien. Du reste, la peur le subjuguait si entièrement, l'obnubilant comme dans un rêve dont il ne parvenait plus à se réveiller, qu'il crut avoir perdu l'esprit et être devenu fou.

Où était-il, maintenant? Ces lieux étranges n'étaient ni Joppé ni Rome, encore moins Autricum. Il s'interrogea sur l'identité de ces hommes à l'apparence et au langage inconnus.

Tandis que les deux cochers tentaient de l'immobiliser, et que des paysages inédits et illuminés défilaient devant lui par la fenêtre du char sans attelage, repassèrent également dans sa tête à une vitesse vertigineuse tous les moments qu'il avait vécus sur cette terre sous l'identité de Marcus Tinicius. Du souvenir du visage oublié de sa mère morte, des jeux de son enfance, de son chiot Fides, de ses nombreux *grammaticus* et précepteurs, de son épouse Lucia, il embrassa sa vie dans les moindres détails, et en ressentit une nouvelle fois toutes les émotions, grandes et petites, belles et terribles. Lui furent également révélées les souffrances et les pensées des êtres qu'il avait, consciemment ou non, meurtris et blessés, tels Petru, Livius et Aurélia. C'était comme s'il lui avait été permis de puiser dans la mémoire de l'univers les répercussions même lointaines de ses actes sur ses semblables. Et là, au bout de ce chemin tortueux qu'avait été son existence, il se souvint d'Élianne.

Au son intolérable et strident des mugissements de dragons lancés à l'attaque, le Romain perdit de nouveau conscience, tandis que fusait dans sa tête la voix douce de son épouse bien-aimée :

—Plus à l'ouest, mon amour, tu dois me chercher

plus à l'ouest...

Marcus se réveille en sursaut à la sonnerie persistante du téléphone posé sur la table de chevet de sa chambre d'hôtel. Il s'assoit et se frotte vigoureusement le visage pour éloigner le cauchemar qui le poursuit. Il se ressaisit. Les souvenirs de ses premiers instants en ce pays du futur lui occasionnent toujours autant de sueurs froides et de rêves hideux; ces hurlements terribles n'étaient pas ceux de dragons, mais bien ceux de la sirène d'une ambulance qui ramenait le corps de Jean-Marc Arnaud de la morgue à l'hôpital de Chartres. Le véhicule filait à travers les rues illuminées de la ville, paysage féerique et terrifiant pour un nouvel arrivant en ce siècle.

Il vérifie l'heure à sa montre, puis fouille sa valise à la recherche de la carte du Canada qu'il s'est procurée la veille. Il repère enfin Terre-Neuve.

—... Tu dois me chercher plus à l'ouest, entend-il encore scander la voix de sa femme à ses oreilles.

Les mots minuscules inscrits sur la carte sont longs à déchiffrer, mais Alexandre lui a bien enseigné.

—Province de Québec, lit-il lentement sur le continent qui s'étale à gauche de Terre-Neuve.

Il s'arrête, stupéfait.

—Québec, c'est bien du Québec dont Élianne me parlait, murmure-t-il en fermant les yeux sur le souvenir.

Un inexplicable sentiment de bienveillance emplit alors tout son être et il soupire, soulagé et reconnaissant, intimement convaincu que Jeshua lui-même le guide vers l'être aimé. Marcus s'en remettra aussi à Lui lorsque, deux heures plus tard, complètement terrorisé, il entrera dans le ventre de l'oiseau de fer gigantesque pour s'envoler dans les cieux, comme sur l'aigle de Jupiter.

—À ton succès, ma belle, et à ta nouvelle carrière! s'écrie Johaline en cognant sa coupe de champagne contre celle d'Élianne.

Carl Gagnon et Marie-Christine se joignent à elle et les verres s'entrechoquent joyeusement au-dessus des vapeurs du caquelon de fondue chinoise. Les prétextes à la fête sont multiples ce soir. D'abord, ils se sont réunis pour souligner l'obtention de son diplôme en traduction, et ensuite pour applaudir le travail qu'elle vient de décrocher voilà à peine quelques semaines au gouvernement. Cela fait plusieurs mois que Johaline propose à sa fille un repas gastronomique dans un grand restaurant de Montréal, mais celle-ci a décliné l'invitation encore et encore, préférant demeurer recluse dans le petit quatre pièces vieillot et tout encombré de boîtes qu'elle s'est déniché dans le quartier du Plateau-Mont-Royal. Elle vient d'y emménager avec son amie d'enfance Marie-Christine Denis. D'une pierre trois coups, c'est également l'occasion de pendre la crémaillère.

Johaline, qui feint l'allégresse en ce soir mémorable, sent pourtant son cœur de mère se fracasser contre la réalité du temps qui fuit. Elle refoule ses larmes au prix d'innombrables efforts et boit son champagne d'un trait afin de museler la trouble-fête présomptueuse et égoïste qui pleurniche déjà; abruptement, elle a pris conscience que plus rien ne sera comme avant. Sa fille unique, son enfant chérie et adorée ne reviendra plus à la maison vivre auprès d'elle.

—Maman, nous ne sommes séparées que par une demi-heure d'autobus! lui reproche doucement Élianne en empoignant sa main par-dessus la table, comme si elle devinait ses pensées.

—Je sais bien, gémit Johaline en pleurant et en riant tout à la fois, je suis complètement ridicule, mais je n'y peux rien! Je perds ma petite fille.

—Je vais la consoler, moi, ta maman, chuchote Carl en baisant bruyamment l'autre main de son amante.

—Tu t'inquiètes trop, maman. D'ailleurs, vous allez être bien, tous les deux, plaide Élianne. Vous allez enfin pouvoir vous minoucher en paix et vous faire des petits massages...

Elle sait trop bien que sans Carl, Johaline se retrouverait seule au monde, puisque sa mère a coupé tous les liens qui l'unissaient à sa propre lignée et à la famille d'origine paternelle de sa fille.

—Carl déteste les massages! s'insurge Johaline en riant. C'est la seule personne au monde que je connaisse qui déteste se faire masser.

—Ce n'est pas les massages que je déteste, ce sont les masseurs! réplique le constable en haussant les épaules. Et j'ignore absolument pourquoi...

—Je t'admire, Élianne, d'être si sûre de toi, continue

Johaline. Tu es bien plus forte que moi, ma chérie, même si j'ai cru un temps que tu nous faisais une dépression.

—Vous avez bien réussi votre boulot de parent, Madame Girard, l'assure Marie-Christine. Chapeau!

—Élever un enfant, c'est lui apprendre à vivre sans nous, philosophe à son tour Carl d'un ton enjoué en levant un index moralisateur.

—Trêve de laïus! s'écrie Élianne. Qui va enfin vouloir faire honneur à cette divine fondue?

—Elle sort son latin pour nous impressionner, la nouvelle traductrice, réplique Marie-Christine en se servant de la salade César.

—Comme mon fantôme de l'autre soir, marmonne Johaline en versant à sa fille les dernières gouttes de champagne. Fais un vœu, surtout, ma chérie.

—Quel fantôme? demande Élianne, intriguée.

Carl Gagnon tousse, indisposé par le sujet, mais Johaline poursuit en prenant son ton le plus mystérieux:

—Je ne voulais pas te faire peur, mais maintenant que tu es partie de la maison, je peux bien te le dire: l'appartement est hanté.

—Tu veux rire de moi? ricane Élianne en ouvrant grand les yeux.

—C'est très sérieux, confirme le constable en se caressant le menton. J'ai moi-même été témoin de la chose avec ta mère. Des bruits de pas dans le couloir, et un soir, nous avons vu quelqu'un planté à la tête de ton lit qui te regardait dormir.

—Quoi? blêmit Élianne en cessant de mastiquer sa

laitue. Cette chose était dans ma chambre?

Le policier hoche la tête avant de poursuivre :

— Johaline et moi avons tous les deux eu la même vision : nous avons vu un homme très grand, de race noire, qui portait une espèce de jupe...

— ... De jupe courte et rayée, coupe Élianne. On appelle ça un pagne.

— Oui, c'est ça, un pagne, fait-il, en levant sur elle des yeux étonnés. Ça a duré une seconde, ensuite il s'est volatilisé.

Il claque des doigts pour parachever sa phrase.

Ali. C'était Ali, Élianne le sait.

— Le lendemain, je me suis informée auprès de madame Ingrid, la propriétaire de l'immeuble, continue Johaline. Aucun homme noir n'a jamais habité ce logement depuis sa construction.

— Pourquoi dis-tu qu'il parlait le latin? demande Élianne à sa mère d'une voix étranglée, l'appétit définitivement coupé.

— Carl n'a rien entendu, répond cette dernière, mais moi, je suis persuadée d'avoir compris quelque chose qui ressemblait à « Caia go Caius », ou quelque chose du genre.

— *Ubi tu Gaia, ego Gaius*, fait Élianne d'une voix blanche.

— C'est exactement ça! s'écrie avec étonnement Johaline. C'est ce que j'ai entendu. Qu'est-ce que ça veut dire, au juste?

— « Là où tu es, Gaia, moi, Gaius, je veux être », traduit la jeune femme.

Comment Élianne ne pourrait-elle pas se remémorer son mariage dans la maison de Lucianus et d'Aurélia? Elle ferme les yeux, étourdie.

Ubi tu Gaius, ego Gaia, avait-elle prononcé lors de ses noces célébrées en personne par Tibère, le père de Béryl. Je te suivrai, mon amour, où tu iras, j'irai, ô toi mon époux dont je ne veux pour rien au monde être séparée. La maxime moderne française « Qui prend mari prend pays » n'est-elle pas que la traduction libre du mystérieux adage « Là où tu es, Gaius, moi, Gaia, je veux être »?

Ubi tu Gaia, ego Gaius, avait à son tour murmuré Marcus alors que le corps de Béryl était emporté dans la mort sur cette plage maudite et qu'Élianne s'accrochait à son époux dans un élan désespéré.

« Là où tu es, Gaia, moi, Gaius, je veux être. » Était-ce à dire que Marcus la suivrait aussi à travers les siècles, qu'il la poursuivrait de son amour éternel? Était-ce donc qu'il la retrouverait bientôt, comme Petru avant lui l'avait retrouvée? Ali se faisait-il le messager d'outre-tombe de leur bonheur renoué?

— Ça va, Élianne?

Tous trois la fixent gravement, chacun croyant être seul à savoir ce que les autres ignorent, et à comprendre à demi-mot ce qui peut tant la bouleverser.

La sonnerie du téléphone déchire soudain le silence. Marie-Christine se précipite au salon pour répondre, puis revient d'un pas lent vers eux.

— Élianne, c'est pour toi, murmure-t-elle, mal à l'aise. Tu ne devineras jamais... c'est Paulin.

— Paulin?

La jeune femme tressaille en répétant le prénom, ce qui fait naître sur son front, bien malgré elle, quelques plis de frayeur. Plusieurs semaines ont passé depuis que son assaillant a été placé en détention préventive en attente de son procès, dans un asile spécialisé pour les cas de schizophrénie.

Après quelques minutes d'hésitation, pendant lesquelles elle s'imagine le pire (sa remise en liberté, entre autres), Élianne se décide à prendre l'appel au salon. Son cœur bat dans sa poitrine et ses mains moites serrent le combiné en tremblant. Paulin lui téléphone de l'hôpital.

— Petru m'a quitté pour de bon, lui dit-il simplement. Il ne reviendra plus parce qu'il t'a pardonnée.

Il faisait nuit et pourtant, nul ne dormait encore à l'intérieur de la riche villa du commerçant, où on avait partout allumé des lampes à huile et des torches. Les esclaves s'affairaient dans la maison, impuissants et désespérés, transpercés et transis par les cris effroyables qui leur parvenaient de la chambre du maître. Certains domestiques, se tordant les mains et s'arrachant les cheveux, imploraient les dieux en gémissant, tandis que d'autres, à l'atrium, se relayaient toutes les heures devant la niche percée servant de laraire afin d'obtenir les grâces des génies protecteurs de la maison.

À présent, Aurélia hurlait d'une douleur intenable et

fulgurante. Les affres de la délivrance duraient depuis plus d'une journée. Après avoir de nouveau épongé le front de la jeune femme épuisée, l'esclave qui servait de médecin attaché à la maison de Lucianus Martialus se leva pour s'entretenir avec ce dernier, debout près de la couche :

— L'enfant s'est présenté par le siège et rien ne fait pour le retourner, annonça-t-il d'une voix solennelle. Il te faut maintenant choisir entre ta femme et ton enfant, Maître. Si nous tardons encore, tu perdras les deux.

Aurélia, couchée dans le grand lit, et qui avait tout entendu, accrocha son regard tourmenté à celui de son mari et empoigna sa main, désespérée. Lucianus Martialus la regarda droit dans les yeux.

— L'enfant doit vivre, ma nymphe, décréta-t-il gravement, sans hésitation aucune.

Lucianus sortit de la chambre, les oreilles transpercées par les hurlements terrifiés d'Aurélia. Le chirurgien qui, jadis, avait été le vétérinaire des chevaux de l'empereur, était réputé pour sa grande audace et son doigté remarquable. Il procéda immédiatement, sans asepsie ni anesthésie, et, assisté de deux esclaves mâles chargés d'immobiliser la femme, ouvrit le ventre d'Aurélia d'une incision magistrale pour lui arracher l'enfant.

Ce fut malheureusement une fille. Ainsi, tel que Lucianus l'avait antérieurement décidé, et bien que sa femme fût morte, il choisit de ne point reconnaître l'enfant, ce qui était le droit valable de tout père romain. Il exposa le nouveau-né et l'abandonna nu et braillant sur le sol de marbre glacial, à l'extérieur de ses murs.

Toutefois, avant que l'aube eût teinté l'horizon de sa lumière blafarde, le nourrisson fut miraculeusement recueilli par quelque passant ou marchand ambulant et on présagea que, s'il avait pu survivre au froid de la nuit, il deviendrait plus tard esclave dans une quelconque maison de Rome ou de ses environs. Puis, on n'y songea guère plus et, après de sobres funérailles, le portrait d'Aurélia alla rejoindre celui de Lucia, jumelle de Lucianus et première épouse de Marcus Tinicius, dans la niche du *lararium*.

D'abord, peut-être à cause de son accent qu'ils ne comprennent pas, les gens du pays le font répéter, une fois, quelquefois deux, puis, quand ils l'ont bien entendu, ils haussent les épaules et le regardent avec de grands yeux ronds, comme si l'homme venait d'une autre planète. Voilà quatre heures que Marcus Tinicius les questionne sans résultat probant.

— *What?* lui demande encore cette jeune femme vêtue d'un uniforme bleu derrière son comptoir.

— Le pays stable de Mag'Og, reprend-il avec patience. Je veux savoir où ça se trouve.

— Aucune idée, Monsieur, répond-elle d'un désagréable accent nasal. Adressez-vous plutôt là-bas, aux renseignements.

— Mais j'en viens, Madame...

Elle lui tourne carrément le dos pour s'adresser à un autre client, qui parle sûrement sa langue, celui-là. Le Romain soupire puis, empoignant sa valise, s'assoit sur un banc de l'aéroport Pierre-Elliott-Trudeau, à Montréal. Il appuie sa tête dans ses mains d'un air las et se laisse porter par la rumeur diffuse des voyageurs. Le décalage horaire, les six heures de voyage et le stress de son premier atterrissage l'ont visiblement épuisé; de douloureuses courbatures s'attaquent maintenant à tout son corps.

— Ça ne va pas, Monsieur?

Il a dormi une minute, peut-être deux, déjà emporté vers le rêve. Marcus Tinicius relève ses yeux rougis et un peu hagards vers un vieil homme au visage inquiet penché sur lui. Le beau vieillard porte une moustache, un chapeau et a l'air particulièrement distingué malgré son grand âge. Il tient à la main un attaché-case et de l'autre, une canne.

— Venez, décrète ce dernier en levant le bout de sa béquille dans les airs, je vous offre un café, et vous allez me raconter ce qui peut tant vous décourager en cette magnifique et dernière journée de mai.

Le Romain est trop poli ou trop fatigué pour protester; tel un enfant obéissant, il suit le vieillard jusqu'à la table d'un petit casse-croûte, un peu à l'écart du va-et-vient de l'aéroport international.

— Buvez! Buvez! ordonne le bon samaritain moustachu quand on pose un café devant Marcus Tinicius.

Ce dernier s'exécute, se préparant mentalement à

répondre à une espèce d'interrogatoire. Encore un.

—Vous venez de Paris, constate l'inconnu en jetant un œil sur les étiquettes collées sur sa valise. Et vous vous rendez où, comme ça, au juste?

—Au pays stable de Mag'Og, répond Marcus. C'est au Québec, mais personne ne semble savoir où cela se trouve exactement.

—Le pays de Mag'Og, le pays de Mag'Og, marmonne le vieillard en buvant lui-même son thé à petites gorgées, après l'avoir sucré. Cela me fait songer au fameux Gog et Magog dont parle la Thora et la mythologie celtique; ça n'a malheureusement aucun rapport avec votre Mag'Og à vous. Le seul lieu en «Gog» que je connaisse par ici, mon ami, c'est la ville de Magog, dans les Cantons-de-l'Est, et, évidemment, le lac Memphrémagog, dans ses parages.

Marcus Tinicius se redresse, soudain requinqué.

—Ce lac est-il très long et rempli d'eau douce? demande-t-il aussitôt.

—D'eau douce, évidemment! réplique le vieillard en plissant les lèvres sur un sourire narquois. Le Québec contient les meilleures eaux à boire au monde, vous ne le saviez pas? Et pour être long, il est long, ce lac: il mesure pas loin de cinquante kilomètres!

Il baisse soudain la voix, et continue, sur un ton de confidence:

—Une légende locale prétend même que le monstre Memphré nage dans ses eaux. C'est le cousin germain du monstre du lac Ness en Écosse...

Marcus Tinicius se lève vivement en tendant la main vers lui.

—Je vous suis très redevable, Monsieur... Monsieur...

—Archambeault, complète l'autre en lui serrant la main. Directeur commercial des éditions Canons de la Nouvelle-France, pour vous servir.

—Jean-Marc Arnaud, reprend Marcus d'une voix solennelle en se présentant à son tour.

Puis, il reprend:

—Je vous suis très redevable, Monsieur Archambeault. Vous m'avez grandement aidé et je pars immédiatement pour Magog.

—Pas question, Arnaud! le rabroue l'autre. Vous vous êtes regardé dans un miroir? Vous ressemblez à un zombi! Allez d'abord dormir un peu, vous partirez ensuite.

—Vous avez raison, admet-il en se rassoyant illico.

—Vous m'avez l'air d'un brave homme, continue le vieillard en le jaugeant d'un regard inquisiteur. Venez donc chez moi: j'ai une chambre d'amis et ma femme a un cœur aussi grand que celui de l'Oratoire. De plus, si vous voulez bien attendre deux jours encore, c'est moi-même qui vous conduirai à Magog avec ma voiture. J'ai quelques libraires de mes connaissances à visiter dans le coin.

—Je vous dédommagerai, bredouille Marcus, confus mais reconnaissant.

—On verra ça en temps et lieux, conclut Archambeault en se levant. Suivez-moi, maintenant.

Le Romain ne doute pas une seconde que cette

rencontre soit pour lui un nouveau clin d'œil du dieu-fils Lug, dit Jésus. Il entend presque ce grand éphèbe au regard si bleu rire dans son dos.

Aussi n'est-il pas surpris lorsque, deux jours plus tard, toujours en compagnie de son hôte, il entre par hasard dans une petite boutique de livres neufs et usagés du canton de Potton, dans les Cantons-de-l'Est, et surprend la conversation de la libraire avec une cliente dont il ne voit que le dos.

—J'ai toujours su que le nom du lac Memphrémagog était d'origine amérindienne, affirme la propriétaire de la boutique derrière son comptoir encombré, et qu'il signifiait « grande étendue d'eau ».

—Vous ne me croirez jamais, ma chère Yolande, réplique la cliente avec une énorme voix, mais d'après mes recherches, le nom de la créature aquatique Memphré vient de l'Égyptien Memph, qui signifie « stable ».

—C'est incroyable! s'exclame l'autre. Alors, les ancêtres des Amérindiens d'ici viendraient d'Égypte? Allons donc, vous ne pourrez jamais prouver ça! Tout le monde sait que les premiers Indiens d'Amérique sont venus ici en franchissant le détroit de Béring...

—Rien n'est moins sûr. Saviez-vous qu'au dix-septième siècle, un jésuite a traduit des passages de la Bible en hiéroglyphes égyptiens? Ce sont les Indiens micmacs qui lui avaient enseigné à écrire ces symboles.

C'est à ce moment que la libraire aperçoit plus loin le représentant des éditions Canons de la Nouvelle-France.

—Ah! Monsieur Archambeault, je vous attendais,

l'apostrophe-t-elle. Je suis à vous tout de suite.

Puis, elle conclut en revenant à sa cliente:

—J'irai, bien entendu, assister à votre conférence demain. Et comptez sur moi pour distribuer vos pamphlets et accrocher vos affiches.

La cliente, que Marcus n'a vue que de dos, se retourne brusquement pour se diriger vers la porte et le Romain comprend, ahuri, que le personnage qu'il a pris pour une grande dame aux cheveux frisés blancs est en fait... un homme. Et que cet individu est exactement le personnage qu'il a eu en vision, celui qui doit, aux dires du druide, lui apporter son aide.

Le temps, cependant, que le Romain ait pesé la chose et qu'il soit sorti de la stupeur qui le cloue bêtement dans l'allée, l'individu a déjà filé par la porte.

—Vous le reconnaissez? dit avec fierté la libraire qui a remarqué sa surprise. C'est notre sommité régionale, Gédéon Lecomte. Les journaux parlent chaque semaine de ses recherches d'archéologie mythique.

Après lui avoir serré la main, Jean-Marc Arnaud s'assoit en face du constable. Carl Gagnon le détaille scrupuleusement et, contrairement à son habitude, met davantage de curiosité que de professionnalisme à examiner l'individu: bel homme, trente-trois ans bien sonnés, les cheveux très bruns, les yeux bleus acier, un mètre quatre-vingts.

La veille, dans l'après-midi, Gédéon Lecomte l'a contacté par téléphone. Il appelait d'un petit café populaire du canton de Potton, dans les Cantons-de-l'Est, et avait l'air plutôt embêté.

—Carl? avait-il maugréé, sa voix basse étant presque enterrée par le tumulte d'un restaurant en arrière-plan. Imagine-toi qu'un type vient de m'apostropher dans la rue, un Français à l'accent bizarre. Je ne sais pas pourquoi, mais ce bonhomme est convaincu mordicus que je connais Élianne Girard et il me supplie de lui donner ses coordonnées. Il dit s'appeler Jean-Marc Arnaud. Ça te dit quelque chose, à toi?

Le constable en avait perdu la parole pendant quelques secondes.

—Allô? Tu m'entends toujours, Carl? s'était impatienté le policier retraité à l'autre bout de la ligne.

—Tu me l'envoies ici, Gédéon. Je veux voir cet homme le plus vite possible.

Le constable l'examine toujours en se caressant le menton. Ainsi, Jean-Marc Arnaud, c'est lui. Sans que le policier sache pourquoi, il lui est infiniment sympathique. Carl Gagnon a l'étrange impression de le connaître intimement.

—On m'a dit, Monsieur Arnaud, que vous cherchiez à retracer votre femme, une dénommée Élianne Girard, commence-t-il poliment.

—C'est exact, constable, répond aussitôt son interlocuteur en le regardant droit dans les yeux.

—Ce qui me semble étrange, mon cher Monsieur,

c'est que les informations qu'on vient de me donner sur vous me confirment que votre épouse vit à Paris sous le nom d'Emmanuelle Letour...

—Oui, élude-t-il en soupirant. C'est également vrai.

Puis Arnaud lui fait un grand sourire.

—À ma façon, je suis une espèce rare de bigame, constable. Ce qui me pousse à rechercher mon autre épouse Élianne Girard très activement.

Carl le dévisage longuement, estomaqué par la réponse. Derrière son bureau encombré, il sourit candidement à son tour.

—Ce ne serait pas que vous portez aussi une autre identité, Monsieur Arnaud?

—Comment pouvez-vous prétendre cela, constable? proteste faiblement l'Européen. Vous avez pourtant examiné mon passeport et toutes mes pièces et photos d'identité.

—Bien sûr, réplique d'une voix grave Carl Gagnon, un peu mal à l'aise de s'aventurer sur un terrain aussi glissant. Et si nous en venions directement au fait plutôt que de tenter de nous berner l'un l'autre? Je sais beaucoup plus de choses que vous pourriez le croire sur Élianne Girard. Elle m'a fait des confidences.

Jean-Marc Arnaud le fixe intensément et appuie ses avant-bras sur le bureau en se penchant vers le policier.

—D'accord, se résigne-t-il. Posez-moi vos questions, constable. Nous verrons bien si je saurai vous convaincre de ma bonne foi.

—Élianne m'a révélé le prénom que portait autrefois

son mari, continue Gagnon. Il va sans dire que c'est un nom d'emprunt, un petit jeu de théâtre entre eux, si vous voulez...

Jean-Marc Arnaud aiguise son regard au sien.

— Dans ces jeux, comme vous le dites si bien, constable, je me nommais Marcus Tinicius et je vivais à Rome sous le règne de Tibère. En fait, Élianne était ma *Gaia* et moi j'étais son *Gaius*, comme on disait à l'époque.

Carl Gagnon laisse fuser un long soupir de soulagement et de victoire.

Comme d'habitude, une automobile s'arrête un moment au coin de Saint-Amable-de-Bloies et de Durocher, en face d'un petit café, le temps que puisse en descendre l'une des passagères qui s'y véhicule tous les jours, en covoiturage.

Élianne Girard salue son conducteur et ses compagnes et ferme la portière d'un coup sec avant de se réfugier sur le trottoir. Malgré la chaleur, la journée est grise. Il va pleuvoir. Heureusement, elle n'a que deux cents mètres à marcher pour remonter la rue Saint-Amable et se rendre à son travail.

Cela fait deux mois qu'elle a déniché ce job de traductrice au gouvernement. Elle sait qu'elle a eu une chance folle d'être choisie parmi tant de nouveaux diplômés. Mais déjà la jeune femme éprouve toute la misère du monde à se lever et à se préparer pour s'y rendre chaque matin. Elle déteste de plus en plus ce monde de chacun-pour-soi, univers fermé dans lequel il est mal vu de tenir la porte à celui qui entre à sa suite. Elle n'oserait jamais avouer ce dégoût à qui que ce soit, surtout pas à sa mère qui se fait encore tellement de souci pour elle. Ce matin, Élianne sent qu'elle se rendra malade si elle ne trouve pas rapidement un autre emploi dans lequel elle se sentira plus appréciée.

La jeune femme presse maintenant le pas, aiguise son regard au loin. Elle espère encore croiser ce matin l'inconnu qui ensoleille sans le savoir ses journées depuis quelques jours. Elle sourit d'elle-même, parfaitement consciente d'être en train de s'inventer une histoire d'amour avec un parfait étranger, telle une adolescente à la recherche de passion.

Il y a trois jours, Élianne a remarqué ce bel homme brun dans la jeune trentaine. Peut-être marchait-il là avant et n'y avait-elle pas fait attention. Pourtant, en ce mardi mémorable, leurs regards s'étaient croisés et elle avait tressailli en mesurant l'intensité du sien, bleu comme l'acier. Le lendemain, elle l'avait revu, exactement au même endroit et il lui avait souri, radieux. Alors son cœur s'était mis à battre plus fort dans sa poitrine.

Ce matin, Élianne guette l'inconnu d'un œil avide et soucieux, et le repère enfin. L'étranger la voit aussi, lui sourit sans retenue.

—Bonjour! dit-il d'une belle voix grave teintée d'un léger accent.

En la croisant, il lui glisse rapidement un papier dans

la main. Étonnée, la jeune femme s'immobilise aussitôt, alors que l'homme continue son chemin comme si de rien n'était. Sur le trottoir, des gens pressés la bousculent un peu. Elle déplie le papier et y lit une inscription:

Ubi tu Gaia, ego Gaius.

Élianne met quelques secondes à comprendre. Elle se retourne, émue, et a tout juste le temps de voir son bel inconnu entrer dans le petit café. Son cœur s'affole, tandis que, le regard fixe, semblable à une somnambule, elle se dirige lentement vers le restaurant.

Marcus est là qui la guette, assis à une table en retrait. Il se lève en la voyant et marche résolument vers elle. Le temps a suspendu son fil au-dessus d'eux, leurs sens les ont désertés. Ils n'entendent plus rien que les battements de leurs cœurs dans leurs poitrines. Leurs regards se pénètrent et se submergent, mémoires muettes des émois de leurs corps disparus, par lesquels déferlait leur ancienne passion. Chacun contemple à présent le nouveau visage de l'être aimé, le caresse, l'explore et l'embrasse.

Leurs âmes se reconnaissent et s'enflamment; elles fondent dans un brasier à la mesure de leur amour.

Marcus l'a emmenée en taxi jusqu'à la garçonnière qu'il loue dans un immeuble à quelques rues du café. Et là, dans la lumière blafarde du jour, l'homme l'a acculée contre le mur, posant ses mains volontaires de chaque côté de la tête blonde.

— Est-ce bien toi, Élianne? murmure-t-il en cherchant dans ses yeux celle qu'il a aimée plus que tout.

— C'est moi, répond-elle en saisissant dans ses mains

le visage inconnu dont elle reconnaît pourtant la lumière.

Il l'embrasse fougueusement, avec une passion aussi grande que fut sa quête d'elle. Impatients, ils dénudent leur corps brûlant de désir afin de mieux se redécouvrir.

Ils se retrouvent alors totalement, leur corps se substituant à leur âme dans le violent incendie de leur amour et de leur communion.

Chapitre 12

La promesse de Cumes

À bout de bras, Marcus fait tournoyer sa belle dans le paysage sublime de la baie de Naples, sculpté par la mer et les montagnes… Naples qu'ils avaient admiré deux mille ans plus tôt, à l'époque où la ville s'appelait Cumes.

—Comment ai-je pu vivre si longtemps sans toi? lui demande-t-il.

Une impression de déjà-vu la subjugue; Élianne se souvient brusquement de cette image qui s'est imposée si fortement à sa conscience un certain après-midi où elle lisait dans une bibliothèque de Montréal. Elle avait cru se remémorer un souvenir enfoui de Joppé, alors que c'était une vision de son bonheur futur qu'on lui donnait à voir, peut-être pour la consoler d'avoir perdu l'ancien. Et si le temps – présent, passé ou à venir – n'existait pas dans la conscience? S'il était permis d'accéder à l'un comme à l'autre pour y puiser des parcelles du bonheur ultime?

Les amoureux ont allumé un lampion dans la grotte de la sibylle de Cumes. L'antre ne leur fait plus peur maintenant, malgré que les plaintes terribles et atroces hantent toujours ses lugubres couloirs. Ils sont les seuls à les entendre. Un guide leur a conté avec force détails la légende de cette prophétesse qui, pour avoir eu l'imprudence de demander la vie éternelle, avait oublié de souhaiter aussi la jeunesse qui persiste.

—Mille ans de tourments pour un vœu d'éternité fait à Apollon. La pauvre était si recroquevillée et si flétrie qu'on l'exposait dans une bouteille pour faire peur aux enfants! explique le guide en riant.

Ils ont prié pour que la prophétesse ait trouvé sa lumière, loin des foudres de son cruel amant. Et ils l'ont bénie, pour la remercier de leur amour retrouvé.

Leur second voyage de noces à Cumes s'est achevé, tout comme l'été. Ils ont emménagé à Paris, dans le 19e arrondissement, non loin de l'endroit où logent Emmanuelle et Alexandre. Officiellement, Jean-Marc Arnaud est divorcé d'Emmanuelle Letour depuis quelques mois et partage avec elle la garde de leur fils. Officiellement, Jean-Marc Arnaud s'est aussi remarié civilement avec Élianne Girard.

Officieusement cependant, Marcus s'est infiniment et inexplicablement attaché au petit Alexandre et il se sent plus que redevable vis-à-vis d'Emmanuelle, toujours amoureuse de lui. Son but n'est certes pas de la faire souffrir davantage, elle dont le monde vient de s'écrouler irrémédiablement.

—Nous vivons comme avant, papa, comme dans l'ancien temps, déclare un jour Alexandre à Marcus, tandis qu'il joue au parc de la Villette.

—L'ancien temps? reprend Marcus, sans comprendre.

— Mais oui, rétorque l'enfant avec impatience. Comme quand j'étais ton fils adoptif et que tu me montrais à me battre à l'épée.

— Ah bon? dit-il en faisant un clin d'œil à Élianne qui les écoute, attendrie, depuis un banc proche. Et ta mère, elle, c'était qui, alors?

— Ben, ta vieille nounou grincheuse, tu ne te souviens pas? répond l'enfant, avant de déguerpir en direction du vendeur de glaces qui passe devant eux.

Marcus et Élianne se dévisagent, stupéfaits. Elle se lève et lui empoigne les mains, qu'elle baise tendrement.

— Le petit chien blond, la leçon d'épée. Il est Sabrinus, murmure Marcus, et moi, un aveugle au pays des borgnes. Les liens d'amour nous unissent jusqu'à la fin des temps.

— Ceux de la haine aussi, rétorque Élianne, en songeant à Petru, devenu Paulin. Mais si Sabrino, Sémane et Petru sont revenus vers nous, se peut-il encore que d'autres...?

Mais les mots s'éteignent dans la gorge d'Élianne, trop énormes pour être dits. Marcus songe à Livius, elle à Aurélia et ils pressentent une vérité confuse, dans laquelle le destin de tous ces êtres s'enchevêtre et se lie. Ils se pressent finalement l'un contre l'autre, se cherchent et s'agrippent. Ils sont devenus leur seule réalité.

Rejoignez l'auteure sur Facebook
ou sur <www.sylviebrien.com>.

Achevé d'imprimer pour
Joey Cornu Éditeur
en mars 2012
sur les presses de CRL Ltée
à Mascouche (Québec).

Impression sur Rolland Enviro 100

100 %